古典詩歌研究彙刊

第十三輯

龔鵬程 主編

第 20 冊

清虞山詩派詩論初探

李冕民 著

國家圖書館出版品預行編目資料

清虞山詩派詩論初探／李苪民 著 — 初版 — 新北市：花木蘭
文化出版社，2013〔民 102〕
目 4+200 面；17×24 公分
（古典詩歌研究彙刊 第十三輯：第 20 冊）
ISBN 978-986-322-088-6（精裝）
1. 清代詩 2. 詩評

820.91   102000937

ISBN-978-986-322-088-6

9 789863 220886

古典詩歌研究彙刊
第十三輯　第二十冊　　　　ISBN：978-986-322-088-6

清虞山詩派詩論初探

作　　　者　李苪民
主　　　編　龔鵬程
總 編 輯　杜潔祥
出　　　版　花木蘭文化出版社
發 行 所　花木蘭文化出版社
發 行 人　高小娟
聯絡地址　235 新北市中和區中安街七二號十三樓
　　　　　　電話：02-2923-1455／傳眞：02-2923-1452
網　　　址　http://www.huamulan.tw 信箱 sut81518@gmail.com
印　　　刷　普羅文化出版廣告事業
初　　　版　2013 年 3 月
定　　　價　第十三輯 20 冊（精裝）新台幣 28,000 元

清虞山詩派詩論初探

李莆民　著

作者簡介

李荊民，男，祖籍中國廣東豐順，1963 年生于新加坡。

1996 年獲新加坡國立大學中文系碩士，2007 年獲中國上海復旦大學古代文學博士。

曾全職擔任新加坡教育部高才組語文專科（Language Specialist）、初級學院高級教師 (Senior Subject Tutor)、語文學校校長；兼職擔任新加坡新聞與藝術部電影與書刊檢查委員（1992-2001）、新加坡教育部考評局高中會考出題組委員（2007-2010）、南洋理工大學教育學院亞洲語文學系講師、孔子學院講師等職。現為北京師範大學 - 香港浸會大學聯合國際學院中國語言文化中心助理教授。

大學本科時期開始發表現代詩評論，已發表的論文有數十篇。

此外，亦從事文學和音樂創作，已出版文學著作 7 種、發表詞曲作品二百餘首。

提　　要

虞山詩派雖然影響清初詩壇長達百年之久，但在中國文學理論批評史上的地位，顯然與它的影響不成正比。這和中國文學史歷來都在作品和人品之間畫上等號的傳統觀念，當然是息息相關的。因為虞山詩派的領袖錢謙益，既身處風雲變幻、改朝換代的大動蕩時代，卻不去做一位令人景仰的忠臣烈士，反而成為一個引降投滿的「明史罪人」，失節辱德，自然要成為眾矢之的，為人詬病、遭人不齒。連帶的致使虞山詩派也遭池魚之殃，從因人廢言擴大成因人而廢「派」！

因此，本書在第二章討論了「虞山詩派形成的歷史背景和現實條件」之後，特別以第三章的第一節，比較大篇幅地介紹錢謙益的生平事迹，並由此對錢謙益的人品進行重新的評價，希望能從錢謙益充滿傳奇波折、委曲反復的坎坷際遇中，挖掘出一些不為人知的隱衷。惟其如此，我們才能以更中立、更公平的角度評論錢謙益以及虞山詩派其他詩人論者和他們的詩論主張。

第三章的第二、三節也簡單介紹了錢謙益的重要弟子如馮舒、馮班、瞿式耜、鄭成功、毛晉、陸貽典等；親屬與族人如錢曾、錢陸燦、錢龍惕、錢良擇和柳如是等人的生平和重要著作。這些人雖然都是虞山詩派的中堅份子，但由於作品散佚亡失情況相對嚴重，局限了資料的收集，所以本書在第四章討論「虞山詩派的詩論內容」時，主要還是以錢謙益和馮班的言論作為主要依據，再輔以馮舒、陸貽典和錢曾的若干言論作為例證。這種「一管窺豹」的作法也許不盡全面，但要

勾勒出虞山詩派詩論內容的架構，基本上還是足夠的。

第四章也將虞山詩派的某些詩論主張，和西方詩人論者的詩見稍作比較，例如：

1. 區別「詩有本」和「本體論」（Ontology）的不同；

2. 指明「興觀群怨」和美國詩人朗費羅（Henry Wadsworth Longfellow，1807～1882）、英國詩人兼評論家艾略特（Thomas Stearns Eliot，1888～1965）對詩歌功能看法的相通之處；

3. 點出「溫柔敦厚」和古希臘美學思想的集大成者亞裏斯多德（Aristotle，前384～前322）對詩歌能培養人的高尚道德情操這一看法的異曲同工之處；進而說明東、西方都重視文學的表達方式，只是「溫柔敦厚」所追求的是一種「中和之美」，而亞裏斯多德的「卡塔西斯」（Katharsis）則是要使人們心理達到一種「中庸、適度的情感」，從而受到審美陶冶；

4. 說明美國詩人龐德（Ezra Weston Loomis Pound，1885～1972）如何通過閱讀和翻譯中國古典詩歌而受到中國詩歌中意象藝術的啟發，由此才領悟到意象藝術的美學價值。

第五章在討論「虞山詩派詩論的得失及影響」時，引用了錢謙益較少被人論及的《列朝詩集小傳》和《錢注杜詩》中的若干例子，也算是「補史之闕」吧？！

本書的最後一章分析了虞山詩派沒落的內在原因（內部分化）和外在因素（乾隆禁銷錢書），並以此作為總結，希望能重新評定虞山詩派在中國文學理論批評史上的地位。

目次

第一章 緒 論

中國文學評論的範疇廣袤、類別繁複，舉凡詩詞文賦、戲曲小說等文體的評論都函括在內。詩歌作爲一種重要的文學樣式，在中國文學史上更是具有最悠遠和最光輝的歷史傳統，其評論源頭，最早可追溯到《尚書·虞書》的時代。〔註 1〕

從孔子（前 551～前 479）和門人弟子日常會話裏的論詩，到宋元明清的文人作家有意識地創作的詩話，詩歌理論和詩歌評論的發展可謂淵遠流長。雖然其中流派錯綜、異議雜陳，但發展到清代，各種詩歌理論都已進入了成熟的總結期。許多詩論作者，都能在繼承前人的基礎上進一步發揮，建構更細密周圓的理論框架。更重要的是：多數的評論家也都能比前人較有系統地將詩論意見結集出版——反映在清代文學史上的，就是注釋批解前代詩作和論詩風氣的旺盛。〔註 2〕

事實上，清代詩歌評論的璀璨光輝，也是整個中國文學理論批評史上極爲亮麗燦爛的一頁。

〔註 1〕這說法本於朱東潤《中國文學批評史大綱》，郭紹虞《中國文學批評史》亦持同樣看法。

〔註 2〕根據吳宏一《清代詩學初探》一書所附錄的《清代詩話知見錄》的統計，清代的文人論者最少出版了 346 種有關詩歌理論批評的著述。單以量計，確爲歷朝之冠。

　　有鑒於此，我乃選擇清代詩論作爲我研究的範圍。而在眾多的詩論作者和詩歌流派之中，我又特別選擇了以錢謙益、馮舒馮班兄弟爲首的虞山詩派作爲我的研究對象。這是因爲作爲清初三大詩派的虞山詩派，雖然地處南方一隅，但在有清一代，卻一直是舉足輕重的文學流派。

　　虞山詩派能影響清初詩壇長達百年，詩派的靈魂人物錢謙益（1582～1664）確然功不可沒。然而，從明末清初到現今，學術界和詩界的焦點，卻往往不是錢謙益在詩歌創作上的成就和在文學批評理論上的貢獻；而是錢謙益身處在一個風雲變幻、改朝換代的大動蕩時代，他不去做一位令人景仰的忠臣烈士，反而成爲一個引降投滿的「明史罪人」，失節辱德，最終還成爲眾矢之的。

　　從錢謙益的生平來看，他坎坷的一生可說是充滿了傳奇和波折。委曲反覆之中，似乎常有不爲人知的隱衷。然而，因爲中國文學史歷來都在作品與人品之間，牽上一條無形的羈繩，錢謙益降清一事，自然爲人詬病、遭人不齒。因此，論者也往往因人廢言，致使錢謙益的許多文字著述，都甚少獲得應有的注意。影響所及，就連虞山詩派的許多詩論觀點，也甚少有人深入地探討。

　　一般的文學批評史著作，在言及錢謙益和他所領導的虞山詩派時，不是有意地避開，就是信筆帶過。即便是郭紹虞先生的《中國文學批評史》、朱東潤先生的《中國文學批評史大綱》等，也只用了區區三五千字做簡單的介紹，和錢謙益等身的著作、虞山詩派廣泛又深遠的影響極不相稱。其他一些屈指可數的單篇論述，如羅時進的《清初虞山派及其詩文化圈》、《清代虞山詩派的創作氣局》、《虞山詩派研究：以流派規模及其形成原因爲中心的探討》、《清初虞山派詩學觀分歧及其影響》、《李商隱對清初虞山詩派的影響》、《情到狂時燒破眼——解讀清初虞山派詩人錢曾》、《筆蘸驚濤倩寫愁——論清初遺民詩人陸貽典》，趙永紀的《論清初詩壇的虞山詩派》，翟振業《清代常熟詩壇概論》，劉勇剛《從雲間到虞山——論柳如是的詩學嬗變》，胡幼

峰的《清初虞山派詩論》等等，也許是囿於學者個人的研究興趣或其他因素，往往只是論及點而論不及面，無法清楚地呈現虞山詩派的整個理論架構，使得虞山詩派的許多詩論主張，成了滄海遺珠，抱憾數百年。

事實上，虞山詩派詩人和評論家的文字論述，不但有許多精闢獨到的見解，隱含了虞山詩派的詩歌創作理論基礎、對詩歌創作的要求和虞山詩人、論者的文學信念之外；更重要的是，這些論述文字，很多時候還直接或間接地保留了唐、宋、明三代的許多歷史文獻，足以補史之闕，是極為重要的文獻，有很高的考據價值。

本書的寫作目的，就是希望通過對錢謙益的《初學集》、《有學集》、《列朝詩集》、《列朝詩集小傳》、《錢注杜詩》、《讀杜小箋》和《二箋》，馮班的《鈍吟雜錄》；以及虞山詩派其他詩人和論者的文字著述，還有他們在詩歌創作實踐中所表現的詩論意見等多個方面，進行多維度的深入研究，闡發虞山詩派對詩歌所採取的態度、觀點、立場及虞山詩人的創作方法，希望能廓清並整理出虞山詩派獨到的見解和珍貴的詩見，進一步開發這塊富饒的園圃，發掘前人錯失的奇花異卉，以期能重新評定虞山詩派在文學理論批評史上的地位。

在我探索著書寫的過程中，承恩師楊明教授疏通啓發、鞭策激勵，使我獲益匪淺。濃情厚誼，謹此致萬二分的謝忱。

第二章　虞山詩派形成的歷史背景和現實條件

　　虞山位於常熟城北,因周太王姬亶父的次子虞仲(史書亦名仲雍)安葬於此而得名。虞山詩派的命名,是中國文學流派以地域起名的文化傳統。虞山詩派形成於明末,壯大於清初,歷明代天啓、崇禎,清代順治、康熙四朝,前後歷時近百年。

　　虞山詩派的宗師是錢謙益,主要倡導者是錢謙益的學生馮舒、馮班兄弟。虞山詩派有影響力的詩人、論者很多,陣營之強大、影響之深廣,爲當時詩歌流派之冠。王應奎《西橋小集序》就指出:

　　　　吾郡詩學,首重虞山,錢蒙叟倡於前,馮鈍吟振於後,
　　蓋彬彬乎稱盛矣。

　　明末清初這一特定的時代,梁啓超(1873～1929)先生曾謂之爲「中國文藝復興時代」,主要是因爲文學發展進入清代後,可說是百花齊放的集大成時期。尤其是古典文學理論的發展,更可說是進入最後的總結階段。造成這種現象的主要原因,是因爲清代文人多能採納兼容前代的學風和養分,在獨創方面也許並沒有什麼特出的表現,但在繼承與延伸前人學說這方面,卻能展現萬紫千紅的特色。

　　事實上,在明末清初的詩壇上,除了虞山派之外,還有以陳子龍(1608～1647)爲首的雲間派、以吳偉業(1609～1671)爲首的婁東

派，三派鼎足而立。在明末，雲間派勢力最大，但爲首的陳子龍、夏完淳（1631～1647）在清兵入關時殉難，致使雲間派群龍無首，很快就分化了。而婁東派除了吳偉業之外，並沒有比較著名的詩人作家，可謂後繼無人。虞山派則不但歷時最久，而且有成就的詩人論者最多，有份量的詩文著述最鉅，所以影響自然最大。

　　本章以四個小節、從客觀的時代背景來申論虞山詩派形成的歷史背景和現實條件，主要是基於郭紹虞（1893～1984）先生在其《中國文學批評史》緒論中談及中國文學批評的寫作時，曾強調背景研究的重要；吳宏一先生在他的《中國文學批評資料彙編》緒論中也提出同樣的見解。新加坡的楊松年先生在他所著的《中國文學批評史編寫問題論析》中進一步指出家庭背景、時代背景、文壇風氣、同輩交遊對文學評論者文學觀的影響。通過這類由外而內的分析，我們希望能更清楚地檢視虞山詩派詩論主張的脈絡。

第一節　政治環境的更換

　　在中國政治史上，明清之際是兩大封建王朝興亡交替的時代，迸發了空前尖銳的階級衝突與極端殘酷的民族矛盾。在全國範圍內，由農民武裝起義所引發的大大小小的軍事抗清行動此起彼伏；在另一方面，中國的傳統思想和民族文化，特別是學術及文藝思潮兩方面也是暗流洶湧，上演著巨大的變革。

　　明亡後，一些劫後幸存的有識之士，在慷慨歌哭之餘，繼以冷靜的理性沉思，批判及審察歷來的政治體制，進而清理及總結中國的傳統文化與哲學思想。其中一些學者，對文學理論，尤其是對明代文學的演化過程，進行了有系統的反省，藉以尋求文學復興的希望。特別是明代復古及反復古兩種文學思潮的鬥爭及消長，也推動人們將經學、史學中的「實學」與社會現實結合，試圖爲文學尋求新的出路。

虞山派的領袖錢謙益在箋注杜詩時，大量引用史實，以史證詩，正是這種思潮的產物。

一、提倡文學、表彰儒術

滿清以異族身份入主中原後，爲了遏止漢人反清排滿的情緒，實行了軟硬兼施的「懷柔」與「高壓」政策，一面安撫，一面壓制。表現在學術上，就是一方面大興文字獄及箝制思想，一方面大力提倡文學及表彰儒術。〔註1〕

雖然，清初表彰儒術、提倡文學主要是爲了統治臣民，安寧反側，但也促成了學風的轉變和提高了文學的地位。

學風方面的轉變，主要是著重在文學可以用來經世致用的部分，其次就是反對文學創作只得文學之面貌而未得其根本。

所謂文學創作的根本面貌，就是要求文學作品必須是眞情的流露，提倡「捨眞情之外則無詩」，這就是中國詩學中傳統的「詩緣情」的主張。同時，批評的態度也由主觀的冥想傾向客觀的考察，所以對於前人論詩的主張和態度，就不再是通盤的接受，而是有所選擇的汲取。在歷朝歷代的詩文作家中，最能體現儒家風範的，自然是南宋大儒朱熹（1130～1200）心目中的「五君子」之一、號稱「集詩之大成」〔註2〕，「盡得古今之體勢而兼人人之所獨專」〔註3〕的杜甫（712～770），杜詩於是成爲清代詩人努力學習的對象。

歷代的論者申論杜詩，總是不敢輕加貶詞，清初的評論家因爲身

〔註1〕吳宏一《清代詩學初探》，楊松年《中國文學批評史編寫問題論析》、《中國古典文學批評論集》，以及簡恩定《清初杜詩學研究》都有這一說法。

〔註2〕杜甫集詩之大成一說，早在宋代秦少游（1049～1100）已提及。《淮海集》卷二十三《韓愈論》中云：「杜子美之於詩，實積眾家之長，適其時而已。……孔子之謂集大成，嗚呼，杜氏、韓氏，亦集詩文之大者歟。」

〔註3〕元稹《唐故檢校工部員外郎杜君墓係銘》稱讚杜甫：「盡得古今之體勢，而兼人人之所獨專矣。」

處政治敏感時期,標榜杜詩中的「忠君思想」,似乎顯得格外「應時」。事實上,杜詩在北宋末期開始流行以後,論者率皆推崇其「一飯不忘君」的忠君思想及「無一字無來處」的淵博,詩人們競相仿傚的風氣,綿延不絕。宋朝楊億(974~1020)雖有「村夫子」之評語,但旋即遭人駁斥〔註4〕。明代文學觀念雖有所改變,對杜詩情緒化的讚美之詞也已明顯減少,確實也有好些客觀的判斷,但杜甫詩聖的地位,從來不見動搖。虞山派的論者論杜,卻不只是在「一飯不忘君」及「無一字無來處」中打轉,而是能結合虞山詩人個人的審美經驗,進行理性的批判。基本而言,虞山詩派論杜,已然擺開宋人盲目尊杜的陋習,而且能以客觀的思考來評論杜詩的優劣。

虞山詩派這種對杜詩評論的反省,正是由於政治環境更換的結果。在一切都講求經世致用的時尚下,人們讀詩論詩,自然不肯遵循舊有的方法和觀念。特別是對舊學中徒事空言、雕蟲篆刻、穿鑿附會的言論更是大加鞭撻。因此,虞山論者談詩,從不肯人云亦云,而是採取非常謹嚴的態度,經過自身審美經驗的考察後才下定論。

這種實事求是的治學精神,的確為清初的詩歌評論帶來一股清新的風氣。就以虞山派的領袖錢謙益來說,他對詩歌評論的執著,就令人十分敬服。他年方四十餘即隨筆著錄箋注杜詩,至年八十始成書。後得疾在床,病痼間仍轉喉做聲,囑錢遵王(1629~1701)云:「杜詩某章某句,尚有疑義。」〔註5〕其於杜詩耗力之深,用功之勤,費時之久,令人感動。因此,錢氏注杜之書,一直被清代文人奉為圭臬。而錢氏之所以有此成就,正是由於政治環境的更換,給文人學者帶來了異於前人的衝擊,使論者對文學產生新的理念所致。

〔註4〕 楊億(964~1020)是西崑體的倡導者,主張學習李商隱,貶斥杜甫、韓愈,甚至把杜甫視為「村夫子」(語見劉攽《歷代詩話·中山詩話》,北京:中華書局,1981年)。

〔註5〕 《錢注杜詩·季振宜序》,見錢謙益《錢注杜詩》(北京:中華書局,1958年),頁3。

二、科舉考試的影響

　　明代取士，專重科舉，考試以八股文爲主。清代沿襲之，並以此牢籠士子，使所有才智之士，受困功名。但這種制度，卻也在另一方面鼓勵了讀書風氣，同時由於「試帖詩」爲必考科，因而也倡盛了詩風。

　　試帖詩，也叫試律。考生須按命題做詩，且詩句都要有出處，不是引用前人名句，就得徵引經史子集中的成句。用字要典雅，不可離題、不許重字、不能出韻。莘莘學子爲了博取功名，於是窮讀前人詩作，模仿名家作品。這就進一步促使詩學的發達，同時更鼓勵了做詩、注詩、選詩的風潮。

　　譚家健《中國文化史概要・科舉考試》（臺北：明文書局，1989年，頁 75〜81）曾云：明清科舉考試，從秀才的縣試、府試到院試，都要考八股文兩篇、五言六韻試帖詩一首；在舉人的考試中，三場的鄉試，第一場考八股文七篇，第二、三場考表、判、策、論及試帖詩二至三篇。吳宏一《清代詩學初探・清代詩學的背景》（臺北：學生書局，1986 年，頁 13〜16）也表明：科舉考試中的試帖詩對清代注詩、選詩的風氣有很大的影響。

　　志同道合的文人墨客，在一起研習詩歌創作日久，自然會形成一個個的小集團。在「試帖詩」的推波助瀾下，明清詩風之盛，幾可說是空前絕後的，本章下節將有詳論，此處不贅。虞山詩派的興起，雖未必全是順應潮流，但此中關係卻昭然若揭。

三、禁止結社的反作用

　　明時，不論在政治上或社會上，都有結黨結社的習慣。在文人群中，結社更被視爲一種互相學習觀摩和以文會友的風流雅事。一些文人雖然沒有公然結社，也沒有爲他們的團體立名，但因團員的詩風和詩見相似，也自然形成流派，如前後七子、公安、竟陵等詩派的形成與崛起，正是最好的說明。

入清後，清政府爲了箝制思想，遂禁止文人結社。但這項禁令反而促使更多文人私下秘密聚會，大家以文會友、煮酒論詩、互相品評詩文作品的得失。錢謙益也是在這種情況下，倡發了虞山詩派。張鴻跋《常熟二馮先生集》說：

> 啓禎之間，虞山文學蔚然稱盛。蒙叟、稼軒赫奕眉目，馮氏兄弟奔走疏附，允稱健者。祖少陵，宗玉溪，張皇西崑。隱然立虞山學派，二先生之力也！〔註6〕

可見錢謙益和他的學生瞿式耜、馮舒馮班兄弟，是在清廷禁止結社政策的反作用下，有意識地組成虞山詩派的。

第二節　社會風氣的鼓勵

一種文學風氣的形成，或是一種批評理論的確立，除了與政治氣候和政策措施息息相關之外，也和當時的社會風氣緊密相連。虞山詩派的興起，多少也受了社會風氣的影響。

一、詩風的盛行

科舉考試「試帖詩」的鼓勵、文人社團的林立，加上君主有意的帶動，自然形成了社會上詩風的盛行。所謂「上有好者，下必有甚焉者矣」，清代順、康、雍、乾、嘉幾位君主都是博學能文的，因而在宮中形成了題贈酬唱的風氣。影響所及，贈別懷人的詩特別多，幾成文壇的風流韻事。一些詩壇領袖如錢謙益、王士禎（1634～1711）、朱彝尊（1629～1709）、袁枚（1716～1794）等更是大力獎掖後進，使詩風更加盛行。

《續刊江寧府志》卷十五引《聞見錄》所載，其中甚至有「甘與文人爲知己，不向富貴家乞憐」之語，可見文人在當時社會上受重視的程度。錢謙益作爲東南文壇的領袖，自然更受推崇；而他爲了打擊

〔註 6〕此據郭紹虞《中國文學批評史》所引，蒙叟即錢謙益，稼軒是瞿式耜，馮氏兄弟指馮舒、馮班。

擬古詩風，擴大個人詩論主張的影響力，於是努力經營虞山詩派，可謂用心良苦。

二、詩派的興起

　　明末的蘇南地區，經濟文化極其發達，詩人墨客間的吟詠酬唱之風特別盛行。然而由於當時交通不發達，詩人的交往常常受到空間條件的限制，因此一個「地望」每每就是同一種詩風的文人論者的小集團所在。這種空間上流傳的局限性，卻也是文學流派形成的重要因素。此外，一個文學流派的形成與繁衍，作為學術帶頭人的流派宗師，舉足輕重。宗師的文壇聲譽，往往決定該流派在社會上的地位。

　　當時，蘇南詩壇上有三大詩人：雲間的陳子龍、婁東的吳偉業、常熟的錢謙益。三大詩人的家鄉就此而產生了雲間派、婁東派和虞山派三大詩歌流派。陳子龍是繼東林黨後政治兼文學組織「幾社」的領袖。幾社在政治鬥爭中是激進的，在詩歌創作上卻繼承了後七子領袖王世貞（1526～1590）的衣缽。虞山派在錢謙益的領導下，舉起了與雲間派對立的旗幟。婁東是王世貞的家鄉，所以婁東派起初是站在雲間派一邊。但隨著雲間派的領袖在抗清行動中相繼殉難，而婁東派的領袖吳偉業本身是靠錢謙益為他的詩集寫序而成名的，所以入清後很快就折衷於兩派之間而自開門戶。

　　馮舒《以明上人詩序》曾云：

　　　　今天下之言詩者莫盛於楚矣。鍾、譚兩君以時文妙天下，出其手眼為《詩歸》，……為詩也字求追新，義專窮奧，別風淮雨，何容間哉！於是天下之士，從風而靡……夫吾虞山言詩者則異於是矣。曰：詩者，志之所之也，稱事達情，以文足志而已。若鮮顧篇章之理，而爭字句之奇，是絕腸胃而畫眉目也。……持兩說者，各不相上下。

　　由此可見，虞山詩派是和鍾惺（1574～1624）、譚元春（1586～1637）所領導的竟陵派相對立的流派。非僅兩派之間如此，和其他

各大文學流派也因為基本理論與創作觀點的不同而相互角逐。這種
文人社團林立的現象，使到清代的文學批評理論，呈現出一種「百家
爭鳴」的盛況。

三、書業的發達

明時，刻書之風很盛行，印刷業也隨著迅速發展。滿清入主中原
後，印刷業更趨發達，刻書之風也更盛行。北京、南京、徽州、蘇州、
杭州等江浙一帶，都是印刷業的中心。單在蘇州一地，民間書坊就有
四十多家﹝註7﹞。私人刻書家也很多，虞山詩派的詩人論者之中，瞿
式耜和毛晉就是著名的刻書家。

吳德旋《初月樓古文緒論》所謂的「坊商書賈為求射利，常襄人
著作，翻刻時人詩話、語錄、尺牘」等之類的暢銷書，正好說明詩話
著作在當時廣為印行及流傳的情形。錢謙益的《初學集》刊行之後，
就得到廣泛的好評。他在《致龔芝麓》信中就說：「《初學》一集，賴
海內巨公大匠過分贊許，得廁於詞壇郟莒之末，心實愧之。」﹝註8﹞

可見書業的發達，的確能更進一步的鼓勵文人論者著書立說。錢
謙益學富五車，又為了奠定自己文壇領袖的鞏固地位，自然更加努力
經營虞山詩派了。

四、江浙的藏書

據梁啓超的統計，清代學術幾為江、浙、皖三省所獨佔﹝註9﹞，
可見江浙一帶學風之盛。就刻書、藏書而言，也是如此。中國近代圖
書館事業的奠基人洪有豐（1893～1963）《清代藏書家考》曾云：「清
代江浙二省，有千頃、天一……汲古、絳雲等開其端，唯藏書之風，

﹝註7﹞葉德輝《書林清話》語：「書肆之盛，比於京師。」見《舊籍新刊》
（嶽麓書社，1999年）。
﹝註8﹞此信不見於《初學集》、《有學集》。此處徵引自趙永紀《清初詩歌》
（北京：光明日報社，1993年），頁91。
﹝註9﹞梁啓超《近代學風之地理的分佈》，《清華學報》一卷一期，1924年。

尤冠於他處，亦一時風會所趨也。」〔註10〕

其中的「汲古」，是指虞山詩派毛晉所構的「汲古閣」，而「絳雲」，就是虞山派領袖錢謙益的「絳雲樓」。顧苓《河東君傳》曾述「絳雲樓」藏書之豐：「為築絳雲樓於半野堂之後。房櫳窈窕，綺疏青瑣，旁龕古金石文字，宋刻書數萬卷。列三代秦漢尊彝環璧之屬，晉唐宋元以來書法名畫，官哥定州宣城之瓷，端溪靈璧大理之石，宣德之銅，果園廠之髹器，充牣其中。」又據何振球《常熟文史論稿》所云：「錢氏絳雲樓的藏書，多為宋元精槧，而且多為孤本。在順治七年遭大火摧毀後，錢謙益曾憶錄成《絳雲樓書目》，但尚遺十之三四。後人可從《絳雲樓書目》中窺見所毀書籍內容之一斑。」〔註11〕

錢謙益晚年，將藏書悉贈族孫錢曾，使錢曾的「述古堂」和「也是園」成了當時著名的私人藏書館。絳雲樓燼餘之書，大半為明代常熟藏書家趙氏「脈望館」之珍本，錢曾獲贈書後，曾撰《讀書敏求記》，對這些珍本的內容、版本及源流進行詳盡的考證。書成後，秘不示人，後朱彝尊（1629～1709）以重金賄賂錢曾手下，才得此書，可見這批藏書的價值。

虞山派另外一位重要人物瞿式耜，其家族亦為江浙著名的藏書世家。所藏珍本皆傳於後世族人，並於乾隆年間，創立了著名的「鐵琴銅劍樓」，藏書十二萬餘卷，號稱海內四大藏書家之一。

凡此種種，都為虞山詩派的興起和發展奠定了有利的基礎。

第三節　學術思想的衝擊

滿清以異族入主中原，為了安定反側，遂採取軟硬兼施的政策；一方面大興文字獄以箝制思想，一方面則提倡文學和經學。學術思想

〔註10〕洪有豐《清代藏書家考》，《圖書館學季刊》第一卷第一期（臺北：學生書局，1969 年影印本）。

〔註11〕何振球《常熟文史論稿》（中國：南京大學，1989 年），頁 21。

在政治措施的壓力下，也偏向訓詁考據方面發展。虞山詩派的詩人論者因為要借助推崇杜詩來打擊擬古主義，因此對杜詩的評論都不遺餘力。為了反對宋人所堅持的杜詩「無一字無來處」的說法，虞山論者務必從訓詁考據入手，才能進行反駁。因此清代學術思潮的偏向，對虞山詩派的興起反而帶來了正面的影響。

一、理學的沒落與考據的興起

吳宏一《清代詩學初探》（臺北：學生書局，1986 年，頁 27～28）與簡恩定《清初杜詩學研究》（臺北：文史哲出版社，1986 年，頁 6～10）都有相同的言論，認為興起於北宋的理學，發展到明末，已淪為「空談心性不觀書，自命聖賢徒講學」的空泛言論，甚至墮入魔障，流為狂禪，間接導致明朝的滅亡。清初學者有鑒於亡國之痛，紛紛對晚明學風大加抨擊，並提出糾正的方法。如顧炎武（1613～1682）即主張「經學即理學」，提倡為學要注重史實之考訂及名物之論釋〔註12〕。又如黃宗羲（1610～1695）由理學而史學、顏元（1635～1704）主張經世致用之學等，都是為了匡正晚明王學末流的妄誕空疏之弊。

滿清政府提倡文學、表彰儒術，是為了讓知識份子埋首經傳，醉心訓詁，鑽研古史、探究名物乃至皓首，其結果必然是使清代的學術走上樸學或考證學的道路，成為文學與文化的主流〔註13〕。影響所及，詩論作者也多就輯佚、校勘的觀點來立說，像虞山派的錢謙益和馮舒，就有《杜詩箋注》和《詩紀匡謬》兩本著作，都可視為這個時代的產物。尤其是錢謙益，他對杜甫詩箋注考辨的精審，求真徵實的細緻，正是學術界考證風氣對詩論作家的影響之明證。

〔註12〕顧炎武《與友人論學書》，《亭林文集》卷三，《四部叢刊初編‧集部》（北京：中華書局，1983 年），頁 94。

〔註13〕梁啟超在《清代學術概論》及《中國近三百年學術史》中均有類似意見。

二、對晚明理學的不滿

梁啓超《中國近三百年學術史》說：「明亡以後，學者痛定思痛，對於那群閹黨、強盜、降將以及下流無恥的八股先生，罪惡滔天，不值得和他算賬了。卻是對於這一群上流無用的道學先生，倒不能把他們的責任輕輕放過。」〔註14〕

依梁氏所見，理學的沒落，甚至淪爲毫無實用價值的空疏言論、墮入魔障、流爲狂禪，都是導致明代滅亡的肇因。清初時，明代遺民學者鑒於亡國之痛，紛紛對晚明學風大加抨擊，把火力都集中在晚明理學那群「上流無用的道學先生」身上，這是晚明理學的自省，也是對王學末流的反動。然而，在詩壇上，令人驚訝的卻是：被清代學術界攻擊得體無完膚的晚明狂禪學派，卻在詩壇上佔了一席重要的地位。據馮武序《鈍吟雜錄》述馮班語所云：「汝輩讀書，須善審時勢，不可一味將『正心誠意』套語妄斷前人。……近世李氏《藏書》及金聖歎《才子書》，當如毒蛇蚖蠍，以不見爲幸，即歐公老泉漁仲疊山諸公，亦須小心聽之。」〔註15〕可見王學末流在詩壇仍具有相當的影響力，而文中所提到的李贄（1527～1602）和金聖歎（1608～1661），正是王學的繼承者，因此虞山派的馮班大加反對。

虞山派的領袖錢謙益則在《列朝詩集・卓吾先生李贄》中云：「出爲姚安太守……。一日，惡頭癢，倦於梳櫛，遂去其髮，禿而加巾。卓吾所著書，於上下數千年之間，別出手眼，而其掊擊道學，抉摘情僞，與耿天台往復書，累累萬言，胥天下之爲僞學者，莫不膽張心動……。」〔註16〕

須知，錢氏與李贄多少有點師友淵源，因此沒有直斥李氏而僅表

〔註14〕梁啓超《中國近三百年學術史》（臺北：華正書局，1984年），頁5。

〔註15〕馮班《鈍吟雜錄》卷首，馮武序，見《借月山房彙鈔》第15冊（臺北：義士書局），頁10730。

〔註16〕錢謙益《列朝詩集小傳》閏集卷三（北京：中華書局，1959年），頁704～705。

達他對當時僞道學的不滿。

在這種對理學極度反感的情緒中，虞山派遂提出宗經重史的主張，以破除王學末流的空疏弊病。將這種觀念發揮在文學上，就是要求文學作品重道兼重眞性情，批判情感放蕩之作。

第四節　文學思潮的遞嬗

文學思潮的遞嬗，雖和政治環境的更換有關，但和文人學者對於風行過久的文學潮流感到厭倦，則有著更爲密切的關連。如虞山詩派倡導詩人致力向杜甫的詩心學習，正是因爲不滿擬古主義只學杜詩的皮毛。

一、擬古風氣與反擬古思潮的影響

有明一代，自李夢陽（1473～1530）、何景明（1483～1521）倡言復古後，一時附和者極眾，可謂風靡一時，形成了影響極壞的擬古風氣。李、何最初的宗旨，也是出自營救明代詩文陳陳相因之弊的一番苦心，因而勸人少讀唐以後書，不可謂之無功〔註17〕。然而太過注重句擬字摹，食古而不化，以致變本加厲，淪爲剽竊古人章句，這恐怕也是李夢陽所始料不及的。

擬古派的領袖如前後七子，都主張「詩必盛唐」，杜甫號稱「詩聖」，自然成爲眾人模仿的對象。李夢陽身爲前七子中的領袖人物，自然用力更深。胡應麟（1551～1602）《詩藪‧續編二‧國朝下》就有「獻吉學杜，趨步形骸，登善之模《蘭亭》也」的評語〔註18〕。雖然，李夢陽學杜並多用杜詩成句的作法，在當時也曾因遭人非議而偶有衰竭之勢，但終明一代，復古風氣卻一直不絕如縷。擬古派這種偏重於形式的復古，在遭到李贄、湯顯祖（1550～1616）和公安、竟陵

〔註17〕李夢陽《空同集》，見《四庫全書影印本‧集部‧別集‧類二十四》（上海書店，1986年）。
〔註18〕胡應麟《詩藪》（上海：古籍出版社，1979年），頁768。

的大力抨擊之後，才逐漸消泯。

由竟陵鍾、譚所發起的反擬古運動，最初還頗得虞山派錢謙益和公安派李贄的支持，但後因竟陵派專主性靈，詩作又每每浮淺幽僻，遂遭公安派和虞山派的大力抨擊。錢謙益《初學集》中《劉司空詩集序》就曾指出：

> 萬曆之季，稱詩者以淒清幽眇為能，於古人之鋪陳終始，排比聲律者，皆訾謷抹殺，以為陳言腐詞。海內靡然從之，迄今三十餘年。甚矣詩學之舛也！〔註19〕

由此可見，竟陵派在當時受歡迎的程度，同時也說明為什麼後來錢謙益要率領虞山派對竟陵派「大動干戈」，抨擊鍾、譚的「不學」與「無識」。此外，對擬古主義的反感，也引發其他論者對詩歌本質與淵源的探求，如李維楨（1547～1626）所提倡的「師心論」，就指出「杜詩意境風神不可盡法，學杜者雖足可亂真，終究不及老杜。」〔註20〕

這種理論，延演至虞山派詩人論者手中，遂有更進一步的闡發。凡此種種，都和明代擬古主義和反擬古風氣有著不可分割的血肉關係。

二、宋元詩的興起

在明代專崇盛唐的擬古風氣中，宋元詩的評價低落到極點。其後雖有後七子的領袖人物王世貞於晚年力學宋詩，並對蘇軾（1037～1101）的才情讚不絕口，然而終明一代，宋元詩到底並未流行。

清初倡導宋元詩者，有的兼主唐宋，有的力主宋元。無論如何，這種注重宋元詩的作風，與明代已有明顯的不同。倡導宋元詩者之中，影響較大的是黃宗羲（1610～1695）、呂留良（1629～1683）、吳

〔註19〕錢謙益《初學集》卷三十一（上海：古籍出版社，2003年），頁908～909。
〔註20〕李維楨《來使君序》，見《大泌山房集》卷十九（濟南：齊魯書社，1997年）。

之振（1640～1717）等人。他們苦心孤詣地搜集宋人詩集，刊佈以廣流傳，以期擴大影響。如吳之振、呂留良、吳自牧編選的《宋詩鈔》、徐乾學（1631～1694）《宋金元詩選》等。但宋元詩眞正受人重視，肇其端者卻是虞山派的錢謙益。計東曾說：「近代最稱宋詩者，莫過虞山錢受之。」〔註21〕

錢謙益認爲：提倡宋元詩可以「一洗近代窠臼」〔註22〕，因此在不少詩文中都有倡導宋元詩的論述。甚至他自己的創作也是如此：「暮年之詩，心慕手追於眉山、劍南之間。」〔註23〕

毛奇齡《張弘軒文集序》中說：

> 在昔崇禎之末，主持文教者，首推雲間。自虞山錢氏
> 說起，而陋者襲之，言詩於宋則渭南、宛陵。〔註24〕

計東《譚鹿柴十集詩序》也說：

> 我吳錢氏復張目攘臂，盡刪王李、鍾譚體，覃精爲宋
> 無人詩。其徒至今日，山東、江南間以此負詩名，相推獎，
> 不絕也。〔註25〕

可見錢謙益貶七子，倡宋元詩，在當時雖然遇到極大的阻力，但還是影響頗大，甚至促進了清初詩風的轉變。如宋琬（1614～1674）之所以能「初年心儀王、李，時論以七子目之，信然。中年所作諸體大非曩製，澹遠清新」〔註26〕，正是因爲與錢謙益和虞山詩人交往的結果。

沈德潛（1673～1769）所謂「錢氏之學行於天下，相沿既久，家

〔註21〕計東《南昌喻氏詩集序》，見《改亭文鈔》，清康熙刻本。

〔註22〕錢謙益《復遵王書》，《有學集》卷三十九（上海：古籍出版社，2003年），頁1359。

〔註23〕計東《吳梅村先生詩抄題詞》，見《改亭文鈔》。

〔註24〕毛奇齡《西河文集·張弘軒文集序》，見《四庫全書·集部·別集類》（上海：商務印書館，1937年）。

〔註25〕計東《譚鹿柴十集詩序》，見《改亭文鈔》。

〔註26〕葉矯然《龍性堂詩話初集》，見《清詩話續編（上）》（上海：古籍出版社，1983年）。

務觀而戶致能」〔註27〕，正說明錢謙益的詩論對宋元詩的昌盛所起的作用。

　　而自虞山派錢謙益開始倡導宋元詩後，清初諸家亦逐漸體會到宋元詩自有理趣，因而在評論唐詩時，情緒化的推贊言辭就慢慢減少了，盲目的尊唐之風也漸漸降低了。取而代之的，就是以一副眞正藝術的眼光來評析詩歌，這對後人研究詩歌而言，可謂一大貢獻。

〔註27〕沈德潛《與陳恥庵書》，見《沈歸愚詩文全集》（北京：人民文學出版社，1980 年）。

第三章　虞山詩派的宗師及其主要傳人

　　明末清初的文壇，有些論者譽之爲常熟虞山彬彬稱盛的時代。這是因爲發源於常熟的虞山詩派，不僅是「江蘇三大詩派之首」〔註1〕，影響了有清一代的詩歌面貌，而且其創始人兼理論奠基者，還執清代詩壇的牛耳長達二十餘年——他就是備受學術界爭議的錢謙益。

　　錢謙益之所以讓人感到困惑，主要是他一生的行爲和思想都非常複雜、反常。因此，歷代論者本於「氣節」的道德要求，往往「因人而廢言」，將錢謙益摒棄於「中國重要文學理論批評家」的門外。許多文學史、文學理論批評史、地方鄉志、名人傳記如《常熟縣志》、《清代名人傳略》、《清朝七百名人傳記》、《國朝獻徵錄》、敏澤《中國文學理論批評史》等，或因避免文字獄之類禍事的關係，或因文學觀點的不同，率皆有意地避而不提，致使這樣一位重要而又複雜的歷史人物，長期成爲無人敢於涉足的「禁區」。影響所及，就連錢謙益所領導的虞山詩派，也一樣少人問津。

　　到了今天，隨著思想的進步與開放、歷史的替換和轉移，也該是動手清理錢謙益的是非功過的時候了。惟其如此，我們也才能以更

〔註1〕錢仲聯《三百年來的江蘇古典詩歌》、見《江海學刊》，1962 年第 11
　　　期，頁 1。

中立、更公平的角度評論虞山詩派的其他詩人論者，以及他們的詩論主張。

第一節　錢謙益的生平和著述

一、生平事蹟與人品評議

　　錢謙益，字受之，號牧齋，又號尚湖，江蘇常熟人。生於明神宗萬曆十年（1582 年）九月二十六日，死於清康熙三年（1664 年）五月二十四日。晚年自號牧齋老人、（東吳）蒙叟、絳雲老人、東澗遺老、虞山老民、（那羅延窟）聚沙居士等等，世人則稱之虞山先生。

　　他出身詩書門第，曾祖體仁（1509～1574），字長卿。《康熙常熟縣志·錢體仁小傳》云：「居家敦崇孝友。歲時家祭，伏地哀哭。順德官比部，郵書訓誡以廉戒，自守清白；相傳為言，又言：『盤費缺少，家中當接濟。昔人云：子孫賢，要錢做什麼。』誠格言也。其家法如此。所著有《虛窗手鏡》。」

　　祖父順時（1532～1560），字道隆，為嘉靖三十八年進士。《康熙常熟縣志·錢順時小傳》說他：「為文空靈吞吐，橫見側出，長老皆驚怪之。嘉靖己未進士，是年十月，奉命齎金數十萬餉遼軍。遼大饑，人食草，至相屠以食。抵山海關，關吏傳人肉以進，見之心悸。饑軍呼囂，傳遞相告，驚恐攝心。風雪刺骨，竣事給假歸。卒，年二十九。順時倜儻有大志，講求天文、律曆、河渠、兵農諸家之學。薈蕞成書，凡百餘卷，名曰：《資世文鑰》，旁獵醫卜、方技，無不該洽。」

　　父親世揚（1554～1610），字孝成，又字士興、俸孝，自號景行子，晚號擎隅子，著有《古史談苑》。錢謙益曾作《先父景行府君行狀》以記錄其父生平，加上其他資料可知世揚科場不利，只得常熟縣增廣生員（萬曆辛卯乙榜），臨終前囑咐兒子要努力讀書，實現他未

竟之志，這對錢謙益刺激很大。

其母顧氏（1554～1633），山東按察司副使顧玉柱之女。十七嫁到錢家，舉子多不育，婚後十二年才生下錢謙益。

謙益十九歲娶妻陳氏。〔註2〕

錢謙益六歲開始讀書：「少侍先夫子，遊於本地何氏家塾，主人何左泉，故淮府長史，與祖父順時同舉於鄉。」

年少時已聰慧異常，「少跅弛自喜，好越禮以驚眾。……吾伊稍閒，輒與輯夫譚霸王之大略，評詩文之得失，放言極論，不爲町崖」〔註3〕。

十二歲那年「病痘疹，夜分危急，舉家啼哭。」

十五歲就讀過《吳越春秋》、作《伍子胥論》、《留侯論》，文詞倜儻，見者皆擊節歎賞〔註4〕。

十七歲時「喜讀龍湖李禿翁書（李贄），以爲樂可以歌，悲可以泣，歡可以笑，怒可以罵，非莊非老，不儒不禪，每爲撫几擊節，盱衡扼腕，思置其人於師友之間。」

十八歲補蘇州府郡庠弟子，成爲府學生員。

二十歲前，對明代前後七子首領李夢陽（1473～1530）、王世貞（1526～1590）的文集已能熟爛背誦，並欲與他們共驅駕並超越之。

二十一歲校閱《春秋繁露》，深有所得。

二十四歲，瞿式耜（1590～1651）從其讀書：「萬曆乙巳，稼軒年十六，從余讀書拂水。余錄柳柳州文，至《襄陽丞趙君墓誌》，余爲言此文敘徒行求葬事，詳委曲折。稼軒喜之，每雒誦，輒十數過。」

〔註2〕錢氏家世乃據清史稿卷四八○傳部之《貳臣傳》、葛萬里及金鶴沖二家《錢牧齋先生年譜》、鄧之誠《清詩紀事初編》卷三整理而成。

〔註3〕錢謙益《李緝夫墓誌銘》，《初學集》卷五十五，見《錢牧齋全集》（上海：古籍出版社，2003 年），頁 1379～1380。

〔註4〕錢謙益《李緝夫墓誌銘》，《初學集》卷五十五，見《錢牧齋全集》（上海：古籍出版社，2003 年），頁 1379～1380。

　　萬曆三十四年（1606），錢謙益 25 歲，鄉試中舉，次年北上會試不第，歸後拜師管志道（1536～1608）：「謙益少游於梁溪，顧獨喜讀公之書，私淑者數年。丁未之秋，執弟子禮，侍公於吳郡之竹堂寺。」（見《管公行狀》）；同時潛心唐宋古文。

　　萬曆三十七年（1609），錢謙益二十八歲時又參與會試，舉進士，廷置探花。

　　然而，科舉的成功，卻使他從此陷入無法自拔的黨爭漩渦之中。當時朝廷黨派林立，有浙黨、齊黨、宣黨、東林黨等，而科考正是黨爭的一個焦點。主考官王圖與首輔葉向高（1559～1627）為東林黨人，皆賞識錢謙益策論，欲置第一。但宣黨湯賓尹的學生韓敬卻向閱卷湯賓尹行賄，故終報韓敬為狀元，錢謙益得探花，授翰林編修。

　　次年，東林黨人借京察之機，降黜湯賓尹和韓敬。不久，東林黨孫丕揚告退，葉向高去位，朝政遂落湯賓尹所附的齊、楚、浙三黨手中，並銜恨報復。同年，即 1610 年，錢謙益 29 歲，父親世揚過世，錢因丁憂歸里。喪期滿後歸朝，但不得補官，閒置十年，打擊至為沉重。

　　三十三歲，錢謙益開始肯定並保留自己的詩歌創作，三十二歲前的詩作幾乎都被他銷毀。其後幾年，又潛心佛家典籍及詩法。泰昌元年（1620），明光宗即位，錢謙益三十九歲時還朝，補原官，作《還朝詩集》上卷。

　　天啟元年（1621），熹宗登基，錢謙益出任浙江鄉試正考官。被罷官的浙黨韓敬密謀報復，買通人作偽證，誣告鄉試有弊，錢謙益遂以失察罪遭罰俸三月。

　　還朝後，補右春坊右中允。三年中，對仕宦險惡，失望已極，成《還朝詩集》下卷，並以疾告歸。張鴻跋《常熟二先生集》所說的「啟禎之間，虞山文學蔚然稱盛」，指的應該就是這個時候。

　　天啟三年秋，錢氏四十三歲，再以太子諭德兼翰林院編修赴召，

充經筵日講官，並以詹事府少詹事纂修《神宗實錄》。

四十四歲，兼侍讀學士。時東林黨再度執政，並借機將其他三大異黨幹將幾乎打盡。餘黨投靠宦官魏忠賢門下，伺機報復。天啟五年（1625），魏忠賢（1568～1627）興冤獄，殺六君子楊漣（1571～1625）、左光斗（1575～1625）、魏大中（1575～1625）、周朝瑞（？～1625）、袁化中（？～1625）、顧大章（1567～1625）。

魏忠賢爪牙王紹徽作《東林點將錄》，御史崔呈秀（？～1627）造《東林黨人同志錄》黑名單，錢謙益被《點將錄》指為「守護中軍大員天巧星浪子燕青」〔註5〕，不久又被御史陳以瑞參劾，削籍歸里。其後成詩《歸田詩集》上、下卷，並開始修撰明史，同時箋注杜詩。

崇禎元年，錢謙益四十七歲，有《崇禎詩集》等作。應召赴闕，擢任禮部右侍郎兼翰林院侍讀學士、協理詹事府事務。但在廷臣推舉閣臣時，所擬的七人名單中，卻有錢謙益而無禮部侍郎溫體仁（？～1638）和周延儒（1593～1644）。溫體仁於是上疏「訐謙益為考官時關節受賄，不當與閣臣選」〔註6〕結果錢謙益奉命去職聽勘。次年閣訟結案，錢氏坐杖論贖，踉蹌南歸。就連瞿式耜等也被牽連降謫，使他無奈地歎道：「人言仕宦海，險絕比瞿塘。」〔註7〕

歸家後，四十八歲的錢謙益深居讀書，絕不合流，以東山謝安（320～385）自命。世人目為「山中宰相」。在他的號召下，虞山派的門人弟子已達數千之眾（馮班《鄧肯堂小遊仙詩序》），隱然為東南

〔註5〕谷應泰《明史紀事本末》卷六十六《東林黨議》及卷七十一《魏忠賢亂政》（臺北：三民書局，1969年），頁713、789。

〔註6〕《明通鑒》卷八十一（北京：中華書局，1980年），頁3106。沈德潛《清詩別裁集》卷一注錢詩《召對文華殿旋奉嚴旨感恩述事》時亦云：「崇禎元年，牧齋被召，思陵召對文華殿，欲用為相。溫體仁訐其主浙試時，關節受賄，神奸結黨，聲色俱屬。思陵遂罷牧齋官。其實浙闈事，奸人紿為之也。後坐杖贖，不復用矣。」（上海：古籍出版社1984年），頁5。

〔註7〕錢謙益《牖史》（效韓文公瀧吏而作），見《初學集》卷八，頁250。

文壇領袖。五十二歲喪母，近三年無詩。

崇禎六年，作《讀杜小箋・寄盧德水》。

崇禎九年，五十五歲的錢氏又因常熟姦人張漢儒迎合閣臣溫體仁，上疏攻訐錢氏與門生瞿式耜居鄉不法事，次年遂入京下刑部獄〔註8〕。

錢謙益深感事態嚴重，一面上疏剖白，一面託人求解於司禮太監曹化淳（1589～1662）。曹「憤其冤，發從儒等陰謀」〔註9〕，謙益乃獲解南歸。

這次攻訐案勝訴，提高了錢謙益的威望，時人都以能見他為榮。出現了「雒中之冠帶，汝南之車騎，蜀郡之好事，鄠杜之諸生，聞聲造門，希風枉駕，履痕交錯，舟船填咽，邑屋闃其無人，空山為之成市」〔註10〕的盛況。

五十九歲，錢氏移居半野堂，有《移居詩集》一卷。

崇禎十三年冬，浙江嘉興人柳如是（原名楊愛）「聞虞山有錢學士謙益者，是為當今李杜，欲望其豐采，乃駕扁舟來虞」〔註11〕。謙益取所贈詩句名其集《東山詩集》。

六十歲，娶柳如是為妾，令錢氏暫時忘記仕途失意的痛苦。柳如是「頗能制御宗伯，宗伯甚寵之」〔註12〕。

六十二歲時，門人瞿式耜刻成《初學集》；錢氏築「絳雲樓」，藏書數萬部，為江南藏書最豐富的個人書館。

〔註8〕《初學集》卷二十五云：「烏程（溫體仁）以閣訟逐余，既大拜，未嘗頃刻忘殺余也。」卷十二亦云：溫體仁「奮筆票嚴旨逮問」。

〔註9〕谷應泰《明史紀事本末》卷六十六《東林黨議》，頁713。

〔註10〕萬萬里《清錢牧齋先生謙益年譜》（臺灣：商務書局，1981年），頁5。

〔註11〕《虞陽說苑・牧齋遺事》，見何振球《常熟文史論稿》（中國：南京大學，1989年），頁218。又見胡文楷《清錢夫人柳如是年譜》（臺灣：商務書局，1981年），頁8。

〔註12〕顧苓《東澗遺老錢公別傳》（上海：古籍出版社1980年）；又見《清錢夫人柳如是年譜》，頁15。

　　崇禎十七年（1644），崇禎帝曾想過起用錢氏，並在召見大臣時以「博古通今，學貫天人」〔註13〕稱許之，但因周延儒阻撓而未成。後崇禎准中書沈廷揚「請任錢謙益為登萊巡撫，操練水師，抵禦清軍」之疏，於「甲申三月十一日賜環召公」〔註14〕；但十九日明朝即傾覆。

　　李自成（1606～1645）攻克北京後，崇禎自縊。陪都南京倉倅議立嗣君，福王朱由崧（1607～1646）、潞王朱常淓（1607～1646）俱逃至淮安。馬士英（約1591～1646）、阮大鋮（約1587～1646）擁福王；史可法（1602～1645）、錢謙益則擁潞王。

　　後福王登位，改元弘光。錢氏深感自危，加上「心豔揆席」〔註15〕，覬覦相位，遂轉投馬、阮，起為禮部尚書，後兼翰林院學士掌府事，加太子太保。這就是他為人詬病的第一大污點。

　　這期間，他卻也做了一些抗清工作，如當史可法督師揚州，指揮不靈時，他力主援揚，並自請督兵，助史可法守城，後因弘光帝「溫旨慰留」〔註16〕而作罷。

　　次年，即弘光元年五月，錢氏六十四歲時，清兵渡江，南京淪陷，弘光出奔。錢氏沒聽取愛妾柳如是投水殉節〔註17〕、成仁取義的勸告，與總督京營戎政趙之龍、大學士王鐸（1592～1652）等迎降，並隨例北遷。這是他備受爭議的第二大污點。

　　雖然，他在《與邑中鄉紳書》中曾申辯地說：「大兵到京城外才

〔註13〕錢謙益《書輦下知己及二三及門謝絕中朝寢閣啓事慨然書懷因成長句四首》自注，見《初學集》卷二十，頁722。

〔註14〕顧苓《東澗遺老錢公別傳》，同註12，頁218。

〔註15〕談遷《國榷》卷一〇四（北京：古籍出版社，1958年），頁6173。

〔註16〕錢謙益在《雜人》詩「刺閹痛惜飛章罷」一句下自注：「余力請援揚，上深然之。已而抗疏請自出督兵，蒙溫旨慰留而罷。」見《有學集》卷八，頁388。

〔註17〕胡文楷《清錢夫人柳如是年譜·牧齋遺事》：「柳夫人勸牧翁曰：是宜取義全大節，以副盛名。牧翁有難色，柳奮身欲入池中，持之不得入。」（臺灣：商務書局，1981年），頁17。

一日，僕挺身入營，創招撫四郎之議。……見大事已去，殺運方興，拚身捨命，爲保全百姓觸冒不測。」但總的來看，始終是人性「圖安求生」的弱點在作祟。沈德潛也在《清詩別裁集‧卷一》中說：「牧齋不死，一以明史自任，一以受溫體仁攻訐，未得相位爲恨，佐命新朝，庶展抱負也！」〔註18〕

順治三年（1646），清廷授錢謙益以禮部右侍郎，管祕書院事，充修明史副總裁。

是年五月，弘光帝及潞王相繼被害。六月，也就是降清後五個月，錢氏「即託病歸家，成詩《秋槐詩集》，取義王維被拘菩提寺、『秋槐落葉空宮裏』一句，以王維自況也。」〔註19〕此舉楊恩壽（1835～1891）在《詞餘叢話》中評爲：「虞山入吾朝也，欲秉鈞衡，專史席，二者皆違所願，故多感慨詞。」〔註20〕然而，在他南歸途中，曾作《丙戌南還贈別故侯家妓人冬哥四絕句》，有詩「兩見仙人泣露盤」〔註21〕句感歎明亡，楊際昌（1719～1804）《國朝詩話》評爲：「哀音感人，豈但以風流結習目之？」〔註22〕錢謙益在《與李膚公》中亦云：「志氣衰颯，每一執筆不勝山河陵谷之感。雖復敷衍成篇，亦往往如楚人之吟，楚囚之操，鼠憂蚓泣。」〔註23〕可見這些作品都是他的肺腑之言，怎能只是「感慨之詞」而已呢？

假如說投靠馬、阮是個人品行問題、那麼降清就是民族氣節的問題了。這是錢謙益一生中難以讓人諒解的兩大政治污點。如果勉強

〔註18〕沈德潛《清詩別裁集》卷一（上海：古籍出版社），頁1。

〔註19〕蕅萬里《清錢牧齋先生謙益年譜》（臺灣：商務書局，1981年），頁6。

〔註20〕楊恩壽《詞餘叢話》，見《中國古典戲曲論著集成》第9冊（北京：中國戲劇出版社，1982年）。

〔註21〕錢謙益《秋槐詩集》，見《有學集》卷一，《四部叢刊‧集部》（上海：商務印書館），頁15。

〔註22〕楊際昌《國朝詩話》，見郭紹虞《清詩話續編》（上海：古籍出版社，1983年）。

〔註23〕此信不見於《初學》、《有學》二集，此處援引趙永紀《清初詩歌》資料（北京：新華書局，1993年），頁98。

想要為他說解洗脫，恐怕十分困難。然而，如果我們設身處地的為他深入思考，不難發現其中所蘊含的深刻的歷史因素。

科舉的成功，並沒有帶給錢氏繁花簇錦的韶光，反而使他長期在黨爭的漩渦中掙扎。仕宦三十餘載，在朝卻不超過五年。窮居山林的日子，使這個傑出的才智之士，雖有「濟世之略，而絲毫不得施展；懷無涯之志，而不能快其心胸」﹝註24﹞，因此才演出了他一生中的兩大悲劇。他的功名心使他不甘於寂寞，他的利欲心也使他冀求表現，他曾在《飲酒七首》中直言不諱地說：「我本愛官人」﹝註25﹞，尤其對不能入閣為相，深以為憾。鄭方坤《東澗詩鈔小傳》中就說他：「其生平所最抱恨者，尤在閣訟一節，每一縱談及，輒盛氣坌湧，語雜沓不可了。」﹝註26﹞

更重要的是：他雖然無法在政治上滿足自己的欲望，可是作為明清之際詩壇的領袖，他卻又備受讚譽。錢謙益的悲哀正是因為他具有和杜甫相同的「名豈文章著」心態，所奢望的始終是政治上至高的權力。

因此，這兩種乖悖的力量，使得他越發矛盾，也使到他無法兌現的政治野心和已經享有的文壇榮譽感之間的衝突越發劇烈。於是，當權奸馬、阮二人向他招手時，這兩種不平衡的心態終於使他跌落了萬丈深谷，並走向降清那萬劫不復的絕路。

然而我卻深自以為：錢謙益其實天良未泯。因為他畢竟長期接受儒家思想的薰陶，深知知識份子都應有「三軍可奪帥，匹夫不可奪志」的節氣。一旦良知覺醒了，一旦道德心戰勝了功名利欲心，他就開始負疚懊悔了。所以在降清五個月後，他就託病歸里，並且在往後的二十年中，積極從事抗清的工作來洗刷靈魂中的恥辱。

﹝註24﹞歸莊《祭錢牧齋先生》，見《歸莊集》（上海：中華書局，1962年）。
﹝註25﹞錢謙益《飲酒七首・其五》，見《初學集》卷七《崇禎詩集三》，頁76。
﹝註26﹞鄭方坤《國朝名家詩鈔小傳》，見《叢書集成初編》（北京：中華書局，1991年）。

據鄧之誠《清詩紀事初編》所云:「是時法令嚴,朝官無敢謁假者。」〔註27〕可見清初對明代降官的管束極嚴,謁假率皆視為「心懷異志,不願效力」。錢氏甘冒性命危險馳驛回籍,正說明他的後悔以及與舊我絕裂的決心;而且在歸里後,他很快就投入了地下反清的活動,如串聯黃毓琪,策反馬進寶,交通瞿式耜與鄭成功(1624~1662)等等。

鄧之誠《清詩紀事初編》說:「時桂王立於粵中,瞿式耜為大學士;鄭成功、張名振(1601~1656)、張煌言(1620~1664)舟師縱橫海上,謙益皆與之通。」〔註28〕朱希祖《抄校本存信編跋》中亦有「據此則謙益不特通海,又入黔請命,招集海上義兵以與延平相呼應也久矣」〔註29〕的論述。

此外,據祝純瑕《孤忠後錄》所載,錢氏曾於順治四年「命其妾豔妓柳如是於海上犒師」〔註30〕(黃毓琪的海軍),結果黃毓琪兵敗被捕,錢氏也因曾「留黃毓琪宿,且許助資招兵」〔註31〕而於順治五年入江寧獄。後得柳如是全力營救,加上首告盛名盛逃匿,黃毓琪病死獄中,方得脫險。他在詩作《後秋興之三》「破除服珥裝羅漢」句後自注云:「姚神武有先裝五百羅漢之議,內為予盡橐以資之,始成一軍。」〔註32〕說的正是此事。

又,據葛萬里《清錢牧齋先生謙益年譜》所載:「是年(順治七年)三月,(黃宗羲)來見先生,欲因先生以招娶中鎮將,有事則遣

〔註27〕鄧之誠《清詩紀事初編·上》卷三(上海:古籍出版社,1984年),頁306。

〔註28〕同上,頁306~307。

〔註29〕趙永紀《清初詩歌》(北京:新華書局,1993年),頁103。

〔註30〕胡文楷《清錢夫人柳如是年譜》云:「江陰黃毓琪起兵,柳夫人至海上犒師。」文後引祝純瑕《愚忠後錄》語:「順治四年,常熟錢謙益命其妾豔妓柳如是至海上犒師。」(臺灣:商務書局,1981年),頁18。

〔註31〕《清史列傳》,見何振球《常熟文史論稿》(中國:南京大學,1981年),頁221。

〔註32〕錢謙益《有學集》卷十,頁90。

使入海告警，令之爲備。」〔註33〕就是指策反馬進寶，配合鄭成功海上抗清活動而言。

據范鍇《華笑頎雜記》和錢氏《有學集·兩湖雜誌·二十首》的兩段文字，可知錢謙益曾在六年內三次冒著生命危險策反馬進寶〔註34〕。雖然他沒有取得成功，但在古稀之年卻不辭舟車勞苦，一次又一次地爲抗清大業奔波不休，表現出熾熱的抗清精神與眞誠的反清態度。

據瞿式耜《報中興機會疏》所言：順治六年，家僮胡科由江南到桂林，錢氏曾託交一信，報告清軍將領的動態和可能爭取的反正部隊。使得這位在南京滅後留守桂林，進行艱苦卓絕的抗清鬥爭的志士不禁稱道：「累數百言，絕不道及寒溫家常字句，唯忠軀義感溢於楮墨之間。蓋謙益身在虜中，未嘗須臾不念本朝，而規劃形勢，瞭如指掌，綽有成算。」〔註35〕

順治七年十月，瞿式耜殉難桂林，錢氏聞訊，悲痛至極，作《哭稼軒留守相公詩一百十韻》〔註36〕。情詞悱惻，沉痛哀惋。而瞿式耜就義前在獄中曾有《自入囚中頻夢牧師周旋繾綣倍於平時詩以誌感》七律一首，後四句說：「天心莫問何時轉，臣節堅持豈改常？自分此生無見日，到頭期不負門牆。」表明殺身成仁，就是爲了「不負門牆」〔註37〕，不負錢謙益的教誨。瞿與錢有數十年師徒之誼，對錢氏最爲瞭解，再次證明錢氏抗清的誠意。

據魏源《聖武記》卷八所云：「順治十四年，鄭成功聞王師（清

〔註33〕萬萬里《清錢牧齋先生謙益年譜》（臺灣：商務書局，1981年），頁7。

〔註34〕據清范鍇《華笑頎雜記》所載，錢氏曾於順治七年五月、順治十年、順治十三年的六年中，三次往見馬進寶。

〔註35〕瞿式耜《報中興機會疏》，見《瞿忠宣公集》（上海：古籍出版社，1981年）。

〔註36〕錢謙益《有學集》卷四，見《錢牧齋全集》第4冊，頁138～141。

〔註37〕瞿式耜《浩氣吟》一卷，見《借月山房彙鈔》（嘉慶本、景嘉慶本）第十六集。

軍）三路攻永曆於雲貴，乃大舉進犯江南，以圖牽制。」〔註38〕其時，錢謙益就從城內移居到常熟城東面三十里長江邊的白茆芙蓉莊，以便與各地遺民往還，爲鄭成功入江奪取南京聯絡人員，同時避人耳目。

順治十六年六月，鄭成功攻入長江，克瓜州，並於楊蓬山盡殲清軍，進一步攻下鎮江，並於七月初達金陵城，「一時徽守及太平池州等三州二十四縣，望風納款，維揚蘇常且夕待變，杭州江南九州等處俱有密謀舉義前來給札者，東南震動」〔註39〕。錢謙益懷著興奮的心情，密切注意事態發展，並爲鄭成功的獲勝而高歌：

> 龍虎新軍舊羽林，八公草木氣森森。
> 樓船蕩日三江湧，石馬嘶風九域陰。
> 掃穴金陵還地肺，埋胡紫塞慰天心。
> 長干女唱平遼曲，萬戶秋聲息搗砧。〔註40〕

詩中洋溢著沉酣的民族意識和激烈的鬥爭精神，沈鬱頓挫，感慨蒼涼。集名《投筆》，更有慨然投筆從戎之志。陳寅恪（1890～1969）給此集以高度的評價：「《投筆》集諸詩摹擬少陵，入其堂奧，自不待言。且此集牧齋諸詩中頗多軍國之關鍵，爲其所身預者，與少陵之詩僅爲得諸遠道傳聞及追憶故國平居者有異。故就此點論，《投筆》一集實爲明清之詩史，較杜陵尤勝一籌，乃三百年來絕大著作也。」〔註41〕

順治十六年七月二十三日，鄭成功敗績南都，退兵崇明，錢謙益曾駕小舟於驚濤駭浪中從白茆至長江入海口與鄭成功相見，商討東山

〔註38〕魏源《聖武記》（北京：中華書局，1984 年），又見《四部備要》（排印、縮印本），史部雜史類。

〔註39〕萬萬里《清錢牧齋先生謙益年譜》（臺灣：商務書局，1981 年），頁8。

〔註40〕錢謙益《投筆集》上卷《後秋興》（之一），寫於順治十六年（1659）七月初一。原題《金陵秋興八首次草堂韻》，見《錢牧齋全集》第 7 冊，頁 1。

〔註41〕陳寅恪《柳如是別傳》第五章（上海：古籍出版社，1980 年）。

再起之計，爲抗清鬥爭獻上最後一份心血。〔註 42〕後鄭成功敗退廈門，轉奪臺灣，並於順治十八年病逝臺灣。東南人民復明的火炬從此熄滅。不久後，錢謙益也懷恨而終。

臨終前，他已爲抗清武裝耗盡資產，一貧如洗，連喪葬費都拿不出。抗清義士黃宗羲（1610～1695）專程去探望他時，恰好鹽臺顧某上門求文三篇，答應給若干銀錢爲潤筆。錢謙益接受顧請，卻又無力爲文，只好求黃宗羲代筆。黃宗羲《南雷詩歷・八哀詩》中的「憑茵引燭燒殘話，囑筆完文抵債錢」兩句，即指此事。〔註 43〕由此可見，錢謙益爲了洗刷自己的恥辱，在晚年的抗清鬥爭中耗盡財力、物力、精力及心力。

這再三說明了錢謙益許多明顯的轉變，並非如一些論者所言，只是出於「文過飾非，故爲刻飾」而已；當然也不是「掩飾靦顏事敵的恥辱」的行爲。〔註 44〕事實上，錢謙益晚年的抗清行動，史載昭昭，他在晚節中所閃露出的亮色，不但令人景仰，也應受到論者的正視與肯定，才不失公允。

所以，連民族主義革命情緒十分強烈、力倡排滿的章炳麟（1869～1936）在讀了錢氏的《投筆集》後，也要贊曰：

　　　　其悲中夏之沉淪，與犬羊之傲擾，未嘗不有餘哀也。

又云：

　　　　世多謂謙益所賦，特以文墨自刻飾，非其本懷。以人

〔註 42〕錢謙益《投筆集・後秋興之三……八月初十日小舟夜渡，惜別而作》一詩，記載了錢氏以八十之軀，隻身赴見鄭成功的事迹。詳見《錢牧齋全集》第 7 冊，頁 10～15。

〔註 43〕黃宗羲《南雷詩歷・八哀詩・之五・錢宗伯牧齋》云：「四海宗盟五十年，心期末後與誰傳。憑祒引燭燒殘話，囑筆完文抵債錢。紅豆俄飄迷心路，美人欲絕指箏弦。平生知己誰人是，能不爲公一泫然！」後自注：「問疾時事，宗伯臨歿，以三文潤筆抵喪葬之費，皆余代草。」見《南雷詩歷》卷二，載《黃梨洲詩集》，又見《四部叢刊・集部》《南雷集》之《南雷詩歷》卷二，頁 238。

〔註 44〕游國恩主編《中國文學史》第 4 冊（北京：人民文學出版社，1987年），頁 174。

情思宗國言，降臣陳名復至大學士，猶拊頂言不當去髮，
以此知謙益不盡詭偽矣。〔註45〕

這才是有識之士的論見，這才是對錢氏公平的注腳。

此外，反清志士歸莊（1613～1673）《祭錢牧齋先生文》也說：

先生喜其同志，每商略慷慨，談宴從容，剖腸如雪，
吐氣成虹。感時追往，忽復淚下淋浪，髮鬖蓬鬆。窺先生
之意，亦悔中道之委蛇，思欲以晚蓋，何天之待先生之酷，
竟使之賫志以終。〔註46〕

這就清楚地指出他的痛悔，並真心地欲以實際行動贖罪。

當然，這並不表示錢謙益的屈節降清就可以被原諒。因為就算
他自己，也非常鄙視過去無恥的行為。他在《西湖雜感》中有詩句
如：

鶯斷曲裳思舊樹，鶴髮丹頂悔初衣。〔註47〕

此外，他也常感歎自己「瀕死不死，偷生得生」〔註48〕；這都
一再地說明他懺悔萬分及痛苦不堪的心情。

被清廷追捕的抗清志士閻爾梅（1603～1679）有一首題為《錢牧
齋招飲池亭，談及國事慟哭，作此誌之，時同嚴武伯熊》的詩，說錢
氏「大節當年輕錯過，閒中提起不勝悲」，更讓人看出錢氏對自己當
初不能以身殉國而變節降清的醜事悔恨交加，沉痛已極。因為閻爾梅
與錢氏來往不密，偶一過訪，即對錢氏的悔恨之情感同身受，足以由
此窺見其晚年心境的一斑。

由此可見，錢謙益是背著極為沉重的道德包袱，走完他最後二十
年的人生道路的。他當然要為自己的錯誤行為負責，可是我們也不應

〔註45〕章炳麟《訄書·別錄甲》，見《章太炎全集》（上海：上海人民出版
　　　　社，1995年）。又見《太炎文錄》，清光緒二十七年（1901）木刻本，
　　　　1904年日本翔鸞社鉛印修訂本。
〔註46〕歸莊《祭錢牧齋先生》，見《歸莊集》（上海：中華書局，1962年）。
〔註47〕錢謙益《有學集》卷三，見《錢牧齋全集》第4冊，頁105。
〔註48〕錢謙益《與族弟君鴻論求免慶壽詩文書》，《有學集》卷三十九，見
　　　　《錢牧齋全集》第6冊，頁1340。

該停留在王夫之（1619～1692）等明末遺民的立場上，堅守所謂「夷夏之大防」來作爲評價歷史人物功過是非的依據；更不能因爲乾隆在欽定《國朝詩別裁集》三十二卷的序文中斥他爲「居本朝而妄思前明之亂民」，又說了「……從前序沈德潛《國朝詩別裁集》，曾明斥錢謙益等之非，黜其詩不錄，實爲立千古綱常名教之大關。彼時未經見其全集，尚以爲其詩自在，聽之可也。今閱其《初學集》、《有學集》，荒誕悖謬，其中詆謗本朝之處，不一而足。夫錢謙益果終爲明朝守死不變，即以筆墨騰謗，尚在情理之中；而伊既爲本朝臣僕，豈得復以從前狂吠之語列入集中？其意不過欲藉此以掩其失節之羞，尤爲可鄙可恥」，「實不足齒於人類」〔註49〕之類的話，就將他的著作視爲「貌爲忠憤之語」〔註50〕。又或者盲目服從乾隆之旨意，認定錢謙益是「作僞以掩恥」〔註51〕。如趙翼《甌北詩話》所云，就是其中一個不加理性分析就苟同乾隆上諭的例子：

> 顧謙益已仕我朝，又自託於前朝遺老，借陵谷滄桑之感，以掩其一身兩姓之慚，其人已無足觀，詩亦奉禁，固不必論也。〔註52〕

事實上，在錢氏死後，其著作一再遭清廷禁燬，並被《清史》列入《貳臣傳》乙篇中，反而更能看出他堅決的反清意識。中國近代目錄學家、史學家和圖書館事業的奠基人繆孫荃（1844～1919）在《有學集跋》中說錢之著作所以被清廷遭嚴令禁燬，「蓋由腸熱之念，知恥之心，交哄於中，不得自決，於是以降臣之手，爲貞士之文」，確是具眞知灼見的肺腑之言。

〔註49〕《清實錄》第 19 冊，《高宗實錄》卷八三六，乾隆三十四年六月丙辰上諭（北京：中華書局，1986 年），頁 155。

〔註50〕《清實錄》第 19 冊，《高宗實錄》卷八三六，乾隆三十四年六月丙辰上諭（北京：中華書局，1986 年），頁 155。

〔註51〕《清實錄》第 19 冊，《高宗實錄》卷八三六，乾隆三十四年六月丙辰上諭（北京：中華書局，1986 年），頁 155。

〔註52〕趙翼《甌北詩話》卷九《吳梅村詩》，見郭紹虞《清詩話續編》（上海：古籍出版社，1983 年），頁 1282。

總而言之，我們須認清明清歷史的矛盾，實際上只是漢民族與少數民族的滿族在中國內部的一種矛盾，錢氏降清固屬辱節，但畢竟與投降異國有別，其中的是非曲直，很難站在狹隘的民族主義的立場上加以論斷。近代臺灣史學家杜維運教授無法認清此理，直斥「錢氏之為人，蓋不足取，迎降與阿附閹黨，皆為略具羞恥之心者所不忍為」〔註53〕；《故宮博物館院刊》1980 年第一期也有論者說錢氏「變節降清後，詩中常常故意表示懷念故國，詆斥清朝，想掩飾他失節的恥辱」的言論，恐怕都是對這位重要而複雜的歷史人物，缺乏正確的認識以及同情的瞭解所致。

當我們對歷史的錯誤有了清楚的識別之後，我們就更能對錢謙益的為人與作品作出更明確的評價了。

二、主要著作

由於錢謙益家學深厚，兼之天賦優異，終生勤學，所以經史百家，佛乘道藏，無所不通。其詩格精整，文亦閎肆，創作著述，至老不輟，因此著作甚豐。在明末與清初的幾十年中，他始終是中國東南文壇的盟主，受崇為一代文宗。加上學識淵博，創作經驗與審美經驗豐富，而且年壽甚長，交遊極廣，因此請他為詩集文集寫序題跋的門人學子很多，影響十分深遠。

大致上說，明亡前他的著述有《初學集》一百一十卷，入清後有《有學集》五十卷、《投筆集》二卷、《苦海集》一卷及其他未刊詩文多種。《列朝詩集》則在明天啟年間，他四十歲之後開始編撰，當時只選了三十多家，未成而罷。告歸後續成，選錄明代詩人二千，附小傳，編為《列朝詩集》八十一卷（古典文學出版社曾於 1957 年刊行）。另有《杜詩箋注》二十卷、《吾炙集》一卷、《楞嚴經疏解蒙鈔》、《心經小箋》等。歷史考據學方面的著述則有極為受人稱誦的《太祖實錄辯證》五卷（收於《初學集》卷 101〜105）和《國朝群雄事略》十

〔註53〕杜維運《清代史學及史家》（北京；中華書局，1988 年），頁 224。

五卷。書目學方面的著作則有《絳雲樓書目注》四卷。

以下將簡述其重要著作之內容與版本。

（一）《初學集》一百一十卷

這是由錢氏自訂，門生瞿式耜編輯，刻於崇禎十六年（1643），並於 1644 年錢氏六十三歲時明亡後幾個月刊行的著作。分詩二十卷，文八十卷，《太祖實錄辨證》五卷，《讀杜小箋》三卷和《讀杜二箋》二卷。此書清代列爲禁書，故後印本於忌諱字句均加以挖改。清人錢曾所撰《初學集箋注》二十卷，刻於清初，與瞿本略有出入，詞句也互有異同，後有翻刻本。清末宣統二年，邃漢齋以瞿刻本與錢曾箋注本兩相對勘，作了校訂，並加按語，合兩本爲一，以鉛字排印。二十年代，商務印書館據瞿式耜、鄒鎡原刻影印《初學集》，列入《四部叢刊》。日本明治十六年擁書城印有木活字本。

其中詩二十卷，所收詩起自泰昌元年九月，至崇禎十六年底。而萬曆四十二年甲寅至泰昌元年間的作品，選了一些作爲附錄放在卷一之後。據瞿式耜《牧齋先生初學集目錄後序》說：編集時錢氏曾「手削其十之四五」，已將平日所作詩文刪去近半。這是因爲錢氏悔其少作，所以三十三歲前作品多被刪去。二十卷中，有《還朝詩集》、《歸田詩集》、《試拈詩集》和《丙舍詩集》各二卷、《崇禎詩集》六卷、《桑林詩集》、《霖雨詩集》和《移居詩集》各一卷，以及《東山詩集》四卷。

《初學集》中詩作的內容，有的突出表現了對東北邊禍的關切（如《寄東江毛總戎》、《和范致能燕山道中絕句八首・白溝河》等）；有的表達了詩人對宦官和權奸的痛恨（如《九月十一日次固鎮驛恭聞泰昌皇帝開遐途次感泣賦挽詞・之四》、《和范致能燕山道中絕句・琉璃河》、《文狀元文起》、《昌平州唐罰去華故里》等）；有的則讚揚了抗敵將相和忠正人物。集中也有一部分是記遊詩，對山水景物的描繪，雄偉、奇詭、絢麗兼而有之，如黃山遊詩等。另外，錢謙益也在

詩中描述他和名妓柳如是的交往，可見題材的多樣化。

（二）《有學集》五十卷

這也是由錢氏自訂，另一門生鄒鎡（即鄒式金）編輯，最早刻於康熙三年，於 1664 年錢氏八十三歲死後不久刊行。康熙二十四年金匱山房重刊本，補入原刊中未收的佚文 73 篇，逸詩 23 首，將增補的題跋、雜文另編 1 卷，附於原書之後。因所收爲易代前後之作，文中觸及時忌的，皆刪除、合併後才印行，篇目與文多有不合。今人瞿鳳起輯有《有學集佚文》補之。

《有學集》爲錢氏入清後之作，分詩十三卷，文三十七卷。清初亦列爲禁書，後印本非特文句有所挖改，文章亦有抽換。清人錢曾撰有《有學集箋注》十四卷，專注此集中之詩。有康熙年間玉詔堂刻本，日本明治十六年擁書城印的木活字本。《四部叢刊》有影印本，與《初學集》合刊。

據鄒式金序稱，錢「易簀時，乃以手訂《有學集》授遵王。余弟子爲及門，故得見而知之。」遵王是謙益族孫，鄒所言當不虛。但錢的作品，由於各種原因未收入集者甚多，同時人或後人又輯有《牧齋別集》、《有學集文集補遺》、《有學集文鈔補遺》、《牧齋集補》等多種。1985 年，錢仲聯先生受上海古籍出版社所託，整理校點的《謙益別集》，把所能收到的《初學》、《有學》二集外的作品，全數編入，所收最爲完備。

詩十三卷按年編纂，從乙酉（1645）始，終於甲辰（1664），共9 個小集，13 卷：《秋槐詩集》、《秋槐詩支集》、《夏五詩集》、《絳雲餘燼詩》、《秋槐詩別集》、《高會堂詩集》、《長干塔光詩集》、《苦海集》各 1 卷、《紅豆詩集》3 卷、《東澗詩集》2 卷。

《有學集》的詩作多寫懷念故國之情，不滿清廷之怒以及錢謙益抗清之事，歷時自他順治三年六月南還直至死去，近二十年之久，其中筆酣墨飽，情眞意切，說得上是字字血，**聲聲淚**，獲得極高的評價。

（三）《列朝詩集》八十一卷

錢氏評詩論文之作，除文集所收的有關論述外，還編過一部包籠有明一代詩歌的《列朝詩集》。全書總分爲甲、乙、丙、丁4集，另外，帝王的詩置於卷首爲「乾集」，僧道、婦女、宗室和域外詩列於卷末爲「閏集」，元末明初的詩則編在乾集後爲「甲集前編」。書中在各家詩前，繫以小序、簡述作者生平，論作品之得失，具有很高的歷史價值和理論價值。康熙三十七年（1698），錢謙益族孫錢陸燦（1612～1698）將諸序集出，以《列朝詩集小傳》單行，是錢氏最重要、最有系統的文學批評著作。

《列朝詩集》的編選，始於明天啓年間，錢氏四十歲左右；但當時只選了三十多家，未竟而罷。告歸後，繼續編撰，選錄明代276年間的詩作共81卷，入選詩人1600餘家。他選此集，不論工拙，而是仿照元問好《中州集》「以詩繫人，以人繫傳」〔註54〕的體例，使之保持一代詩史的面貌。

最早的版本是康熙初年門人毛子晉在錢謙益七十一歲時刻成的，錢氏還親筆爲序，並由錢氏絳雲樓付梓。但由於清初錢書遭禁，因此《列朝詩集》流傳很少。至宣統庚戌（1910）始據原版重新雕印。古典文學出版社於1957年曾據《小傳》本標點，並參考康熙絳雲樓《列朝詩集》刻本，略有增補而出版。

（四）《錢注杜詩》二十卷

此書原名《草堂詩小箋》，季振宜（1630～1674以後）刻本載錢氏自序則題爲《草堂詩箋元本序》，簡稱「錢箋」，卷首有《杜詩略例》。詩分古近體共十九卷，第二十卷爲文集。文集後附《誌傳集序》、《少陵先生年譜》、《諸家詩話》及《唱酬題詠》，由錢曾參校。著錄者有清徐乾學《傳是樓書目》、《清史稿・藝文志・四》、清《學部圖書館

〔註54〕錢謙益《有學集》卷十四《列朝詩集序》，見《錢牧齋全集》第5冊，頁678。

善本書目》七家批本、《上海圖書館善本書目》（清張大受批），《浙江圖書館善本書目》（清陸奎勳、倪象占兩家批本）、《成都杜甫草堂收藏杜詩目錄》（乾隆重刻本）、《四川圖書館館藏古籍目錄》（牛運震、朱墨批）等。

版本有：

清康熙六年（1667）靜思堂刻本，清乾隆翻刻本，清宣統二年（1910）國學扶輪社及寄青霞館據何焯批點排印本，1915 年廣益書局據何焯批點排印本，清宣統二年（1910）袁康集評，上海時中書局石印本，1935 年上海世界書局排印本，1958 年中華書局上海編輯部排印本，1979 年上海古籍出版社重版，訂正了某些錯字和斷句不妥之處。

第二節　重要弟子

錢謙益在明末清初的詩壇上影響很大。鄭方坤《國朝詩鈔小傳》中說：

> 當是時，虞山之名滿天下，王夷甫瓊樹瑤林、韓昌黎泰山北斗，不是過也。〔註55〕

正是指錢氏在文壇上地位的崇高與受到重視的程度。而虞山詩派之所以能「名滿天下」，除了錢謙益本身領袖東南文壇達二十年之久外，也主要得力於他的一班傳人與學生。

虞山詩派領袖錢謙益的學生很多，較出名的有馮舒、馮班兄弟，抗清英雄瞿式耜和鄭成功，藏書與刻書家毛晉以及詩人與藏書家陸貽典。

一、馮　舒

馮舒（1592～1646），江蘇常熟人；字己蒼，號墨庵，又號癸巳

〔註55〕鄭方坤《國朝名家詩鈔小傳》，見《叢書集成初編》（北京：中華書局，1991 年）。

老人。著有《墨庵遺稿》十卷。也和其弟馮班合著《二馮評點才調集》，主要詩作都收錄在《空居集》、《避人集》、《幽邅集》中。

二、馮　班

馮班（1603～1671），江蘇常熟人；字定遠，號鈍吟，或曰鈍吟居士，晚年以鈍吟老人自稱。年少時與兄長馮舒齊名，人稱海虞二馮或常熟二馮先生。著有《馮定遠集》十卷、《馮氏小集》三卷、《鈍吟集》三卷、《鈍吟別集》一卷、《鈍吟餘集》一卷、《遊仙詩》一卷、《鈍吟老人集外詩》一卷、《鈍吟老人文稿》一卷、《鈍吟樂府》一卷、《鈍吟老人遺稿》一卷，凡二十三卷。〔註56〕

三、瞿式耜

瞿式耜（1590～1651），江蘇常熟人；字起田，號稼軒、耘野，又號伯略；後受洗入教，聖名「Thomas」。瞿式耜是著名的抗清英雄，十六歲時拜錢謙益為師，萬曆四十四年（1616）進士，永曆朝官至文淵閣大學士，吏、兵兩部尚書。清兵攻陷桂林時被俘，四十二天後從容赴難於桂林風洞山仙鶴嶺。其絕命詩云：「從容待死與城亡，千古忠臣自主張。三百年吏恩澤久，頭絲猶帶滿天香。」著有《耕石齋詩集》、《瞿忠宣公文集》、《媿林漫錄》等。錢氏《初學集》一百一十卷即由瞿式耜編輯刻印。

四、鄭成功

鄭成功（1624～1662），福建泉州南安人；原名森，字明儼。十五歲執贄錢謙益之門。謙益奇其才，賜名大木。順治十四年，永曆朝進封鄭成功為延平郡王，招討大將軍，為著名的抗清大將，後因兵敗而退守臺灣。

〔註56〕據臺灣國立中央圖書館《善本書目》增訂本第三卷和鄧之誠《清詩紀事初編》二書所載，都說馮著有二十三卷，應該是較為可靠的說法。

五、毛 晉

　　毛晉（1599～1659），江蘇常熟人；初名鳳苞，字子久，後改字子晉，號潛在。爲明末清初著名的藏書家、校刻家、出版家。他不惜重金收購大量善本書與秘笈，所構汲古閣、目耕樓，藏書達八萬四千餘冊，多爲南北宋內府散失民間的釋道兩藏和罕見的宋元刻本。據《汲古閣珍藏秘本書目》載：汲古閣藏宋版三十五種、元本二十七種、景宋版抄本六十六種、舊抄本一百九十七種、精抄本五十種、手抄本二十二種，影元版抄本十種，內府抄本一種，其他刻版抄本六十八種。而這只是全部藏書的一小部分，可見其價值。此外，他又雇好手以佳紙優墨，影抄大量宋版本，也稱「毛抄本」。他還大規模彙編刊刻大量書籍，迄今稱貴的有《十三經》、《十七史》、《津逮秘書》、《元十種曲》、《宋元十名家詞》等。世人稱譽他爲「刊刻宋諸家辭彙編總集」的始祖。而他刻書數量之多，在私人出版家中，也可謂空前絕後。

　　據《汲古閣校刊書目》上不完全的統計，毛晉所刻字數至少在三千萬以上。所以「汲古閣之名，照耀宇宙內」〔註57〕。自著有《隱湖題跋》，編有《毛詩陸疏廣要》。錢氏《列朝詩集》八十一卷，就是毛晉在老師七十一歲時編刻成的。

六、陸貽典

　　陸貽典（1617～1686），江蘇常熟人；一名陸典，早年名陸行，又名陸芳原，字敕先，號覿庵。爲明末清初著名的藏書家，藏書處名「玄要齋」。博學工詩，爲錢門弟子，與馮班友。其論詩，謂法與情不可缺一。善書法，尤長漢隸。藏書多善本，精校讎。篤於友誼，編輯馮班、孫岷自遺稿並付梓。曾編撰同里詩人作品爲一集，名曰《虞山詩約》。錢謙益爲之作序，闡述詩學宗旨，爲《初學集》中重要論

〔註57〕顧湘《汲古閣刻版存亡考》，見何振球《常熟文史論稿》（中國：南京大學，1989年），頁19。

詩之文。《有學集》中又有《陸敕先詩稿序》，爲錢氏晚年論詩並具體評價陸之詩作特色的作品。陸氏著有詩文集《玄要齋漸子》、《覯庵詩鈔》《青歸集》、《百豔集》、《曉劍集》、《玄要齋集》、《吹劍集》、《漸於集》、《復存集》等多種；校勘則有《唐詩鼓吹箋注》、三次校勘的《樂府詩集》等等。

除以上六位外，虞山詩人中，較有聲望的還有：

吳歷（1632～1718），江蘇常熟人；原名啓歷，字漁山，自號墨井道人，又號桃溪居士。1682 年在澳門加入耶穌會，受洗名爲「Simon Xavarius」，並取葡式名「Acunnha」。吳歷學經於陳瑚（1613～1675），學詩於錢謙益，學畫於王時敏（1592～1680）、王鑒（1598～1677），學琴於陳岷。以山水畫聞名於清初畫壇，爲清初重要畫家，有「四王吳揮」之稱。王應奎《海虞詩苑》云：「工詩、善畫、兼精書法。」錢謙益稱其詩「思清格老，命筆造微，蓋亦以其畫爲之，非欲以塗朱抹粉爭妍於時世者。」〔註 58〕鄧之誠《清詩紀事初稿》稱其作品有《墨井集》（《墨井詩鈔》）3 卷。此外，還有繪畫集《三巴集》、《桃溪集》、《墨井畫跋》等。「三巴」即澳門聖保羅教堂之譯音，其《澳門雜詠》30 首，均與澳門有關，實爲早期澳門重要的文學史料。

孫永柞，江蘇常熟人；字子長，號雪屋。入清後，隱居鄉里教授，造就弟子頗眾。錢謙益羅其門下，兩序其集，對其人品學問十分稱讚，謂「井邑遷改，人世交變，而子長自如。橫經籍書，易衣並食，名行日以修，著述日以富。」錢氏還說他爲詩「含咀宮商，吐納風雅」，「如露桃煙柳，不作寒梅老樹風骨，而風致嫣然可愛。」〔註 59〕

楊招（？～1692），江蘇常熟人；字明遠。少以詩受教於錢謙益。不事舉子業，遠離官場。其詩「篇篇所紀，皆時事也，足以明志，每

〔註 58〕王應奎《海虞詩話》卷二，見《叢書集成初編・文學類・柳南隨筆》（北京：中華書局，1983 年）。

〔註 59〕鄧之誠《清詩紀事初編》卷一（上海：古籍出版社，1984 年），頁85。

念不忘先朝。」錢謙益對其爲人評價很高:「高才盛年,循迹自行,蔬布不厭,妻子凍綏,長歌短詠,矢詩遂歌,聲滿天地,響振林木。」〔註60〕其詩特點是體氣自然,意匠深隱,得沖和簡雅之直。鄧之誠《清詩紀事初編》說他生平有詩一千五百首,成《懷古堂詩選》12卷。

陳式,「詩工近體」,錢氏「應酬詩文,多出其手」,被謙益讚賞爲「能知我腹中所欲言者,必陳生也」〔註61〕。

何雲,字士龍,明諸生。自少即能古文,錢謙益愛其才,延致家塾。錢謙益下獄時,何雲草索相從。又從瞿式耜至閩粵,流離在外15載始歸里。錢謙益對其詩評價甚高,稱他「才情意匠,蒼老雄健,尤喜其《七夕行》,感激悲壯。」〔註62〕現存《何士龍詩選》,輯於《海虞六家詩選》中。

值得一提的還有弱冠即從錢陸燦學詩,鄧之誠贊其詩「格律蒼老,功力實深」的王譽昌(1634～1727)。在虞山詩派的後期,王譽昌更與錢良擇並稱,有著很高的地位。王譽昌之外,還有論詩反對因襲前人,嘗謂詩言志而已,不知有六朝三唐兩宋,入虞山而又不爲詩派所縛的張遠(1648～1717);錢謙益「愛其詞氣樸直,有宋名人之風;詩歌披華落實,自有一種不可磨滅之氣」的嚴熊(1626～1691)和馮班的長子馮行賢(?～1679 以後)。

第三節　親屬和族人

虞山詩派的重要論者,除了錢謙益的學生外,也有些是他的族人與親人,較有成就的有錢曾、錢陸燦、錢龍惕、錢良擇和柳如是。

〔註60〕鄧之誠《清詩紀事初編》卷三(上海:古籍出版社,1984 年),頁310。
〔註61〕王應奎《海虞詩話》卷三,見《叢書集成初編・文學類・柳南隨筆》(北京:中華書局,1983 年)。
〔註62〕王應奎《海虞詩話》卷三,見《叢書集成初編・文學類・柳南隨筆》(北京:中華書局,1983 年)。

一、錢 曾

錢曾（1629～1701），江蘇常熟人；字遵王，號也是翁，又號貫花道人、述古主人，為錢謙益族曾孫。他是清初著名藏書家、版本學家；與毛晉一樣，所藏抄校善本圖書較多，書室名「述古堂」和「也是園」。編有《也是園書目》、《述古堂書目》和《述古堂宋元本目錄》；並擇其中珍貴版本，撰《讀書敏求記》，提出了較為科學的鑒定版本的方法，為中國第一部研究版本的專著。死後藏書歸泰興季振宜（1630～1674）。今人瞿鳳起編有《虞山錢遵王藏書目錄彙編》，1958年由上海古典文學出版社出版。

錢曾另著有詩集《懷園集》、《奚囊集》、《今吾集》、《交蘆集》、《判春集》等七部，1990年出版的《錢遵王詩集箋校》共錄詩513首。

錢謙益很器重錢曾，謂「得君而門人加親也」〔註63〕。曾選其《秋夜宿破山寺》作為《吾炙集》的壓卷之作，並評曰：

> 每觀吳越間名流詩，句字襲續，殊苦眼中金屑。今觀
> 遵王新句，靈心慧眼，玲瓏穿透，本之胎性，出乎毫端，
> 不覺老眼如月。

錢曾曾箋注錢謙益的《初學集》、《有學集》、《投筆集》，對詩文中的庾詞隱語，一一發其根底；佛典道典，一一溯其源流。以錢謙益那種魁傑之才，為詩往往「肆而好盡」的博學〔註64〕，錢曾假如不是親承錢氏的學問，是很難完成的。此外，錢氏箋注杜詩時，也得力於錢曾不少。

二、錢陸燦

錢陸燦（1612～1698），江蘇常熟人；字湘靈，號圓沙、鐵牛居士、鐵牛翁，為錢氏族孫。順治十一年舉人，以奏銷案革職。居金陵、武進三十多年，門生眾多，學者稱「圓沙先生」。詩歌骨力雄厚蒼老，

〔註63〕王應奎《海虞詩話》卷十五，見《叢書集成初編·文學類·柳南隨筆》（北京：中華書局，1983年）。

〔註64〕王應奎《西橋小集·序》，見《叢書集成初編·文學類·柳南隨筆》（北京：中華書局，1983年）。

有沉雄之調，高曠之思。尊崇錢謙益，稱其文「不名一家，不拘一體，學則地負海涵，文則班、馬、韓、柳」。錢陸燦以詩名時，錢良擇評其詩「其健得之於曹子建，其邃得之於阮嗣宗，得李之豪、陳之勁，得杜之大、韓之雄」。錢陸燦在當時詩壇聲望很高，是錢謙益後虞山派的盟主，並以「一窮老先生」，繼謙益「長東南文壇數十年，巍然領袖一方」，「可稱大家」〔註65〕。著有《調運齋集》，編《常熟縣志》二十六卷。

三、錢龍惕

錢龍惕（1609～1666 以後），江蘇常熟人；字夕公，號子健，又號蘆鄉子、鱸鄉漁父等。40 歲後改名貪，字弗乘，為錢謙益侄子。明諸生，早歲與邑中文士遊其叔之門，談古賦詩，以吟詠為樂。國變之後，杜門息影。與諸子論詩，為同好作序，助長者吟興，抒一己情愫，覽古弔今，感事傷時，牢悲悒鬱，孤憤慷慨，一一充斥於字裏行間，為清初重要的遺民詩人。論詩則尊陶潛李杜，韓柳元白之後則舉溫李。錢龍惕又是研究李商隱詩歌的專家和校勘學家，編校有《玉溪生詩箋》3 卷、《大克集》5 卷（今殘存 2 卷）、《夕公詩選》1 卷、《皮日休文藪》10 卷、《未學庵詩稿》10 卷、《耐翁先生集外詩》1 卷和《書巢記》。

四、錢良擇

錢良擇（1645～？），江蘇常熟人；字玉友，號木庵。錢陸燦族子。弱冠時與弟中樞並以詩名，時人稱「虞山二錢」。他曾遊京師，與查慎行（1650～1727）兄弟訂金石交，斗酒吟詩，名噪京師。後出使海外和西域，30 年間足迹幾遍天下，所到之處率以詩酒與名士相結。晚年遁歸空門，讀史研經，尤好《南華》、《楞嚴》。作詩初學牧齋，後學杜、韓，進而求諸風、騷，為詩氣雄調響，豪放激昂。錢陸

〔註65〕鄧之誠《清詩紀事初編》卷三（上海：古籍出版社，1984 年），頁310。

燦謂其詩「往往述詩爲海勢，時時夢筆有江花」。沈德潛《國朝詩別裁集》則稱其「爲詩感激豪宕，不主故常，而所選唐詩，又兢兢規格，如出二人，議論不可一律拘也」。錢良擇嘗言詩篇逾萬而淘汰僅餘百之一二。著有《撫雲集》十卷、《出塞紀略選》、《唐詩審體》。

五、柳如是

柳如是（1618～1664），浙江嘉興人；本姓楊，名愛。後改姓名柳隱，字如是，號河東君，又號靡蕪君，爲錢謙益妾。著有《柳如是詩》、《湖上草》《戊寅草》等。詩歌文采風流，情辭婉麗，間雜幽怨情調，爲女詩人中少有。此外，她也有不屈不撓的抗清鬥爭精神，因此陳寅恪曾專爲他撰寫了八十萬言的《柳如是別傳》，展現了這位千古才女光彩照人的風貌。

虞山詩派的影響，除了在錢謙益的門人及親故身上發生作用外，也對明末清初的許多詩人產生很大的效用。這是因爲錢謙益既身爲兩朝元老，又是詩壇領袖，因此片言褒獎，就能使人躍登龍門。如與錢氏一起號爲「江左三家」的吳偉業和龔鼎孳（1615～1673）；號稱「南施北宋」的施閏章（1619～1683）和宋琬（1614～1674），獨步嶺南的浪漫主義詩人屈大均（1630～1696）等人的嶄露頭角，多多少少是因爲當時的文壇泰斗錢謙益爲他們的詩集作序，論定推挹後才引起人們的注意。尤其是王士禎，因爲錢氏期許以「代興」，大力揄揚，後來繼錢氏而起，成爲康熙時期詩壇的領袖。

因此，我們甚至可以大膽的說：清初各重要詩人乃至詩派，幾乎都可以溯源於虞山派和錢謙益。所以黃宗羲《錢宗伯牧齋》詩中即云：「四海宗盟五十年。」〔註66〕可見明末清初的詩壇，如果沒有虞山派和錢謙益，擬古詩風的轉變與詩壇新局面的形成，或許還需要更長的時間。

〔註66〕黃宗羲《八哀詩·錢宗伯牧齋》，見《南雷詩歷》卷二，載《黃梨洲詩集》（中華書局，1959 年），又見《四部叢刊·集部》《南雷詩歷》卷二，頁 238。

第四章　虞山詩派的詩論內容

　　本章所論，主要是通過對錢謙益的《初學集》、《有學集》、《列朝詩集》、《列朝詩集小傳》、《錢注杜詩》、《讀杜小箋》和《二箋》；馮班的《鈍吟雜錄》，以及虞山詩派其他詩人和論者的文字著述，甚至他們在詩歌創作實踐中所表現的詩論意見等方面，進行比較深入的探究，以期闡發虞山詩派對詩歌所採取的態度、觀點、立場及虞山詩人的創作方法。

　　首先，我們將從詩歌的定義開始，探討虞山詩人對什麼是詩、什麼不是詩的看法，並以此作爲討論的基礎；跟著我們將遵循「詩言志」和「詩緣情」的傳統，研究虞山詩人如何在傳統詩學的基礎上建立獨有的個性；然後再以孔子「溫柔敦厚」的詩教說和「興觀群怨」的功能說展開討論，以期窺視尊奉儒家思想的虞山詩人們對詩歌應否反映社會現實的看法；最後再從虞山詩人論者教人怎麼學詩、讀詩、做詩和論詩幾方面著眼，全面分析虞山詩派的詩論主張。

第一節　什麼是詩、什麼不是詩

　　虞山詩派領袖錢謙益的學生馮班對詩歌所下的定義十分明確。通過對不同時代文體的論析，馮班具體說明了什麼是詩、什麼不是詩：

（一）詩樂本一家，歌謠是詩也

馮班在《鈍吟雜錄》卷四中明確地指出：在《左傳》、《國語》中的歌謠是詩：

> 春秋左氏傳、國語所載歌謠皆詩也。

在他看來，因爲詩與樂本來就是一家，所以「伶工所奏，樂也。詩人所造，詩也。詩乃樂之詞耳。」（《鈍吟雜錄‧正俗》）

（二）賦頌本詩也

馮班在《鈍吟雜錄》卷三中指出：「騷詞賦頌皆出於詩也。」他在《鈍吟雜錄》卷四中又補充說：

> 賦出於詩，故曰古詩之流也。漢書云：屈原賦二十五篇，史記云作懷沙之賦也。

因此他認爲「賦頌，本詩也，後人始分」。

（三）銘贊碑文不是詩

馮班從孔子「三百五篇皆無銘鍊」說起，認爲孔子當時也不以銘贊碑文爲詩。他在《鈍吟雜錄》卷三中態度堅決地指出這些都是「有韻之文，體自相涉，若謂之詩則不可矣。」他也指責唐人盲目地隨從漢人的意見，將碑銘看作詩的錯誤。他認爲，碑銘和詩雖然「其體相涉，然古人文字自有阡陌，終是碑文，非詩」。「唐人云銘詩，實祖漢人也」。

（四）韻文不是詩

馮班在區別詩歌和韻文時，有非常清楚的概念。他在《鈍吟雜錄》卷四中說：

> 南北朝人以有韻者爲文，無韻者爲筆，亦通謂之文。唐自中葉以後，多以詩與文對言。愚按：有韻無韻皆可謂之文，緣情之作則曰詩。詩者，思也。

基於這種認識，以下將繼續從虞山詩人對詩歌的內容、感情、個性、和形式四個方面，詳細討論虞山詩派對詩歌的具體要求。

一、詩歌須有實質的內容、眞誠的情志

虞山詩派的領袖錢謙益首先提出了詩應有本的主張，他在《周元亮賴古堂合刻序》中說得非常明白：

> 古之爲詩者有本焉，《國風》之好色，《小雅》之怨誹，《離騷》之疾痛叫呼，結轖於君臣夫婦朋友之間，而發作於身世偪側、時命連蹇之會，夢而囈，病而吟，春歌而溺笑，皆是物也；故曰有本。唐之李、杜，光焰萬丈，人皆知之。放而爲昌黎，達而爲樂天，麗而爲義山，譎而爲長吉，窮而爲昭諫，詭灰槀兀而爲盧仝、劉叉，莫不有物焉，魁壘耿介，槎枒於肺腑，擊撞於胸臆，故其言之也不慚，而其流傳也，至於歷劫而不朽。〔註1〕

考錢氏之意，所謂「本」就是指詩要以感情爲主。「有本」顯然是指詩人在眞切生活感受的基礎上所產生的各種眞誠、眞實的感情。他認爲：詩有本，就能光焰萬丈，流傳千古。至於「夢而囈，病而吟」，大抵不過「眞」意而已。仔細研究錢謙益對詩中眞實感情的具體要求：一是眞誠、二是悲憤；這兩者都和他所生活的時代背景有關。錢謙益所生活的時期，是晚明浪漫主義思潮正在興起的時期。工商市民階層的蓬勃興起，使到社會上崇拜金錢與放縱情欲的風氣逐漸蔓延，在文人士大夫中間掀起一股追求個性解放的叛逆思潮。實際上，這是對長期以來宋明理學窒抑人性的一次矯枉過正的反抗。影響所及，錢謙益在欽佩前輩文人率性眞情的本色之餘，也開始嚮往他們高蹈不顧的風範，甚至模仿他們狂放不羈的行徑。從他與主張「童心說」的狂士李贄（1527～1602）和暢談狂禪之風的僧人達觀的神交，同主張「獨抒性靈」的公安三袁、尤其是和袁小修（即袁中道，1570～1626）情投意合，更與尊情抑理的湯顯祖（1550～1616）往來密切等，都可窺見一些端倪。在個人的潛心修爲與交遊的潛移默化中，錢謙益形成了他

〔註1〕錢謙益《有學集》卷十七，見《錢牧齋全集》第 5 冊（上海：古籍出版社，2003 年），頁 766。

自己主情、縱情的人生觀與詩學上的審美理想——思想上講眞情眞性，行爲上狂放不羈，詩學上講究自然性情流露。至於錢謙益推崇悲憤之情爲詩之本，是他晚年的詩學思想，此處且按下不表。他在《劉咸仲雪庵初稿序》中對「眞」的意思有進一步的闡發：

> 詩文之繆，傭耳而剽目也，儷花而鬥葉也。其轉繆，則蠅聲而蚓竅也，牛鳴而蠻語也。其受病，則皆不離乎僞也。咸仲之詩文，喜而歌焉，哀而泣焉，醒而狂焉，夢而愕焉，嬉笑嚬呻，磬咳涕唾，無之而非是也。咸仲之性情在焉，咸仲之眉宇心腑在焉。有眞咸仲，故有咸仲之眞詩文。其斯爲咸仲而已矣。〔註2〕

可見，所謂的眞詩，就是能眞實的反映詩人自身的感情個性和生活面貌的詩歌。而那些缺乏詩人感情、面貌、內心生活的「僞詩」，就像蒼蠅的叫聲，蚯蚓的喁卿，水牛的哞鳴，蠻人的饒舌一般，只能靠淺薄的技藝來掩飾拙劣。虞山詩人力主詩要眞，因此強調「文章途轍，千途萬方，符印古今，浩劫不變者，惟眞與僞二者而已」。〔註3〕

虞山派領袖錢謙益認爲：優秀的作家從事創作，一定是「本性情，導志意，謳言長語，客嘲僮約，無往而非文也。途歌巷春，春愁秋怨，無往而非詩也」。〔註4〕

虞山詩派另外一位重要的成員錢曾，也是至情至性的詩人。錢曾的詩，烙印著深刻的時代創痛，既充滿了滄桑變故、陵谷摧遷的悲哀，也交織著沈夜待明的焦灼期待和大業難成的失望無奈，具有強烈的故國情懷。他自己曾用「情到狂時燒破眼」（《夜深》）來描繪其性情，可說是以至情至性表現了深厚的民族感情和家國意識。

〔註2〕錢謙益《初學集》卷三十一，見《錢牧齋全集》第 2 冊（上海：古籍出版社，2003 年），頁 909～910。
〔註3〕錢謙益《復李叔則書》，《有學集》卷三十九，見《錢牧齋全集》第 6 冊（上海：古籍出版社，2003 年），頁 1345。
〔註4〕錢謙益《初學集·王元昭集序》，見《錢牧齋全集》第 2 冊，頁 932。

　　錢謙益曾稱賞錢曾的詩「靈心慧眼，玲瓏穿透，本之胎性，出乎毫端」。所謂的「胎性」，應該具有兩層涵義：一是真情，即出自內心，發自肺腑，是全部情感、人格的體現；二是自然，即以性情驅使詩筆，從而陶洗熔煉，脫去俗氣，「天然去雕飾者，自在西施之嫣然一笑。」（《有學集》卷十九，《交蘆言怨集序》）錢曾的《秋日雜懷八首》，就是錢謙益稱及的一組具有「胎性」的詩，其四云：

　　　　怪來咄咄自書空，滿眼興亡劫火中。
　　　　廢塚銀鳧愁夜月，荒谷金狄泣秋風。
　　　　願留若木棲神鳥，欲采靈芝秦臥龍。
　　　　莫訝頻年易憔悴，綠章常擬問天公。

　　這首收於《夙興草堂集》的詩，我們輕易就能感覺到：詩中那種無限興亡之感皆發自作者內心，至情的言語即成天籟！雖然，詩裏幾乎句句用典，但卻非庾辭亂語，反而是陶煉功深而顯得自然生動。隨手摘錄這組詩中的名句如：「領略停雲哀故鬼，商量聽雨識前非」；「話到滄桑唯慟哭，願隨鳥犬逐狂秦」等，都可清楚看到錢曾是以蒼涼之筆抒寫沉淪的悲慨，字裏行間，有骨有氣，而且俱都發之「胎性」、本於真情。

　　因此，虞山詩人認為：詩作成功的要素就在於真。為了要真而不偽，詩人創作時就要稱心而言，指事而論：

　　　　古人之詩文，必有為而作，或託古以諷諭，或指事而
　　　申寫，精神志氣，抑塞磊落，皆森然發作於行墨之間。故
　　　其詩文必傳，傳而可久。〔註5〕

　　可見虞山詩人對詩歌的定義是：詩要真，就必須有本；惟其有本，詩才會真。而這顯然是必須建立在實質的內容立意上，錢謙益所提倡的「有詩無詩」之說，就是為此而言：

　　　　余嘗謂論詩者，不當趣論其詩之妍媸巧拙，而先論其
　　　有詩無詩。所謂有詩者，惟其志意逼塞，才力憤盈，如風

―――――――――――――――――――

〔註5〕錢謙益《題吳太雍初集》，《初學集》卷八十六，見《錢牧齋全集》
　　　第3冊，頁1813。

之怒於土囊，如水之壅於息壤，傍魄結轖，不能自喻，然
後發作而爲詩。凡天地之內，恢詭譎怪，身世之間，交互
緯繣，千容萬狀，皆用以資爲詩，夫然後謂之有詩，夫然
後可以叶其宮商，辨其聲病，而指陳其高下得失。如其不
然，其中枵然無所有而極其撏撦採擷之力，以自命爲詩。
剪綵不可以爲花也，刻楮不可以爲葉也。其或矯屬氣矜，
寄託感憤，不疾而呻，不哀而悲，皆象物也，皆餘氣也，
則終謂之無詩而已矣。〔註6〕

考錢氏之意，「有詩」是指有內容的詩，而「無詩」是指沒內容
的詩。依他所見，如果不是由於內心生活抑壓不住的衝動而發之爲詩
的作品，就算作品的修辭技巧高妙非凡，敘述陳情流暢逼真，也還是
毫無價值的「無詩」或「僞詩」。因此，錢謙益非常欣賞虞山詩人陸
貽典，正因爲陸貽典是「斯世之有情人也」。錢謙益曾稱讚陸貽典的
詩曰：「讀敕先之詩者，或聽其揚徵騁角，以按其節奏；或觀其繁弦
縟繡，以炫其文采；或搜訪其食蹠祭獺，採珠集翠，以矜其淵博；而
不知其根深殖厚，以性情爲精神，以學問爲孕尹，蓋有志於緣情綺麗
之詩，而非以儷花鬥葉，顛倒相上者也。」

如果我們回頭檢視虞山詩人陸貽典的詩歌創作，就不難發現明清
易代那場民族鬥爭在詩人心中所卷起的急流洪峰。在「中年哀樂苦難
平，白髮今從鏡裏生」（《書感二首之一》）和「酒龍躍浪滄溟立，文
鬼依山紫氣橫」（《歸玄恭六十》）的詩行裏，我們都能感受到詩人的
真情實感。《春米行》、《後春米行》則表現出詩人對清廷統治者剝削
摧殘民生的憤慨：「冬寒黍禾猶在田，操鐮揭厲骨欲折」，「急搗緩舂
紛應節，聲聲解聽撞胸杵」……陸貽典顯然是用了新樂府的筆法，
表達出對深陷於水火之中的民眾的深刻人文關懷。這就是有「真怨誹」
的「真詩」啊！

錢謙益在《季滄葦詩序》中就非常肯定的說：

<hr>

〔註 6〕錢謙益《書瞿有仲詩卷》，《有學集》卷四十七，見《錢牧齋全集》
　　　　第 6 冊，頁 1557。

　　有眞好色，有眞怨誹，而天下始有眞詩。〔註7〕

　　由此可見，錢謙益認爲詩歌作品需要有眞情含蘊其中，才能成爲「有詩」。因爲「詩者，情之發於聲言者也」〔註8〕，否則，就如矉人學步、傖父學語，都只是僞作的「無詩」。這顯然是中國詩學中傳統的「緣情說」了。

　　「詩緣情」一語，本來出自西晉陸機（261～303）的《文賦》。《文賦》是中國文學史上第一篇完整而系統的專門談論創作的理論作品。他提出了「十分法」，說明各種文學體制的不同風格。他把詩和賦比較，認爲「詩緣情而綺靡，賦體物而瀏亮。」在他看來，因爲詩是緣情而生，所以要求文詞美麗；賦是鋪寫其事，所以要清楚明確。這是中國文學理論史上首次明確的提出——詩是主情的文學樣式。今人裴斐在《詩緣情辨》中解釋說：「緣情，即源於情」，無論從詩的抒情功能來解釋，還是從詩歌的來源看，詩緣情都能解釋得通。其實，早在屈原（前340～前278）的時代，「抒情」之說就已產生。如《楚辭・惜頌》中說「惜誦以致愍兮，發憤以抒情」，這是最早提及詩歌具有「發憤抒情」藝術功能的突破性言論。然而，面臨「七雄紛爭」的政治局面，又處在「百家爭鳴」的學術氛圍中，楚國的「抒情說」確然難以「獨尊」。漢代董仲舒（前179～前104）提倡「獨尊儒術，罷黜百家」，「抒情」之論更無立足之地。雖然漢初文壇曾盛行擬騷，可屈原的作品才稍露頭角，就遭到史學家班固（32～92）的斥責，謂之「露才揚己」而「忿懟沉江」，「抒情」之說可謂曇花一現，即被漢儒扼殺在搖籃之中。

　　魏晉時期，隨著文人意識的全面覺醒，隨著個性藝術的極力張揚，「人的覺醒」也帶來了「文學的自覺」，陸機終於大膽否定了漢儒對詩歌觀念中的理念化傾向，破天荒地提出了「詩緣情」，並且成爲

〔註7〕錢謙益《有學集》卷十七，見《錢牧齋全集》第5冊，頁759。
〔註8〕錢謙益《陸敕先詩稿序》，《有學集》卷十九，見《錢牧齋全集》第5冊，頁824。

文壇共識。在《文賦》中，陸機不僅提出了這一具有開創意義的觀點，而且還對詩應反映的「情」作了規範：既要求它的內在必須是「信情貌之不差，故每變而在顏」的眞情實感，也要求它外在的所有表現，都是眞情外化的結果。

虞山詩人從詩歌的創作實踐中，體悟到詩緣情的重要，因此提出了「立誠有物」的「緣情說」。

虞山派領袖錢謙益的《邵幼青詩草序》曾云：

> 詩其人，則其人之性情詩也，形狀詩也，衣冠笑語，無一而非詩也。〔註9〕

可見錢謙益相當注重詩歌的感情。誠然，詩歌作爲一種抒情的文學，如果詩人都如前後七子那般一味地模仿前人形式，必然會導致情感的不眞實。虞山詩人有感於此，遂特別強調詩人要抒發自己的眞實感情，如錢謙益在《虞山詩約序》中就說了：

> 古之爲詩者，必有深情蓄積於內，奇遇薄射於外，輪囷結轖，朦朧萌析，如所謂驚瀾奔湍，鬱閉而不得流；長鯨蒼虬，偃蹇而不得伸；渾金璞玉，泥沙掩匿而不得用；明星皓月，雲陰蔽蒙而不得出。於是乎不能不發之爲詩，而其詩亦不得不工。其不然者，不樂而笑，不哀而哭，文飾雕繢，詞雖工而行之不遠，美先盡也。〔註10〕

又在《馮定遠詩序》中說：

> 古之爲詩者，必有獨至之性，旁出之情，偏詣之學，輪囷偪塞，偃蹇排奡，人不能解而己不自喻者，然後其人始能爲詩，而爲之必工。〔註11〕

在《題燕市酒人篇》中，他更進一步將情志結合而談：

> 詩言志，志足而情生焉，情萌而氣動焉，如土膏之發，

〔註9〕錢謙益《初學集》卷三十二，見《錢牧齋全集》第2冊，頁935。

〔註10〕錢謙益《虞山詩約序》，《初學集》卷三十二，見《錢牧齋全集》第2冊，頁923。

〔註11〕錢謙益《馮定遠詩序》，《初學集》卷三十二，見《錢牧齋全集》第2冊，頁939。

如候蟲之鳴，歡欣噍殺，紓緩促數，窮於時，迫於境，旁
薄曲折，而不知其使然者，古今之眞詩也。〔註12〕

馮班在《鈍吟雜錄》卷四中說明詩與文的不同時亦云：

愚按：有韻無韻皆可曰文，緣情之作則曰詩。

可見馮班認爲：詩是緣情之作。他在《鈍吟雜錄》卷八中借引
《禮記・樂記》和《毛詩序》中談詩的發生的話來表明自己的立場：

詩者，思也。情動乎中而形乎言。言之不足故長言之，
長言之不足故詠歌之。有美焉有刺焉，所謂詩也。

他還強調：論者如果認爲緣情之作無益，那就是不解詩。至於情
緣何處，馮班在《鈍吟雜錄》卷三的《正俗》中也說得十分具體：

詩之興也，殆與生民俱矣。民生而有喜怒哀樂之情，
情動乎中，形乎言，言之不足而長言之、詠歌之，古猶今
也。

其中「民生而有喜怒哀樂之情」的觀點，正好體現了馮班對詩歌
作爲抒發人民心中喜怒哀樂的管道的深刻認識。他在《浣風禪師詩序》
中還說：

情動於中，形乎言。詩者，情之所感，有美有刺，聖
人用之以立教。若夫物外之人，呂梁之懸流可蹈也，中山
之右可出入也。其視世途之夷險，人事得失固不足以於其
慮，又何美刺足云乎？得山水則詠之，仁智之趣也；遇名
勝則贈之，贈言之道也，亦異乎常文矣。

可見，詩必須是緣情之作，才有可能是虞山詩人心目中的「眞
詩」。此外，在情動於中之後，要怎樣將情思流注成詩，馮班也有他
獨到的見解：

凡物有聲，皆中宮商，清濁高下雜而成文，斯協於鐘石。

馮班能從人類和物體發聲時有音調高低的不同來強調音韻聲律
與詩人情感的關係，以及其對詩歌創作所起到的重要作用，確實是比
較先進和難得的。所以吳喬的《圍爐詩話》和趙執信的《談龍錄》在

〔註12〕錢謙益《有學集》卷四十七，見《錢牧齋全集》第 6 冊，頁 1550～
1551。

提到「詩緣情」這一問題時，都大量地引用馮班是話來表明他們的立場，足見虞山詩人在當代的影響。

此外，虞山詩人「立誠有物」的觀點，顯然也是強調詩歌應該具有實質的內容、真實的感情。他們認為：文學創作的特點，最根本的就是「立誠」與「有物」。只有立誠有物，才能使文章發之於不能不發，為之於不能不為，也才能自然地合乎藝術創作的規律。如錢謙益在《湯義仍先生文集序》中曾說：

> 古之人往矣，其學殖之所醞釀，精氣之所結轖，千載而下，倒見側出，恍惚於語言竹帛之間。《易》曰：「言有物。」又曰：「修詞立其誠。」《記》曰：「不誠無物。」皆謂此物也。今之人，耳傭目僦，降而剽賊，如弇州《四部》之書，充棟宇而汗牛馬，即而睨之，枵然無所有也。則謂之無物而已矣！〔註13〕

這裡，錢氏引用《易經》和《禮記》中的話，要求文章要言之有物。而要有物，就必須要立誠。所謂立誠，就是要有真實的感情，也就是要遵循「詩緣情」的傳統。因此，在《增城集序》中，錢氏進一步指出：

> 春秋諸大夫會而賦詩，曰武亦以觀諸子之志。斯集也，可以觀李君之志矣。〔註14〕

虞山詩派認為詩要有真實的感情、要天真自然，不「人為」寫成的詩，才能達到好詩的境界。如松樹的筆直，荊棘的自然屈曲，白鶴不必漂白而自白，烏鴉不必染黑而自黑，這是萬物的自然規則。要達到這種自然天成的境界，詩人就應該具有天真爛漫的赤子之心，讓自然流露的情志與外在的環境相合而形成天真自然的好詩：

> 古人之詩，以天真爛漫自然而然者為工，若以翦削為工，非工於詩者也。天之生物也，松自然直，棘自然曲，鶴不浴而白，烏不黔而黑。西子之捧心而妍也，合德之體

〔註13〕錢謙益《初學集》卷三十一，見《錢牧齋全集》第2冊，頁906。
〔註14〕錢謙益《初學集》卷三十三，見《錢牧齋全集》第2冊，頁958。

自香也，豈有於矜嚬笑、塗芳澤者哉？〔註15〕

　　錢謙益的學生馮班則要求詩人下筆時要心正意誠。他認爲：心正，人品自高；意誠，則法自生。因爲意就是法，法因意生。可見，在虞山詩人眼中，詩人必須心正意誠地緣情言志，才能使詩歌作品言之有物。

　　馮班的兄長對詩法則更加重視了。他在《默菴遺稿·陸敕先詩稿序》中嘗曰：

　　　　詩有法乎？曰有。樂府之別於蘇、李五言也，古體之別於律也，是也。如人之四肢耳目，各有位居，如是而後謂之人。捨法而求情，則魃目在頂，未可稱美盼也。詩有情乎？曰有。《國風》好色而不淫，《小雅》怨誹而不亂也，是也。如四肢之於運動，耳目之於視聽，如是而後謂之得其官。捨情而言法，則陽虎貌似，僅可以欺匡人也。二者交相資，各不相悖，苟無法而情，無情而法，無一可也。（見《四庫禁燬叢書叢刊》卷九，北京出版社，2000年）

　　以明代詩壇而言，七子捨情言法；公安、竟陵捨法言情。他們各造一極，各具一短。馮舒則認爲：情、法二者並不相衝突，主情、主法應該相容，故欲折中情、法，乃取兩極之長也。馮班也支持馮舒的主張，他在《鈍吟文稿·隱湖偶和詩序》中說：

　　　　古人文章雖人人殊制，然一時風習相染，大體亦不至胡越，變格相從，亦不爲難，未有如今日者也。爲王、李之學者，則曰詩須學古，自漢魏、盛唐而下，不許道隻字；爲鍾、譚之體者，則曰詩言性情，不當依傍古人篇章；出手如薰蕕之不可同器矣。（見《四庫禁燬叢書叢刊》本，集部90）

　　馮班因自幼受儒家經典薰陶，因而對詩人人品的要求，也是以儒家的德行作爲衡量的準繩。《鈍吟雜錄》開卷即云：

〔註15〕錢謙益《題交蘆言怨集》，《有學集》卷十九，見《錢牧齋全集》第5冊，頁829。

　　　君子務本，本立而道生；孝悌也者，其爲仁之本。孝
　　悌二字，甚不易料理，無十二分學問，舉手投足便錯矣。

在《陸敕先玄要齋稿序》中他還強調：

　　　詩人當有忠義之氣，拂拂出於十指之端。

　　馮班認爲：作家的人品將直接影響作品的高下。如他在《鈍吟雜
錄》卷八中稱讚歐陽修（1007～1072）「變唐之艱澀，千古絕作也」
是因爲歐陽修「人品之高，見於史冊」；在《鈍吟雜錄》卷四稱讚陶
淵明（約365～427）是因爲「陶彭澤之人品高矣美矣，其詩文亦稱
其人」。他甚至覺得「趙文敏爲人少骨力，固無雄渾之氣」，正是因爲
趙孟頫正義之氣不足，連帶地致使作品的風格也柔軟無力！

　　虞山詩派的領袖錢謙益在《徐元歎詩序》中曾云：

　　　書不云乎：詩言志，歌永言。詩不本於言志，非詩也。
　　歌不足以永言，非歌也。宣己諭物，言志之方也。文從字
　　順，永言之則也。〔註16〕

　　其中，「宣己諭物」正是以作者爲本位出發的主觀言志的表現，
同時也是主觀言志與客觀諭物的結合而促使詩的誕生：

　　　詩者，志之所之也，陶冶性靈，流連景物，各言其所
　　欲言者而已。〔註17〕

　　這類主觀情志與客觀環境結合能產生詩的觀點，在虞山詩人的著
述中，屢見不鮮。如錢謙益《李君實恬致堂集序》即云：

　　　文章者，天地英淑之氣，與人之靈心結習而成者也。

〔註18〕

又如：

　　　夫文章者也，天地變化之所爲也。天地變化，與人心
　　之精華，交相擊發，而文章之變，不可勝窮。〔註19〕

〔註16〕錢謙益《初學集》卷三十二，見《錢牧齋全集》第2冊，頁924。
〔註17〕錢謙益《范璽卿詩集序》，《初學集》卷三十一，見《錢牧齋全集》
　　　第2冊，頁910。
〔註18〕錢謙益《初學集》卷三十一，見《錢牧齋全集》第2冊，頁907。
〔註19〕錢謙益《復李叔則書》，《有學集》卷三十九，見《錢牧齋全集》第6
　　　冊，頁1343。

錢謙益《愛琴館評選詩慰序》更指出：

> 夫詩者，言其志之所之也。志之所之，盈於情，奮於
> 氣，而擊發於境風識浪奔昏交湊之時世。〔註20〕

錢謙益甚至認爲：

> 根於志，溢於言，經之以經史，緯之以規矩，而文章
> 之能事備矣。〔註21〕

可見，錢謙益又將志與經史合而談論，認爲志要以經史來表達，
這和虞山詩人論詩所強調的「茁長於學問」是一致的，同時也和錢謙
益箋注杜詩時以詩證史的觀念暗合。

其實，「詩言志」一詞，最早出現在《尚書》中〔註22〕。《書經·
堯典》云：

> 詩言志，歌詠言。

後來《禮記·樂記》中也有「詩，言其志也；歌，詠其聲也；舞，
動其容也」的說法。《毛詩序》亦云：

> 詩者，志之所之也。在心爲志，發言爲詩。情動於中
> 而形於言。

錢謙益的《初學集》、《有學集》中言及「詩言志」的地方實在
太多了，如《初學集》中就有卷三十三《徐仲昭詩集序》〔註23〕、《蔣
仲雄詩草序》〔註24〕、《奉槎路史序》〔註25〕等。《有學集》中也有
卷十六的《高寓公稽古堂詩集序》〔註26〕；卷十七的《季滄葦詩集序》
〔註27〕；卷十八的《李黼臣甲申詩序》〔註28〕；卷二十的《王翰明詩

〔註20〕錢謙益《有學集》卷十五，見《錢牧齋全集》第5冊，頁713。
〔註21〕錢謙益《周孝逸文稿序》，《有學集》卷十九，見《錢牧齋全集》第5
　　　冊，頁826。
〔註22〕《尚書·堯典》云：「詩言志，歌詠言」。
〔註23〕錢謙益《初學集》卷三十三，見《錢牧齋全集》第2冊，頁947。
〔註24〕錢謙益《初學集》卷三十三，見《錢牧齋全集》第2冊，頁948。
〔註25〕錢謙益《初學集》卷三十三，見《錢牧齋全集》第2冊，頁955。
〔註26〕錢謙益《有學集》卷十六，見《錢牧齋全集》第5冊，頁749。
〔註27〕錢謙益《有學集》卷十七，見《錢牧齋全集》第5冊，頁758。
〔註28〕錢謙益《有學集》卷十八，見《錢牧齋全集》第5冊，頁802。

引》〔註29〕；卷二十二《贈別胡靜夫序》〔註30〕；卷四十七的《題燕市酒人篇》〔註31〕和《有學外集補遺》的《尊拙齋集序》等等，都有相關的論述。如此大量的議論，主要是因為虞山詩人認為：詩人必須在詩中言志，詩歌作品才能展現詩人與眾不同的個性。如錢謙益《范璽卿詩集序》即云：

> 今之談詩者，必曰某杜，某李，某沈、宋，某元、白。
> 其甚者，則曰兼諸人而有之。此非知詩者也。詩者……，
> 如人之有眉目焉，或清或揚，或深或秀，分寸之間，而標
> 置各異，豈可以比而同之也哉？沈不必似宋也，杜不必似
> 李也，元不必似白也。有沈、宋，又有陳、杜也。有李、
> 杜，又有高、岑，有王、孟也。有元、白，又有劉、韓也。
> 各不相似，各不相兼也。今也生乎百世之下，欲以其蠅聲
> 蛙噪，追配古人，儼然以李、杜相命，浸假而膏唇拭舌，
> 訾議其短長，蜉蝣撼大樹，斯可為一笑已矣。〔註32〕

這段話可明顯看出，虞山詩人非常重視和強調每個言志的詩人都有他們自己的個性，不需互相比較，或言誰與誰相類。

他所謂的「古之君子，篤於詩教者，其深情感蕩，必著見於君臣朋友之間」〔註33〕，就是要強調真情在詩中的重要性。這讓我們更加肯定：虞山詩人非常強調詩歌是一種「情動於中而形乎言外」的文學樣式，缺乏了詩人的真情實感作為內容基礎的作品，都不能看成是詩。如錢謙益就曾引《禮記‧樂記》的一段文字來加以說明：

> 《記》曰：「人生而靜，天之性也。感於物而動，性
> 之欲也。」性不能以無感，感不能以無欲。物與性相摩，

〔註29〕錢謙益《有學集》卷二十，見《錢牧齋全集》第 5 冊，頁 856。
〔註30〕錢謙益《有學集》卷二十二，見《錢牧齋全集》第 5 冊，頁 897。
〔註31〕錢謙益《有學集》卷四十七，見《錢牧齋全集》第 6 冊，頁 1550。
〔註32〕錢謙益《范璽卿詩集序》，《初學集》卷三十一，見《錢牧齋全集》第 2 冊，頁 910。
〔註33〕錢謙益《陸敕先詩稿序》，《有學集》卷十九，見《錢牧齋全集》第 5 冊，頁 824。

感與欲相蕩，四輪三劫，促迫於外，七情八苦，煎煮於內，身世軋戞，心口交蹠，萌於志，發於氣，衝擊於音聲，而詩興焉。故曰：「詩言志，歌詠言，長言之不足，則嗟歎之，嗟歎之不足，則詠歌之。」暢其趣，極其致，可以哀樂而樂哀，窮通而通窮，死生而生死，性情之變窮，而詩之道盡矣。今之論詩者，刊度格調，劌鉥肌理，奇神幽鬼，旁行側出，而不知原本性情。……有人曰：「真詩乃在民間，文人學士之詩，非詩也。」斯言之，竊性情之似，而大謬不然。夫詩之為道，性情學問參會者也。性情者，學問之精神也。學問者，性情之孚尹也。春女哀，秋士悲，物化而情麗者，譬諸春蠶之吐絲，夏蟲之蝕字。文人學士之詞章，役使百靈，感動鬼神，則帝珠之寶網，雲漢之文章也。執性情而棄學問，采風謠而遺著作，輿歌巷謳，皆被管弦；《掛枝》、《打棗》，咸播郊廟，胥天下用妄失學，為有目無睹之徒者，必此言也。〔註34〕

　　在錢氏看來，文學作為一種「天地之元氣」〔註35〕的產物，其產生是因為文人「萌折於靈心，蟄啟於世運，而苴之於學問」〔註36〕。也就是說，詩文之本，主要是由「靈心」、「世運」和「學問」三大要素構成的。「靈心」是指人的主觀精神世界，也包括心靈對客觀事物的感受，認識和反應，我把它小結為詩的「內質」——即「情、性、志、氣、才」。缺乏這五者，詩歌就不是「真詩」，或者根本「無詩」。而詩人的身世偪側、時命連蹇，面臨天地翻覆、歷史巨變等，就可視為詩的外緣的部份了，於此我又大膽地小結為「學、識、境、遇、會」的「外緣」。也就是有了內質還不夠，還得讓詩「苴長於學問」，惟其如此，才能讓文學作品與農女村夫的吶喊感慨有所區別。

〔註34〕錢謙益《尊拙齋詩集序》，見《錢牧齋全集》第 7 冊，頁 411。
〔註35〕錢謙益《純師集序》云：「夫文章者，天地之元氣也」。《初學集》卷四十，見《錢牧齋全集》第 2 冊，頁 1085。
〔註36〕錢謙益《題杜蒼略自評詩文》，《有學集》卷四十九，見《錢牧齋全集》第 6 冊，頁 1594。

　　總的來說，虞山詩人認為詩要真，要有魂，要有內質與外緣才能得詩的根本。唐時李、杜的詩歌之所以能光芒萬丈，正因為他們能得詩之本，特別是杜甫的詩，真情至性流露，志氣充盈，再加上境遇逼蹇，更是內質與外緣兼具的真詩，因此深獲錢謙益的青睞。然而，我們必須注意的是：作為一個從傳統出發的詩論流派，虞山詩派「詩有本」的理論，肯定和西方學術界的「本體論」大相徑庭。

　　當勞‧曼羅（Donald Munro）曾指出：本體論的文學觀，將捲入空洞的人文藝術概念，不僅與個性主義背道而馳，還將破壞作品與作者的個性。

　　其實，本體論（Ontology）一詞，最早出現在十七世紀德國哲學家郭克蘭紐（Rudolphus Goclenius，1547～1628）、克勞堡（Johann Clauberg，1622～1665）和法國哲學家杜阿姆爾（Jean-Baptiste Duhamel，1624～1706）等人的著作中。首次用在文學評論是 1940 年初，美國的批評家蘭色姆（John Crowe Ransom，1888～1974）的《新批評》一書中。影響所及，英國意象派詩歌的開拓者艾略特（Thomas Stearns Eliot，1888～1965）於是呼籲：「詩歌不是放縱感情，而是逃避感情；不是表現個性，而是逃避個性。」這是因為詩人在創作過程中只是一種媒介，其首要任務是將個人的感情和經驗轉化為藝術，他必須為更重要、更有價值的東西犧牲自己、消滅個性，使詩歌藝術走向成熟。

　　這種思潮和 20 世紀哲學上的所謂「科學主義」顯然有密切聯繫，把有關人的問題，排除在哲學和文學之外，甚至割斷了文學與外部世界──讀者、作者、社會和歷史的聯繫，成為一種「架空」的文學，否定了人、也否定了人的本體地位和價值。西方哲學本體論中的「以太」（Ether），也就是太空或蒼天（有時亦作「太蒼」），對個性是一種破壞，所以崇尚本體必將流失個性。可是在中國哲學的傳統裏，「天人合一」的觀念無所不在，說明了天和個性的聯繫是緊密無間的。在文學批評的理論中亦然，從劉勰《文心雕龍》到鍾嶸《詩品》，

都一再強調天地變化、人事變遷對人的情志的影響。虞山詩人秉承了這一傳統，認爲個人的主觀情志，必須與客觀環境的變化結合，詩歌才能有「氣」有「靈」，這和西方的觀點正好相反。

　　作爲一個宏觀的中國文學批評理論研究者，在參照西方文學理論的觀點和想法時，我們除了要瞭解東、西方文化背景的不同之外，也要考慮中國文化的獨有特質和屬性。

二、詩歌不能只注重形式

　　明代論者在批評詩歌作品時，常喜歡評量格律，講求聲病；虞山詩派則認爲「不於此中截斷眾流，斬關奪命，攝古人之精魂而搜討其窟穴，雖其雕章斷句，縟繡滿眼，終爲土龍象物而已。」虞山派領袖錢謙益《再與嚴子論詩語》即云：

> 今之論詩者，亦知評量格律，講求聲病，撦撦焉以爲能事。由古人觀之，所謂口耳之間兼寸耳。人以兩輪卷葉爲耳，亦知有大人之耳，張兩耳以爲市，人以時集會其上乎？人以一尺口齒爲面，亦知有無首之民，乳爲目，臍爲口，操戈戚而舞乎？今之論詩，循聲按響，尺尺而寸寸者，兩輪之耳，一尺之面也。古人之詩，海涵地負，條風凱風，出納於寸管之中，大人之耳市，刑天之臍口也。今人窮老於詩，嘔絲泣珠，沾沾焉以爲有得而自喜，知盡能索，終不出兩輪尺面之間，不已遼乎？〔註37〕

　　可見錢謙益非常反對詩歌只注重形式，尤其是一字一字地評量格律，講求聲病。他在《周元亮賴古堂合刻序》中進一步指出：

> 今之爲詩，本之則無，徒以詞章聲病，比量於尺幅之間，如春花之爛發，如秋水之時至，風怒霜殺，索然不見其所有，而舉世咸以此相誇相命，豈不末哉？〔註38〕

　　錢謙益之所以要反對詩歌不能只注重形式，主要還是因爲「舉世

〔註37〕以上兩段皆引自錢謙益《有學集》卷四十八，見《錢牧齋全集》第 6 冊，頁 1574。

〔註38〕錢謙益《有學集》卷十七，見《錢牧齋全集》第 5 冊，頁 766。

咸以此相誇相命」，影響了當時文學創作的風氣。他在《增城集序》中說：

> 夫世之稱詩者，較量比興，擬議聲病，丹青而已爾，
> 粉墨而已爾。其屬情藉事，不可考據也。其或不然，剽竊
> 掌故，傅會時事，不歡而笑，不疾而呻，元裕之所謂不誠
> 無物者也。〔註39〕

這裡，錢謙益引用元好問（1190～1257）《遺山先生文集》卷五十六《楊叔能小亨集引》中「不誠無物」的話來批評詩歌作品如果沒有作者的真情實感，而只是徒具技巧和聲律等形式，終究只是很表面的東西，是無法打動讀者的。他在《列朝詩集》乙集《高棅小傳》中說：

> 閩中之詩派，禰三唐而祧宋元，若西江之宗杜陵
> 也……。膳部之學唐詩，摹其色象，按其音節，庶幾似之
> 矣。其所以不及唐人者，正以其摹仿形似，而不知由悟以入
> 也。……自閩詩派盛行永、天之際，六十餘載，柔音曼節，
> 卑靡成風。風雅道衰，誰執其咎？自時厥後，弘、正之衣
> 冠老杜，嘉、隆之嚬笑盛唐，傳變滋多，受病則一。〔註40〕

這裡，錢謙益把詩文之衰歸罪於模仿、步趨和不知悟入三項。因此，他大力批評七子派摹擬杜詩時，生氣索然，毫無價值。其《曾房仲詩序》云：

> 向令取杜氏而優孟之，飭其衣冠，效其嚬笑，而曰必
> 如是乃為杜，是豈復有杜哉？本朝之學杜者，以李獻吉為
> 巨子。獻吉以學杜自命，聲聲海內。比及百年，而訾謷獻
> 吉者始出，然詩道之敝滋甚，此皆所謂不善學也。〔註41〕

三、詩歌不能一味模仿、缺乏個性

由前七子的李夢陽（1473～1530）和何景明（1483～1521）發起

〔註39〕錢氏引《遺山先生文集》卷五十六《楊叔能小亨集引》中「不誠無物」語入《初學集》卷三十三中，見《錢牧齋全集》第 2 冊，頁 958。

〔註40〕錢謙益《列朝詩集小傳》乙集（上海：中華書局，1959 年），頁 180～181。

〔註41〕錢謙益《初學集》卷三十二，見《錢牧齋全集》第 2 冊，頁 929。

的復古運動，比較理性地審視當時的文學狀態，並針對明初以來萎靡不振的文學局面，提出了改革意見，以期尋求文學的出路。他們重新構建了文學的主情理論，並且提高了民間文學的地位，這是他們對文學本身的新認識、新理解。但是由於他們過分注重法度格調等創作規則，反而陷入了擬古的窠臼，造成創作理論與實踐脫節的弊病，給文壇造成「惟古是尙」的惡劣影響。尤其是李夢陽，由於他把古人的作品看作完美無缺的最高準則，所以在形式上亦步亦趨地模擬古人，有若跟隨古人背後的影子。後七子中的李攀龍（1514～1570）、王世貞（1526～1590）則專從一字一句上推敲挑剔以論詩，雖名爲詩內求詩，結果卻是「所作皆僞詩」。有鑒於此，虞山詩派則於詩中求魂，詩外求詩，故能得詩之本。這是因爲虞山詩人深切瞭解到詩有內質與外緣兩種屬性。

錢謙益在《答唐訓導論文書》中云：

> 漢之文有所以爲漢者矣，唐之詩有所以爲唐者矣。知所以爲漢者而後漢之文可爲；曰爲漢之文而已，其不能爲漢可知也。知所以爲唐者，而後唐之詩可爲；曰爲唐之詩而已，其不能爲唐可知也。自唐、宋以迄於國初，作者代出，文不必爲漢而能爲漢，詩不必爲唐而能爲唐，其精神氣格，皆足以追配古人。〔註42〕

他清楚指出了漢文和唐詩都有各自獨特的氣格，因此虞山詩人都大力反對擬古主義——擬古的詩人都缺乏這種獨特的個性。

虞山詩人相信：詩在本質上應以氣爲主，所以錢謙益在《周孝逸文稿序》中引魏曹丕《典論論文》的「文以氣爲主」，又引唐韓愈《答李翊書》所謂「氣盛，則言之短長，與聲之高下者皆宜」之說，說明「此氣之溢於言者也」〔註43〕，又舉唐李翱（772～841）說的「義深則意遠，意遠則理辯，理辯則氣直，氣直則辭盛，辭盛則文工」，來

〔註42〕錢謙益《初學集》卷七十九，見《錢牧齋全集》第 3 冊，頁 1701。
〔註43〕錢謙益《有學集》卷十九，見《錢牧齋全集》第 5 冊，頁 825～826。

說明「此氣之根於志者也」〔註44〕。

同時，虞山詩派也極為注重詩人的氣節，故詩派領袖錢謙益強調詩人要從困境中引發激越的宇宙真元之氣，才能完成震撼古今的真詩文：

> 昔者睢陽苦戰，更樓起橫笛之吟；越石重圍，長嘯發《扶風》之詠。以至空坑被執，吟嘯之集頻煩；柴市歸全，《正氣》之歌激越。其人為宇宙之真元氣，其詩則今古之大文章。〔註45〕

擬古派因為「不養氣，不尚志，剞刻花葉，儷鬥蟲魚，徒足以傭耳剽目，鼠言空，鳥言即，循而求之，皆無所有，是豈可以言文哉！」〔註46〕所以虞山詩人要加以大力抨擊。虞山派領袖錢謙益還特別提出「氣的讀法」來強調「文以氣為主」的重要：

> 吾少從異人學望氣之術，老無所用，竊用之以觀詩。以為詩之有篇章聲律，奇正濃淡，皆其體態也。有氣焉，含藏於心識，湧見於行墨，如玉之有尹，如珠之有光，熠熠浮動，一舉目而可得。非是氣也，於山為童山，於水為死水，於物為焦芽敗種，雖有詞章繁茷，匠者弗顧焉。夫子論玉有七德，而終之曰：「氣如白虹，天也；精神見於山川，地也。」玉之德，至於珪璋特達，天下莫不貴，而其光氣之著見，則田夫野人，可以望而知之。〔註47〕

很明顯的，「氣」就是詩歌的一種內在精神。因此，虞山詩人在學習前人詩作時，就強調要從精神氣格、思想意境上學習，而不是從文字技巧和形式上剽竊前人詩句而已。錢謙益又說：

〔註44〕上兩段引文皆出自錢謙益《答著盛言書》，見《有學外集補遺》（商務印書館，1973 年）。

〔註45〕錢謙益《浩氣吟序》，《有學集》卷十六，見《錢牧齋全集》第 5 冊，頁 742。

〔註46〕錢謙益《周孝逸文稿序》，《牧齋有學集》卷十九，見《錢牧齋全集》第 5 冊，頁 826。

〔註47〕錢謙益《黃庭表忍庵詩序》，《有學集》卷二十，見《錢牧齋全集》第 5 冊，頁 846。

　　古之和詩者，莫善於江淹。江之言曰：「蛾眉詎同貌，
而俱動於魄；芳草寧共氣，而皆悅於魂。」論詩而至於動
魄悅魂，精矣，微矣。推而極之，《三百篇》、《騷》、《雅》，
以迄唐後之詩，皆古人之魂也。千秋已往，窮塵未來，片
什染神，單詞刺骨，揚之而色飛，沈之而心死，非魄也，
其魂也。鍾嶸之稱《十九首》：「驚心動魄，一字千金」，正
此物也。如其不爾，則玄黃律呂，金碧浮沉，皆象物也，
皆死水也。雖其駢花麗葉，餘波綺麗，亦將化爲陳羹塗飯，
而剡其譏議者乎？〔註48〕

　　錢謙益在《答徐巨源書》中，則在更廣闊的範圍上闡述了古代文
學家優秀的個性表現：

　　僕嘗觀古之爲文者，經不能兼史，史不能兼經，左不
能兼遷，遷不能兼左，韓不能兼柳，柳不能兼韓。其於詩，
枚、蔡、曹、劉、潘、陸、陶、謝、李、杜、元、白，各
出杼軸，互相陶冶，譬諸春秋日月，異道並行。〔註49〕

　　當然，他這段話還是針對明代擬古派的作風而發，但卻也從中
反映出虞山詩人主張要創造自己的風格，不要因爲模擬古人而抹殺
了自己的個性的詩見。他極力反對詩人的作品規摩古人的成句濫
詞，認爲詩人應該去故就新，才能大放異彩。因此對嘉定四君子
唐叔達（時升，1551～1636）、婁子柔（堅，1567～1631）、程孟陽（嘉
燧，1565～1644）和李長蘅（流芳，1575～1629）的創作態度，就曾
大加表揚：

　　四君子之詩文，大放厥詞，各自己出，不必盡規摩熙
甫。然其師承議論，以經經緯史爲根柢，以文從字順爲體
要，出車合轍，則固相與共之。古學之湮廢久矣，向者剽
賊鼠竊之病，人皆知訾笑之。〔註50〕

〔註48〕錢謙益《宋子建遙和集序》，《有學集》卷十七，見《錢牧齋全集》
　　　　第 5 冊，頁 762。
〔註49〕錢謙益《有學集》卷三十八，見《錢牧齋全集》第 6 冊，頁 1313。
〔註50〕錢謙益《嘉定四君子序》，《初學集》卷三十二，見《錢牧齋全集》

錢謙益又在《復李叔則書》中提出：

> 天地之大也，古今之遠也，文心如此其深，文海如此
> 其廣也，竊竊然戴一二人爲巨子，仰而曰李、何，俯而曰
> 鍾、譚，乘車而入鼠穴，不亦愚而可笑乎？〔註51〕

他認爲：盲從瞽說、隨波逐流的作法不但無法開拓心胸、擴大視
野，反而留人笑柄，正如擬古的李夢陽、何景明、鍾惺、譚元春之
流一樣。

錢謙益《曾房仲詩序》又云：

> 杜有所以爲杜者矣，所謂上薄《風》、《雅》，下該沈、
> 宋是也。學杜有所以學者矣，所謂別裁僞體，轉益多師者是
> 也。捨近世之學杜者，又捨近世之訾謷學杜者，進而求之，
> 無不學，無不捨焉。於斯道也，其有不造其極矣乎？〔註52〕

可見，如果因爲學杜而捨棄了自己的個性，在虞山詩人看來，倒
不如不學。虞山論者認爲：詩人應該具有去故就新的創作態度，本己
而出，不規摹古人，才是作詩的能手，也是作詩者應有的態度。錢謙
益《曾房仲詩敘》即云：

> 余讀其詩，風氣警道，興寄婉惬，雲霞風雨，含吐於行
> 墨之間，劌目鉥心，搯擢胃腎，憂憂乎去故而就新也，皇皇
> 乎經營將迎，如恐失之也。房仲之於詩，可謂能矣。〔註53〕

可見，虞山派非常重視創新，因此虞山詩人大力反對擬古派的論
見，所本的正是他們缺乏獨創元素、沒有在詩中展現個人獨特的個
性。這類作品，嚴格說來就不是詩。如錢謙益《初學集》卷三十二《徐
元歎詩序》即云：

> 其必有所以導之，導之之法維何？亦反其所以爲詩者
> 而已。……寧質而無佻；寧正而無傾；寧貧而無儳；寧弱

第 2 冊，頁 921～922。

〔註51〕錢謙益《有學集》，卷三十九，見《錢牧齋全集》第 6 冊，頁 1344。

〔註52〕錢謙益《初學集》卷三十二，見《錢牧齋全集》第 2 冊，頁 929～
930。

〔註53〕錢謙益《初學集》卷三十二，見《錢牧齋全集》第 2 冊，頁 928。

　　而無剽；寧爲長天晴日，無爲盲風澀雨；寧爲清渠細流，
　　無爲濁沙惡潦；寧爲鶉衣袒褐之蕭條，無爲天吳紫鳳之補
　　坼；寧爲粗糲之果腹，無爲茶蓳之螫脣；寧爲書生之步趨，
　　無爲巫師之鼓舞；寧爲老生之莊語，無爲酒徒之狂詈；寧
　　病而呻吟，無夢而魘寱；寧人而寢貌，無鬼而假面；寧木
　　客而宵吟，無幽獨君而晝語。導之於晦蒙狂易之日，而徐
　　反諸言志詠言之故，詩之道其庶幾乎！〔註54〕

　　這強而有力地說明了虞山派反對一味模仿的堅決態度，也讓我們
看到虞山詩人強調情感要眞切誠摯的重要性，否則就像是戴上面具的
惡鬼。此外，虞山詩人也強調志要正，要止乎禮，文思文句都要創新，
不能剽竊；詩人的人品要端莊，而且作品要言之有物。最重要的是，
要能創造自己的個性。

　　綜上所引，可見虞山詩派非常注重詩中要有「魂」和「氣」，有
「魂氣」的作品，才能令人「驚心動魄」，否則就只是一些「雕章斷
句，縟繡滿眼」的「陳羹涂飯」而已。朱東潤先生在其《中國文學批
評論集》的《述錢謙益之文學批評》一文中，將上文理解爲「牧齋此
論揭出詩之外更有詩」〔註55〕，若與筆者所言的表現詩人個性的「詩
中有魂」結合而言，似乎更能看出虞山詩派的論旨。

四、詩歌能涉情愛描寫，但要止乎禮義

　　孔子《論語・爲政》云：「《詩三百》，一言以蔽之，曰：思無邪。」
這是要求詩歌的內容要純正，符合禮教的道德制約。

　　虞山詩人也受到這種傳統詩觀的影響，因此都同意漢代司馬遷
（前145～前86）引淮南王劉安（前179～前122）對《國風》和《小
雅》的評價，以爲《國風》和《小雅》雖然都是表現詩人的情志，然
而卻能做到「《國風》好色而不淫，《小雅》怨誹而不亂」，正因爲詩

〔註54〕錢謙益《初學集》卷三十二，見《錢牧齋全集》第 2 冊，頁 924～
　　　925。
〔註55〕朱東潤《中國文學批評論集》（臺北：開明書局，1947 年），頁 92。

人在表現情志時，都能夠「發乎情、止乎義理」〔註56〕。

因此，虞山詩派認為儒家的一切德目有助於尅制「情志」的淫溢，也有助於提高詩人的道德修養。虞山派的領袖錢謙益曾說：

> 《虞書》曰：「詩言志。」詩者，志之所之也，而要自直寬剛簡出之。《周禮》：「大師教六詩，曰《風》，曰賦，曰比，曰興，曰《雅》，曰《頌》。」所謂三經三緯也。而必以六德為之本。礎日之詩，有一不出於德者乎？吾見其詩不一種，正言寓言，率皆象指如意，而於忠孝節義綱常名教之大，蓋三致意焉。〔註57〕

在他看來，詩人的修養需合乎儒家所制訂的標準後，所表達出來的志，才會「止乎禮」，而這樣的詩，才能夠稱得上是「詩」。

錢謙益的學生馮班所持的同樣意見也在《錢履之小傳》中出現。馮班所謂的「詩發自天性」，就是認為詩是發自人類的眞性情，但卻要以禮來節制、使詩合乎禮。這顯然都是儒家傳統思想的影響，所以他在《陸敕先玄要齋稿序》中說：

> 人生而有情，制禮以節之，而詩則導之，使言然後歸之於禮。一弛一張，先王之教然也。

至於文學作品中情愛的描寫，虞山派領袖錢謙益《李緇仲詩序》曾云：

> 緇仲故多風人之致，青樓紅粉，未免作有情癡。孟陽每呵余：「緇仲以父兄事兄，而兄不以子弟蓄緇仲，狹邪冶遊，不少沮止，顧洋洋有喜色者，何也？」余曰：「不然。伶玄不云乎，淫於色，非慧男子不至也。慧則通，通則流，流而後返，則所謂發乎情而止乎理義者也。佛言一切眾生，皆以淫欲而正性命，積劫因緣，現行習氣，愛欲鉤牽，誰能解免？而慧男子尤甚。向令阿難不入摩登之席，無垢光

〔註56〕錢謙益《季滄葦詩序》，《有學集》卷十七，見《錢牧齋全集》第 5 冊，頁 958～959。

〔註57〕錢謙益《十峰詩序》，《有學集》卷十九，見《錢牧齋全集》第 5 冊，頁 831。

不食淫女之呪，則佛與文殊，提獎破除，亦無從發啓。緇
仲，慧男子也。極其慧之所通，通而流，流而止，則其反
而入道也不遠矣。〔註58〕

因爲愛情（包括性事）也是人類情感的一種，將之表現於文學，
自然也是「緣情」之作，因此錢氏不加反對。

《季滄葦詩集序》更進一步指出：

太史公曰：「《國風》好色而不淫，《小雅》怨誹而不亂。」
此千古論詩之祖。劉彥和蓋深知之，故其論詩曰：「軒翥詩
人之後，奮飛詞家之先。」《三百篇》變而爲《騷》，《騷》
變而爲漢、魏古詩，根柢性情，籠挫物態，高天深淵，窮
工極變，而不能出於太史公之兩言。所謂兩言者，好色也，
怨誹也。士相媚，女相說，以至於風月嬋娟，花鳥繁會，
皆好色也。春女哀，秋士悲，以至於《白駒》刺作，《角弓》
怨張，皆怨誹也。好色者，情之彙龠也；怨誹者，情之淵
府也。好色不比於淫，怨誹不比於亂；所謂發乎情、止乎
義理者也。人之情眞，人交斯僞。有眞好色，有眞怨誹，
而天下始有眞詩。一字染神，萬劫不朽。鍾記室論《十九
首》，謂「驚心動魄，一字千金。」太白歎「吾衰」「不作」，
子美矜得失寸心，皆是物也。〔註59〕

這段對文學中情愛（也包括性愛）描寫的評價，基本上源於司馬
遷所引用的淮南王劉安（前 179～前 122）的觀點，但錢氏卻加以發
揮得淋漓盡致，比司馬遷和劉安更加鮮明強烈。他認爲情愛和憤怒是
文學作品的感情中最強烈的「風箱」、最眞實的「彙聚處」。因此，在
他看來，詩的內容只要具有眞實情感，就有豐富的內容，也就是非凡
的佳作。當然，這種特殊情緒的抒發與必然的流露，還是必須以禮義
來加以制約。馮班爲好友陸貽典的詩集寫《玄要齋稿序》時，稱讚他
「詠情欲以喻禮義」，也說明他不反對陸詩中情欲的描寫。

〔註58〕錢謙益《有學集》卷二十，見《錢牧齋全集》第 5 冊，頁 938～939。
〔註59〕錢謙益《有學集》卷十七，見《錢牧齋全集》第 5 冊，頁 958～959。

　　虞山詩人中，錢曾的愛情詩是寫得較爲突出的一位。他的愛情詩散見於各集中，而尤以《鶯花集》最爲突出。《鶯花集》集中部分詩作馮班還曾有和作，收在《鈍吟集》裏。《鶯花集》全集共收詩四十首，除少數幾首用「詩鬼」李賀（790～816）的長吉體外，其他皆爲玉臺、西崑風格。其中部分作品帶著濃重的胭脂氣息、直接抒發男女愛慕之情，甚至描寫內房男女歡樂之景，最突出的是《曲房春畫四首》。詩中寫曲房外部環境和內部環境的雅麗豪華，寫曼妙女子羅裙粉絮、腮花暈醉的著裝美、形貌美，甚至用「蝶翻」、「鶯散」、「銅鵲飛」、「銀蛇走」來暗喻性愛的過程。另外一些詩寫「情到狂時」過後的失落和對往昔美好愛情的追憶和懷念，情思深摯，帶著或淡或濃的悲劇色彩，頗爲感人。這方面，《夜深》堪稱代表作：

> 池面風來拂檻涼，夜深無睡立斜廊。
> 一樓春夢人千里，滿地桐花月半牆。
> 情到狂時燒破眼，酒初醒處斷迴腸。
> 可能六扇屏山裏，翠幕生波透異香。

　　單就此詩的情景描寫來看，已知錢曾並非愛情詩的等閒庸手了。

　　虞山詩人對待愛情詩和情愛描寫（包括性愛）的態度，和虞山特殊的文化和生活情態有著密切的關係。虞山山清水秀，人文薈萃，是江南典型的詩畫風流地。在殺氣陰凝，堅冰多冽的清代開國之初，虞山遺民詩人一部分以潛隱的姿態進行抗清鬥爭，而更多的則帶著悲哀和無望的心境泄情於詩文，專心於壘砌詩書典籍的城堡。從地域文化傳統上看，「虞故多詩人，好爲脂膩鉛黛之詞」（馮班《鈍吟老人文稿‧葉祖仁江村詩序》），似乎眾所周知；而這些風流文人中的「綺紈子弟會集之間必有絲竹管弦，紅妝夾坐，刻燭擘箋，尚於綺麗」（馮班《鈍吟老人文稿‧同人擬西崑體詩序》），似乎也見怪不怪。他們在偎紅倚翠、玉鐘醉顏的氛圍中放蕩性情，然後大量地以男女情事入詩也就不足爲奇了。在積郁與放蕩之間，他們的詩歌創作趨向也就必然在中、晚唐中游走，取法李商隱兼及溫庭筠了。清初虞山詩家何以「總愛西

崑好」？對此我們是不難從那種帶著鮮明的時代與地域特點的遺民生活形態中找到答案的。

　　當然，這個答案也許還應包含一些更複雜的內容，特別是發生在江南——甚至就在吳中的一系列旨在征服南方文人的大案冤獄（虞山詩派的重要詩人和論者馮舒正是死於冤獄），就不難看出為什麼虞山詩人要多寫香草美人的愛情詩了。但錢仲聯先生《夢苕庵詩話》卻指出：錢曾的詩「細味之，多寄託，不盡為兒女私情也。」就錢曾在清初虞山詩派中的地位來說，固然不可如錢陸燦《今吾集序》所說的那樣，將他與錢謙益相提並論；但其藝術成就確實應當在馮舒、陸貽典等人之上，可與馮班比肩而坐。錢曾將自己的名字深深地刻進了中國文獻目錄學史，筆者卻深自以為：這個名字也應該寫進清代詩歌史。

第二節　興觀群怨的功能說

　　中國傳統的詩文論者，因為受到帝王政治的影響，一直把文學當成是為政治服務的一種工具，因此論詩論文，特別重視詩歌文章的實際功能。「興觀群怨」這一概念的提出，也是如此。《論語・陽貨篇》云：

　　　　子曰：小子何莫學夫詩？詩可以興、可以觀、可以群、
　　可以怨。邇之事父，遠之事君，多識於鳥獸草木之名。

　　這可說是孔子對於詩的社會功能的全面敘述。文中孔子所謂的「興」，即「興於詩，立於禮」（《論語・泰伯》）的「興」，「言修身當先學詩」（何晏《論語集解》引包咸注），是講詩歌在「修身」方面的教育作用，其中也包括詩的表現手法，就是詩人通過詩歌抒發感歎、引發讀者的聯想；所謂「觀」，即「觀風俗之盛衰」（鄭玄注），「考見得失」（朱熹注），即通過詩歌可以觀察民風、考察政治的得失、社會風氣的盛衰；所謂「群」，即「群居相切磋」（孔安國注），意思是詩歌具有聚集士人、切磋砥礪、交流思想的作用，指出了詩歌有助於溝

通人與人之間的感情；所謂「怨」，即「怨刺上政」（孔安國注），是講詩歌具有批評和怨刺統治者政治措施的作用。

「興、觀、群、怨」的提出，有它一定的歷史條件，也具有一定的社會內容。孔子談詩論文，往往和當時禮教政治的道德倫理規範聯繫在一起。像「博學於文，約之以禮，亦可以弗畔矣夫」（《論語‧雍也》），就是他的基本觀點之一。「興於詩，立於禮」，即詩必需以禮為規範；「觀風俗之盛衰」，主要是對統治者而言。《國語‧周語上》記載上古時代的獻詩制度說：「天子聽政，使公卿至於列士獻詩，……而後王斟酌焉。是以事行而不悖。」《漢書‧藝文志》也談到上古時的采詩制度：「王者所以觀風俗，知得失，自考正也。」可見其目的在於使「王者」「行事不悖」，改善其政治統治；「群居相切磋」，所指的主要也是統治階層內部的交流切磋；「怨刺上政」雖是被允許的，但由於「詩教」的約束和「中和之美」的規範，這種「怨刺」又必須是「溫柔敦厚」、「止乎禮義」的。總而言之，提倡詩的「興、觀、群、怨」作用，是為了「遠之事君」的政治目的，至於增長知識，「多識於鳥獸草木之名」，則只有從屬的意義。

「興、觀、群、怨」是孔子對中國古代文學理論批評的一項重要貢獻。雖然對它的具體社會內容，需要進行具體的、歷史的分析；但是從文學理論的角度看，它總結了文學——特別是《詩經》所提供的豐富經驗，把文學的社會功能概括得相當全面，確實難能可貴。

「興、觀、群、怨」說在中國文學和文學理論的長期發展中，影響至深。後世的文人論者常常用它作為反對文學脫離社會現實或缺乏積極內容的武器。例如，劉勰針對缺乏怨刺內容的漢賦所提出的：「炎漢雖盛，而辭人誇毗，詩刺道喪，故興義銷亡。」（《文心雕龍‧比興》）在唐代興起的反對齊、梁遺風的鬥爭中，詩人強調詩歌的「興寄」以及唐代新樂府作者所強調的「諷諭美刺」和「補察時政」的作用，都繼承了「興、觀、群、怨」說重視文學社會功能的傳統。

　　「興、觀、群、怨」說在中國文學發展史上所起的作用是積極的，尤其是在政治黑暗腐敗和民族矛盾激烈的時代，它的積極作用更為明顯。例如「安史之亂」後杜甫的詩歌，南宋時期陸游（1125～1210）、辛棄疾（1140～1207）的詩詞等，就從不同的層面發揮了文學的興、觀、群、怨的作用。

　　虞山詩人繼承了這一傳統學說，也都認為詩具有興觀群怨的作用。如錢謙益曾云：

　　　　吾夫子論詩，以興觀群怨，事父事君為法則。〔註60〕

他進一步以此為標準讚揚一些後輩詩人：

　　　　邵得魯以不早剃髮，械擊僇辱，瀕死而不悔。其詩清和婉麗，怨而不怒，可以觀，可以興矣。〔註61〕

又說：

　　　　聖秋，秦人也，而工為杜詩。生斯世也，為斯詩也。

　　癸、甲之篇，擬於《北征》，可以興，可以怨矣！〔註62〕

　　由此可見，錢氏相當注重詩歌的政治與教化作用，而這種觀念實際上是來自中國傳統詩歌評論的源頭之一的孔子。在錢謙益的倡導下，虞山詩人也都承襲此說。馮班就以「詩言志」為基弦，強調詩歌的產生是因為詩人的感情受到外物的觸動；而外在條件有其善亦有其不善，所以詩歌就可以用來歌頌讚美、也可以用來抨擊諷刺。他非常重視孔子所主張的詩歌所具有的頌諷政教的功用，認為詩歌貴在「有美焉有刺焉」，「不如此則非詩，其有韻之文耳」。馮班很肯定詩歌刺時的作用，其《再生稿序》所謂的「詩人之詞，善於刺時」，正好說明馮班對詩歌反映時政功效的重視。這種實際功效，正是孔子在談詩教、禮教、樂教時所強調的政教功能。所以馮班說：

〔註60〕錢謙益《來氏伯仲家藏詩稿序》，《初學集》卷三十三，見《錢牧齋全集》第 2 冊，頁 955。

〔註61〕錢謙益《題邵得魯述涂集》，《有學集》卷四十九，見《錢牧齋全集》第 7 冊，頁 1587。

〔註62〕錢謙益《學古堂詩序》，同上，卷二十，見《錢牧齋全集》第 5 冊，頁 841。

　　　　詩者，諷刺之言也。憑理而發，怨誹者不亂，好色者
　　不淫，故曰：「思無邪」。

　　由此可見，虞山詩派論詩，很多時候是出自於對傳統的繼承，並
且站在傳統的立場上，發展出一套配合時代需求的詩論主張。如錢謙
益在《十峰詩序》中就很強調詩歌須具有「德化」的作用：

　　　　夫詩本以正綱常、扶世運，豈區區雕繪聲律，剝剝字
　　句云爾乎？昔者李百藥見文中子論詩，上陳應、劉，下述
　　沈、謝，分四聲八病、剛柔清濁以爲序，而文中子不之答
　　也。此其故，惟薛收知之，若曰：明三綱，達五常，微存
　　亡，辨得失，夫子之論詩者如是。今之人不知詩學，營營
　　馳騁於末流，宜爲文中子之所棄，而亦薛收之所不取矣。
　　〔註63〕

　　所以，我們可以由此總結：虞山詩人認爲詩的功能除了興觀群怨
之外，還能正綱常、扶世運。比諸孔子所言，實乃將詩的政教功用，
更進一步的提升。

　　有趣的是：在西方詩人眼中，詩的功用似乎也和「興觀群怨」類
似。他們也認爲詩歌具有「興」和「群」的作用，能通過語言拉近人
心與人心間的距離。例如美國詩人朗費羅（Henry　Wadsworth
Longfellow，1807～1882）就說過：「詩人行動的意義，在於把人群的
願望與意欲以及要求，化爲語言。」這正如西諺所謂的「詩的宣傳功
能，在使人類的心引起分化、再重新凝結」，似乎也貼近「觀」和「怨」
的功能。由此可見，詩歌在東方和西方社會，都具有一定的社會功能。

　　綜合前邊兩節所述，我們大抵可以看出虞山詩派對詩的本質的
看法。歸納而言，虞山詩人認爲詩是言志和緣情之作，同時思要無
邪、要止乎禮，才是有物有本的眞詩。詩歌作品要具有詩人的眞性情、
獨創的個性；但其感情的表達方式，應以溫柔敦厚爲規約。

　　湊巧的是：20世紀英國著名的詩人兼評論家艾略特（T. S. Eliot，

〔註63〕錢謙益《有學集》，見《錢牧齋全集》第5冊，頁831。

1888～1965）也曾經說過：「詩人有三種好處——他們能夠在諷刺時事時還保留語言的美麗和完整；他們可以使我們欣賞美好的人、物和事情；還有最重要的是他們可以讓我們一時一時地覺醒。」這和虞山詩人對詩歌本質的理論，遙相呼應、不謀而合。

第三節　溫柔敦厚的詩教說

　　新加坡古典文論學者楊松年博士的《中國古典文學批評論集》一書中，有《溫柔敦厚，詩教也——試論詩情之本質與表達》一文，將溫柔敦厚與詩情的表達方式，從「讀者感受的角度，要求詩情的表露應溫柔敦厚，反對直露、浮泛的詩風」，以及從「對詩作者、詩論者、詩選者的要求的角度，提出詩情的表露應溫柔敦厚」兩大方面來進行討論，進而將溫柔敦厚的意見概括歸納成以下幾點：

　　1. 溫柔敦厚是婉轉不指切事情的諷諫；
　　2. 溫柔敦厚是發乎情止乎禮，用禮義節制性情；
　　3. 溫柔敦厚是含蓄蘊藉，不以直斥怒罵為詩；
　　4. 溫柔敦厚是溫婉曲折，注重言外意致的餘味；
　　5. 溫柔敦厚是靜好柔厚，詩人須先化其性情、正其人品；
　　6. 溫柔敦厚是內涵深藏，不排斥發憤疾俗的感情與作品。〔註64〕

　　我個人認為這樣的分法十分廣義，涵蓋面也稍嫌過大，似乎將溫柔敦厚的意思無節制的擴張。其實，「溫柔敦厚」的提出，最早見於《禮記·經解》：「溫柔敦厚，詩教也。……其為人也，溫柔敦厚而不愚，則深於詩者也。」這是漢代儒家對孔子文藝思想的一種概括。唐代孔穎達（574～648）《禮記正義》對此解釋說：「《詩》依違諷諫，不指切事情，故云溫柔敦厚是詩教也。」這是就詩歌諷諫的特點來說的，體現了對作者寫作態度的要求。同時，《禮記正義》又說：「此一

〔註64〕楊松年《中國古典文學批評論集》（香港：三聯書局，1987年），頁277～288。

經以《詩》化民，雖用敦厚，能以義節之。欲使民雖敦厚不至於愚，則是在上深達於《詩》之義理，能以《詩》教民也。」這是就詩歌的社會作用來說的，既需要運用溫柔敦厚的原則，同時也必須以禮義進行規範。

除了倫理原則的意義外，溫柔敦厚說在後世也被引伸爲藝術原則——詩情表達的方式。宋代楊時（1053～1135）《龜山語錄》卷一中就是將溫柔敦厚當作一種手段，要求詩人做詩當求「溫柔敦厚之氣」，如果像蘇軾（1037～1101）那樣以戲謔的文詞入詩，則無以事君。明代陸時雍（1590～1659）《詩境・總論》也認爲溫柔敦厚可以節制令人討厭的浮詞，通過溫柔敦厚的表達方式則可以「優柔悱惻感動人心」。況周頤（1859～1926）《蕙風詞話》所提出的「柔厚」說，要求詞在藝術表現上要蘊藉含蓄，微宛委曲；內容上要深鬱厚篤，既不叫囂乖張，又不淺顯直露。可見他們都將溫柔敦厚看成詩情表達的一種方式，這和虞山詩派對溫柔敦厚的理解是比較接近的。

虞山詩人強調詩要言志，要緣情，而情志的表達方式，在虞山詩派看來則要溫柔敦厚，也就是委婉而不直露，這樣才足以感化世人，甚至救世。虞山派領袖錢謙益認爲，詩必須如視人病症的有緩有急：

> 《記》曰：「溫柔敦厚，詩之教也。」說《詩》者，謂《雞鳴》、《沔水》，殷勤而規切者，如扁鵲之療太子；《溱洧》、《桑中》，咨嗟而哀歎者，如秦和之視平公。病有淺深，治有緩急，詩人之志在救世，歸本於溫柔敦厚，一也。愚山視學齊、魯，祠伏生，旌孫明復、石介，享鐵司馬七公，噓枯吹爐，廣屬風教。敦《伐木》友生之義，哭顧夢遊之喪，瓦燈敝帷，過時而悲。溫柔敦厚之教，詩人之針藥救世，愚山蓋身有之。《詩》有之：「神之聽之，終和且平。」和平而神聽，天地神人之和氣所由接也。其斯以同樂之苗裔，而爲詩人救世之詩也與。〔註65〕

〔註65〕錢謙益《施愚山詩集序》，《有學集》卷十七，見《錢牧齋全集》第5冊，頁760～761。

錢謙益又在《新安方氏伯仲詩序》中說：

二方子之詩，無流僻，無噍殺，瀄瀄乎其音也，溫溫
乎其德也，庶幾詩人之清和，可以語溫柔敦厚之教也與？

〔註66〕

可見他強調詩中要有變化之音，溫和之德，沒有噍殺之語，流鄙
之言；唯其如此，才具有教化的作用。因此他對《詩經·國風》，特
別是《秦風》中的詩人們以真摯的情感、鮮明的個性和積極的生活態
度抒發詩人在生活中的真實感受的作品讚不絕口。因為杜甫的詩也含
攝了這種清和溫德而發之於詩，再加上杜甫的「增華加厲」，於是「秦
風」大盛。〔註67〕錢謙益從「溫柔敦厚」中體悟到，詩的感情要採取
委婉的表達方式，詩才能有教化的作用：

溫柔敦厚之教，其微兆在性情，在學問，而其根底則
在乎天地運世，陰陽剝復之幾微。微乎！微乎！斯可與言
詩也已矣。〔註68〕

因此，他主張詩的感情除了要真實之外，還要採取委婉曲折的表
達方式。惟其如此，詩歌才足以救運世、感化人。錢謙益要求詩歌必
須做到殷勤規切、有緩有急、有深有淺，這才能真正發揮詩教的作用，
而天地人神的和氣才得以相接。詩歌要達到溫柔敦厚的境界，詩人可
以用學問和詩人本身的經歷加以改進，所以他也鼓勵詩人多讀書以抒
才具。這一觀點對虞山詩人的影響十分深遠，其中又以馮班所受的啟
發最大。

馮班在老師錢謙益的引導下，直接繼承了由孔子所提出的以溫
柔敦厚為詩教的傳統。然而，對於老師的論詩主張，他卻並沒有全盤
接受。他們之間最大的分歧，就是在錢謙益兼主唐宋，而二馮卻是宗

〔註66〕錢謙益《新安方氏伯仲詩序》，《有學集》卷二十，見《錢牧齋全集》
第 5 冊，頁 843～844。
〔註67〕錢謙益《王元昌北遊詩序》，《初學集》卷三十二，見《錢牧齋全集》
第 2 冊，頁 931。
〔註68〕錢謙益《胡致果詩集》，《有學集》卷十八，見《錢牧齋全集》第 5
冊，頁 801。

唐反宋。所以在《鈍吟文稿·葉祖仁江村詩序》中，馮班就大力反對
江西詩派的言論，直斥他們粗勁不成文章的流弊，不但誤解了「美刺」
的含義，且淪爲赤裸直露、輕薄不近情理：

> 虞故多詩人，好爲脂膩鉛黛之辭，識者或非之，然規
> 諷勸誡，亦往往而在，最下者乃綺麗可誦。今更爲屬罟，
> 式號式呼，以爲有關係。紈綺子弟，不知戶外有何事而矢
> 口談興亡，如蜩螗聒耳，風雅之道盡矣。

可見馮班非常痛恨直指怒罵的文字。在《陸敕先玄要齋稿序》中，
他很不客氣地批評「屈原之文，露才揚己，顯君之失，良史以爲深譏。
忠憤之詞，詩人不可苟做也。以是爲教，必有臣誣其君，子謫其父者，
溫柔敦厚其衰矣！」

我們可以由此肯定，馮班雖然不反對美刺，但諷刺之言必須受到
溫柔敦厚的制約，否則就不能充分發揮詩歌的諷頌功能。其兄馮舒序
其詩亦曰：

> 大抵詩言志，志者心之所之也。心有在所未可直陳，
> 則託爲虛無惝怳之詞，以寄幽憂騷屑之意。昔人立義比興，
> 其凡若此，自古及今未之或改。故詩無比興非詩也。讀詩
> 者不知比興所存，非知詩也。

這可以旁證馮班是以比興作爲溫柔敦厚的手段。郭紹虞《中國文
學批評史》曾引馮班所言的「隱秀」來概括他對溫柔敦厚的詩見。馮
班在《葉祖仁江村詩序》中說：

> 詩有活句，隱秀之詞也。直敘事理，或有詞無意，死
> 句也。隱者興在象外，言盡而意不盡者也；秀者章中迫出
> 之詞，意象生動者也。〔註69〕

馮班《馬小山停雲集序》又云：

> 詩以道性情，今人之性情，猶古人之性情也。今人之
> 詩，不妨爲古人之詩。不善學古者，不講於古人之美刺，
> 而求之聲調氣格之間，其似也不似也未可知。假令一二似

〔註69〕原見《鈍吟文稿·葉祖仁江村詩序》，此處引自郭紹虞《中國文學批
評史》，頁474。

之，譬如偶人芻狗，徒有形象耳。點者起而攻之以性情之
說，學不通經，人品污下，其所言者皆里巷之語，溫柔敦
厚之教，至今其亡乎？

由於溫柔敦厚是「聖人以教民」的詩教，所以馮班非常重視它。
對於七子做詩只講求聲調形式之似、不講溫柔敦厚的美刺；還有竟陵
派人品、詩品的污下，他都認為是有損於詩教的。他甚至認為「顧仲
恭（顧大韶（1576～？））先生不能做詩」是因為「溫柔敦厚先生似
不足」。在馮班看來，溫柔敦厚的不足也就是詩人條件的不足，當然
也就不足以為詩了。

總的來說，虞山詩人所謂的溫柔敦厚，就在於詩情表達中含蓄的
美刺，而且他們認為手法的高下和詩人的人品修養有直接的關連。所
以，不論比興或隱秀，都要求詩情的表達必須做到含蓄蘊藉，使詩歌
具有言雖盡而意無窮的餘味。只有通過比興和隱秀，詞才會「縟」，
情才會「隱」，而詞取其縟方顯其工，情取其隱才寓其深。〔註70〕

古希臘美學思想的集大成者亞里斯多德（Aristotle，前 384～前
322）在其《詩學》中，對文藝的社會功能提出了許多重要的觀點，
他在給「悲劇」下定義的時候，曾提到悲劇具有「卡塔西斯」（Catharsis）
作用。他認為：悲劇中的「卡塔西斯」作用——就是通過反覆觀看悲
劇，把太強或太弱的情感培養成為中庸適度的情感。誠然，文學藝術
的確具有教育作用，但文學藝術的教育作用是一種特殊的美感作用—
—這種作用有助於培養人的高尚道德情操。在這一點上，東、西方的
詩論顯然具有異曲同工之處。

中國傳統詩學中「溫柔敦厚」的最終目的，就是使詩歌「樂而不
淫，哀而不傷」。孔子之所以讚揚《關雎》，就因它具有「樂而不淫，
哀而不傷」的「中和之美」。《關雎》是一首描寫男女情愛的詩，但歡
樂與哀怨都寫得很有分寸，詩中的歡樂只限於鐘鼓琴瑟，不涉於淫
蕩；詩中的哀怨不過是寤寐反側，不傷於和正。《關雎》既把歡樂與哀

〔註70〕這看法引自郭紹虞《中國文學批評史》，頁 474～475。

怨的情緒充分地抒寫出來了，又符合禮義道德之規定，防止了過與不及。可見「樂而不淫，哀而不傷」的「中和之美」，正是中國傳統詩學的一條重要原則和審美標準。由此，我們可以從中獲知：東、西方論者對文學的的看法，其相同之處就在於——兩者都重視文學的表達方式，只是「溫柔敦厚」所追求的是一種「中和之美」，而「卡塔西斯」則是要使人們心理達到一種「中庸、適度的情感」，從而受到審美陶冶。

英國湖畔詩人華茲華斯（William Wordsworth，1770～1850）在為詩下定義時曾經說過：「在寧靜中回味的感情是詩。」另一蘇格蘭詩人威爾遜（Alexander Wilson，1766～1813）也認為：「詩是被感情潤飾了的才智表現。」兩相比較，可見東、西方的詩人論者都認為詩的確要通過婉曲的手法抒發情志，而「溫柔敦厚」正是虞山詩人所致力追求的風格。

第四節　窮而後工的境遇說

「窮而後工」是中國文學批評史上一個非常重要的命題，明確地提出這個說法的是北宋大文學家歐陽修（1007～1072）。歐陽修在《梅聖俞詩集序》裏有這樣一段話：

> 予聞世謂詩人少達而多窮，夫豈然哉？蓋世所傳詩者，多出於古窮人之辭也。凡士之蘊其所有，而不得施於世者，多喜自放於山巔水涯之外，見蟲魚草木風雲鳥獸之狀類，往往探其奇怪；內有憂思感憤之鬱積，其興於怨刺，以道羈臣寡婦之所歎，而寫人情之難言。蓋愈窮則愈工。然則非詩之能窮人，殆窮者而後工也。

可見「詩窮而後工」是說詩人在受到困頓境況如仕途不順、政治上受到打擊迫害等的磨礪，幽憤鬱積於心時，方能寫出精深的詩歌作品。歐陽修將作家的生活境遇、情感狀態直接與詩歌創作本身的特點聯繫起來：一是詩人因窮而「自放」，能與外界建立較純粹的審美關係，於是能探求自然界和社會生活中的「奇怪」；二是鬱積的情感有助於詩人「興於怨刺」，抒寫出曲折入微而又帶有普遍性的人情。

在這篇序內，歐陽修以他的朋友梅堯臣（1002～1060）為例，說梅堯臣因為「鬱其所蓄，不得奮見於事業」，「自以其不得志者，樂於詩而發之。故其平生所作，於詩尤多。」

這一段話非常明確地論述了作家的生活境遇對其創作的推動和激勵作用。作家文人在窮困時，由於遠離朝廷「樊籠」的羈絆，往往能使他們更有機會深入生活去觀察事物、體悟人生，從而接觸到真實社會人民的苦痛，再與自己窮困的境遇結合，推己及人，發出了鬱憤的呼聲，創造出傳世的作品，真正體現了儒家兼濟天下的理想。這是歐陽修對前人思想的深入挖掘和開發。

然而，這個命題的提出，並非始於歐陽修，其直接來源是韓愈（768～824）的「不平則鳴」論。韓愈在《送孟東野序》中曾云：

> 大凡物不得其平則鳴。草木之無聲，風撓之鳴；水之無聲，風蕩之鳴。其躍也，或激之；其趨也，或梗之；其沸也，或炙之。金石之無聲，或擊之鳴。人之於言也亦然，有不得已者而後言，其歌也有思，其哭也有懷。凡出乎口而為聲者，其皆有弗平者乎！

韓愈認為：文學作品主要產生於不平的思想感情，而這種「不得已」或「不平」的思想感情正是源於現實物質世界的不順遂，或不公平的生活遭遇。只有經歷的「不平」多了，所「鳴」出的聲音才會更動聽更感人。

韓愈在另一篇文章《荊譚唱和詩序》中，進一步闡發他的這一理論：

> 夫和平之音淡薄，而愁思之聲要妙，歡愉之辭難工，而窮苦之言易好也。是故文章之作，恒發於羈旅草野；至若王公貴人，氣滿志得，非性能而好之，則不暇以為。

韓愈之前，鍾嶸（約468～518）也曾在《詩品·序》中說：

> 嘉會寄詩以親，離群託詩以怨。至於楚臣去境，漢妾辭宮；或骨橫朔野，魂逐飛蓬；或負戈外戍，殺氣雄邊，塞客衣單，孀閨淚盡；或士有解佩出朝，一去忘返；女有

揚蛾入寵，再盼傾國；凡斯種種，感蕩心靈，非陳詩何以
展其義？非長歌何以騁其情？故曰：「詩可以群，可以怨。」
使窮賤易安，幽居靡悶，莫尚於詩矣。

鍾嶸從景物氣候和個人的經歷兩方面解釋詩歌產生的原因，而
強調的仍是個人遭遇的不平，個人的「怨」、「窮賤」，不平遭遇的「感
蕩心靈」，實際上仍然是「不平則鳴」、「窮而後工」的範疇。

事實上，這種理論的源頭最早可追溯到司馬遷（約前 145 或前
135～前 86）的「發憤著書」說：

蓋文王拘而演《周易》；仲尼厄而作《春秋》；屈原放
逐，乃賦《離騷》；左丘失明，厥有《國語》；孫子臏腳，《兵
法》修列；不韋遷蜀，世傳《呂覽》；韓非囚秦，《說難》
孤憤；《詩》三百篇，大抵聖賢發憤之所為作也。此人皆意
有所鬱結，不得通其道，故述往事，思來者。乃如左丘無
目，孫子斷足，終不可用，退而論書策，以舒其憤，思垂
空文以自見。

司馬遷自己「發憤」的前提也在於惡劣的生存環境，痛苦的人生
遭遇，這就是歐陽修所謂的「窮」。

自從歐陽修明確提出「窮而後工」的觀點以後，在兩宋之際有許
多的學者文人反覆的闡述它。像陳師道（1053～1101）、陸游（1125
～1210）、方岳（1199～1262）等都有相關的詳細論述。宋以後，許
多文人更是樂此不疲。如趙翼（1727～1814）的名句「國家不幸詩家
幸，賦到滄桑句便工」。陳廷焯（1853～1894）在《白雨齋詞話》中
也說：「詩以窮而後工，依聲亦然。故仙詞不如鬼詞，哀則幽鬱，樂
則淺顯也。」

虞山詩人對「窮而後工」的看法，是首先將詩的產生歸納為「內
質」和「外緣」兩種因素。詩人內在的情志與外在的境遇相互衝擊，
就能產生詩。虞山詩派在「外緣」方面的論點，也就是詩歌作品與作
者的境遇之間的相互關係，有相當獨到的見解。

虞山派領袖錢謙益在為門生馮班的詩集作序時，就曾強調：「窮

而後工」這一論點。他在《初學集》卷三十二《馮定遠詩序》中寫道：

> 其（馮班）爲詩，沉酣六代，出入於義山、牧之、庭
> 筠之間。其情深、其調苦，樂而哀、怨而思，信所謂窮而
> 後工者也。〔註71〕

　　錢謙益所謂的「客情既盡，妙氣來宅者與？其爲詩也，安得而
不佳？」〔註72〕，說的是詩人的「情」要「盡」要「窮」，而後才能
寫出好詩。正如他稱讚陸敕先「以性情爲精神」，是「斯世之有情人
也，其爲詩安得而不工」〔註73〕，也因爲他是將「至性至情」發揮到
「窮」的境界的詩人。

　　他在《馮定遠詩序》中接著又說：

> 是故軟美圓熟，周詳謹願，榮華富厚，世俗之所歡羨
> 也，而詩人以爲笑；淩厲荒忽，敎僻清狂，悲憂窮寒，世
> 俗之所詢姍也，而詩人以爲美。人之所趨，詩人之所畏；
> 人之所憎，詩人之所愛。人譽而詩人以爲憂，人怒而詩人
> 以爲喜。故曰：詩窮而後工。詩之必窮，而窮之必工，其
> 理然也。〔註74〕

　　可見，只要詩人受到外在環境的壓迫，讓窮困窘厄的遭遇刺激詩
人的情志，使感情受壓抑到了不得不發之爲詩的窮境，在那種情況下
激射而出的情志，必能完成一首好詩。所以虞山詩人認爲：詩要工，
詩人一定要窮，生活上一定要經歷窮困厄境的磨練。如錢謙益在《李
緇仲詩序》中引用歐陽修《梅聖俞墓誌銘》的話說：

> 歐陽子有言：詩能窮人，必窮者而後工也。豈不信
> 哉！〔註75〕

　　他也以杜甫和李商隱窮困潦倒的遭遇爲例，加強他的這一論點：

〔註71〕錢謙益《初學集》卷三十二，見《錢牧齋全集》第 2 冊，頁 939。
〔註72〕錢謙益《空一齋詩序》，《有學集》卷二十，見《錢牧齋全集》第 5
　　　　冊，頁 842。
〔註73〕錢謙益《陸敕先詩稿序》，《有學集》卷十九，見《錢牧齋全集》第 5
　　　　冊，頁 824。
〔註74〕錢謙益《初學集》卷三十二，見《錢牧齋全集》第 2 冊，頁 939。
〔註75〕錢謙益《有學集》卷二十，見《錢牧齋全集》第 5 冊，頁 838。

少陵當雜種作逆，藩鎮不庭，疾聲怒號，如人之疾病而呼天呼父母也，其志直，其詞危。義山當南北水火，中外箝接，若喑而欲言也，若魘而求寤也，不得不紆曲其指，誕謾其辭，婉變託寄，隱謎連比……。吾以為義山之詩，推原其志義，可以鼓吹少陵。〔註76〕

對於那些能自我窮蹇的詩人，他也深表讚揚，如稱讚學生馮班時就說：

（馮班）其為人悠悠忽忽，不事家人生產，衣不擷骭，飯不充腹，銳志講誦，亡失衣冠，顛墜坑岸，似朱公叔。爇麻誦讀，昏睡蒸發，似劉孝標。闊略眇小，蕩佚人間，似其家敬通。里中以為狂生，為嵩愚，聞之愈益自喜。〔註77〕

此外，對於在仕宦途中屢屢遇到挫折的詩人，錢謙益在表示同情之餘，卻認為這是製造他們詩工的良機：因為身遭困境，志氣不獲伸張，憂思鬱結，於是馳騁而為詩，自然就能達到志不能盡而詩卻不能不盡的「窮」的境界：

聖俞生有宋百年全盛之時，朝著寧謐，四夷賓服。其仕宦連蹇，志氣不獲伸者，獨聖俞一身窮耳。故其憂思鬱積，羈愁感歎之言，可以矢詩遂歌，發作馳騁。……若吾祖命者，遘會陽九，遭逢亂離，以其瞳目喑口，蜇吻裂鼻，彈舌擊齒之苦，攢聚偪塞，盡託於詩，詩雖工，固有所不能盡，而又不得不盡也。〔註78〕

因此，詩要工，詩人就必須要「窮」，其所謂「乳山道士適來，告曰：存永所居，偪塞戎馬，宛委江雨，桑架砲車，播遷困厄，其詩當益工，所就殆不止此」〔註79〕，正是這個道理。

〔註76〕錢謙益《注李義山詩集序》，《有學集》卷十五，見《錢牧齋全集》第5冊，頁704。

〔註77〕錢謙益《馮定遠詩序》，《初學集》卷三十二，見《錢牧齋全集》第2冊，頁939。

〔註78〕錢謙益《唐祖命詩稿序》，《有學集》卷十八，見《錢牧齋全集》第5冊，頁789～790。

〔註79〕錢謙益《徐存永尺木集序》，《有學集》卷十八，見《錢牧齋全集》

　　虞山詩派的其他詩人論者如馮班，在談及「窮而後工」時雖然並沒有清楚標明，只如蜻蜓點水般點到為止；但從他所推崇的詩人如屈原、杜甫、李商隱、溫庭筠等，都是在仕途上非常潦倒失意、幽思鬱積、懷才不遇的落魄文人這一點上，也可作為旁證。馮班對這些歷練無數困境的詩人，欽服倒地、溢於言表。這或許是感同身受或同病相憐的緣故，因為馮班自己就是「窮而後工」的詩人。他本是小官宦世家、士族門第，但卻多次入仕不第，以致窮困潦倒一生，與他所服膺的詩人身世雷同。他的詩句如「空城寂寞見回潮」（《有感》），「幾教行客歎興亡」（《江南雜感之一》），「不遇英雄自枉然」（《江南雜感之四》）等都表達了他抑鬱寡歡、落拓無奈的情懷，逼得他只好「虛對圍棋憶謝玄」了。這些都印證了他的老師錢謙益對馮班詩歌「其情深、其調苦；樂而哀、怨而思，信所謂窮而後工者也」的批語，也充分說明了馮班的確是位「窮而後工」的詩人。

　　在談到詩與詩人境遇的關係時，虞山詩人非常強調黑暗時代的煎熬，境遇的窘迫困頓等外在惡劣條件對詩人情志所產生的刺激作用。錢謙益就曾以歷史上許多傑出的詩人文人為例子，強調他們「身世偪側，時命連蹇」的生活困境，是成就他們偉大文學作品的主要因素：

　　　　有戰國之亂，則有屈原之《楚詞》；有三國之亂，則有
　　諸葛武侯之《出師表》；有南北宋、金、元之亂，則有李伯
　　紀之奏議、文履善之《指南集》。忠臣志士之氣日昌，文章
　　之流傳者，使小夫、婦孺、俳優、走卒，皆為之徘徊吟咀，
　　唏噓感泣。而夷考其時，君父為何人？天下國家之事為何
　　如？〔註80〕

　　在他看來，屈原（前343～前277）、諸葛亮（181～234）、李綱（1083～1140）和文天祥（1236～1283）等作家之所以能完成千古絕

　　　　第5冊，頁788。
〔註80〕錢謙益《鈍師集序》，《初學集》卷四十，見《錢牧齋全集》第2冊，
　　　　頁1085。

－89－

唱的偉大作品，就是因爲他們身逢歷史的巨變，天地翻覆的動盪離亂，使到他們的身世偪側，時命連蹇，也正是所謂的「時窮」，所以詩才能工。杜甫（712～770）也是因爲身逢唐代藩鎭跋扈的安史之亂，才得以成就詩聖的地位。

由此可見，錢謙益作爲一個史學知識深厚的文學評論家，在談到時代與詩的關係時，仍舊不忘將歷史背景作爲考慮的關鍵，則其思想的統一，論學的一貫，由此可見一斑。

第五節　轉益多師的博學觀

「轉益多師是汝師」是杜甫《戲爲六絕句》之六的最後一句，歷來被認爲是杜甫能集詩之大成的關鍵。考其意，主旨就在於「無所不師而無定師」八個字。再仔細探討，這話也還有幾層意思：

一、 無所不師就是要兼取眾家之長；無定師則是不要囿於一家之言，一偏之見；

二、 無所不師而無定師，必須要從不同的角度學習前人的成就，在吸取的同時，也應當有所選擇，有所揚棄；

三、 轉益多師雖是傳統的繼承，以借鑒別人作爲自己創作實踐的一個指標，但卻不能妨礙自己的創新。

簡而言之，就是要能批判地吸取眾家之長，在繼承的基礎上創新。虞山詩人深諳此理，所以詩派領袖錢謙益於《曾房仲詩序》中即云：

> 竊聞學詩之說，以爲學詩之法，莫善於古人，莫不善於今人。何也？自唐以降，詩家之途轍，總萃於杜氏。大曆後以詩名家者，靡不緣杜而出。韓之《南山》，白之諷諭，非杜乎？若郊，若島，若二李，若盧仝、馬異之流，盤空排奡，横從謞詭，非得杜之一技者乎？……夫獻吉之學杜，所以自誤誤人者，以其生吞活剝，本不知杜，而曰必如是乃爲杜也。〔註81〕

〔註81〕錢謙益《初學集》卷三十二，見《錢牧齋全集》第 2 冊，頁 928～929。

可見他主張學習杜甫，正因爲杜甫無所不學卻又無所不捨，在汲取優秀文學遺產的同時也有所揚棄，所以才能總萃詩家途轍於一身，對後世產生鉅大的影響。以下將細分成四點，進一步討論虞山詩派轉益多師的博學觀。

一、身體力行，轉益多師

虞山詩派的領袖錢謙益不但在著作中多次倡言「轉益多師」，他自己本身就是一個「轉益多師」的高手。在他的影響下，虞山詩人也多爲博學之士。他的學生瞿式耜（1590～1650）在《牧齋先生初學集目錄後序》就說：

> 先生之詩，以杜、韓爲宗，而出入於香山、樊川、松陵，
> 以迫東坡、放翁、遺山諸家，才氣橫放，無所不有。〔註82〕

他的另一學生鄒式金（1596～1677）也在《牧齋有學集序》中說他的詩已做到了「擷江左之秀而不襲其言，並草堂之雄而不師其貌，出入於中、晚、宋、元之間而渾融流麗，別具爐錘」〔註83〕。

金俊明（1602～1675）《牧齋詩鈔・題詞》也說：

> 託旨遙深，庀材宏富，情眞而體婉，力厚而思沈，音雅而節和，味濃而色麗。其於歷代百家，都沾沾規擬，而能並有其勝，斯固杜老所云，別裁僞體，轉益多師，近風雅而攀屈宋者與？

可見他的詩風籠罩百家，卻又能在學習古人的基礎上而有所發展和創新，在繼承中有自己別樹一幟的風貌。

錢謙益的學生馮舒即深得乃師眞傳。錢謙益在《初學集》卷四十《馮己蒼詩序》（見《錢牧齋全集》第2冊，頁1087）中曾云：

> 吾黨馮生己蒼，早謝舉子業，枕經藉史，肆志千古。其爲學尤專於詩。……孟子不云乎：博學而詳說之，將以反說約也。余以爲此學詩之法也。……「讀書破萬卷，下筆如有

〔註82〕錢謙益《初學集・目錄後序》，見《錢牧齋全集》第1冊，頁53。
〔註83〕錢謙益《有學集・序》，見《錢牧齋全集》第4冊，頁1。

神」、「別裁僞體親風雅，轉益多師是汝師」，得之者妙無二
門，失之者邈若千里。此下學之徑術，妙悟之指歸也。

馮舒的弟弟馮班也推衍錢說，但在轉益多師的前提下，進一步提
出了「擇師」的理論，並且具體提出最適合「養之」的年齡。《鈍吟
雜錄》開卷即云：

> 爲子弟擇師是第一要事，愼勿取太嚴者。師太嚴，子
> 弟多不令。柔弱者必愚，剛強者懟而爲惡。鞭撲叱咄之下，
> 使人不生好念。凡教子弟，勿違其天資，若有長處，當因
> 而成之。教之者，所以開其知識也；養之者，所以達其性
> 也。年十四、五時，知識初開，精神未全，筋骨柔脆，譬
> 如草木正當二、三月間，養之全在此際。

由此不難發現：馮班詩論的洞見，往往就表現在他考慮周圓，在
細微處見眞功夫。

二、讀書破萬卷，博學當識變

對錢謙益和馮舒馮班來說，轉益多師的目的就是爲了博學。虞山
詩派在當時提倡博學，是有其針對性的。蓋明代詩壇最大的弊端就是
空疏不學──從七子到公安、竟陵，多數論者都號召人們不讀唐以後
書，把詩與學分開，認爲學詩無需學問。這種學風幾乎彌漫整個詩壇。
虞山詩人有鑒於此，覺得必須挽救這種頹風，於是倡言先讀書後作
詩，如錢謙益就很推崇杜甫「讀書破萬卷，下筆如有神」的說法；強
調博學爲本，淵識爲用，大力批評空疏不學之弊：

> 獻吉之詩文，引據唐以前書，紕謬掛漏，不一而足。……
> 先輩讀書種子，從此斷絕。〔註84〕

他在《愛琴館評選詩慰序》中指出，古代傑出的詩人，都是博學
多才的有識之士：

> 古之爲詩者，學潮九流，書破萬卷，要歸於言志永言，

〔註84〕錢謙益《李夢陽傳》，《列朝詩集小傳》（北京：中華書局，1959 年），
頁 312。

有物有則，宣導情性，陶寫物變。學詩之道，亦如是而止。
陸士衡、曹子桓、沈休文、江文通與夫李、杜、元、白、
皮、陸之諸言，皆具在也。古學日遠，人自作闥，邪師魔
見，醞釀於宋季之嚴羽卿、劉辰翁，而毒發於弘、德、嘉、
萬之間。〔註85〕

對於那些不讀書的論者與詩人，錢謙益極為反感。他在《贈別方子玄進士序》就曾嘲笑他們是「人自為學，家自為師」和「務華絕根，數典忘祖」；而這些人的詩歌，自然也是不堪入目的。因為錢氏認為：要寫好詩，詩人一定要能胸中包羅磅礴，古今往來，天地宇宙，政治道術等都要有所認識：

蘇子瞻敘《南行集》曰：昔之為文者，非能為之為工，
乃不能不為之為工也。古之人，其胸中無所不有，天地之
高下，古今之往來，政治之污隆，道術之醇駁，苞羅旁魄，
如數一二。及其境會相感，情偶相逼，鬱陶駘蕩，無意於
文，而文生焉，此所謂不能不為者也。〔註86〕

虞山詩派另一倡導人馮班則從另一個角度強調讀書對詩人才學的重要。他認為：人品的好壞取決於學識，而學識的深淺則在於讀書。因此，讀書對他來說，其實是修養人格的法門。《鈍吟雜錄》卷一就以聖人好讀書為例，說明他的這一主張：

聖人好讀書，豪傑好讀書，文人亦好讀書，惟宋儒不
好讀書。

因此，馮班大力抨擊宋儒，認為他們才識不足，導致「所論多有誤」。在《鈍吟雜錄》卷一中，他還不客氣地痛斥他們「不讀書則君子小人漸無別」，並且視之若市井之徒：

儒者惡文字、惡讀書，恐天下之人皆化為市人矣。不
讀書何以知聖人之道？不作文字何以教後人？

〔註85〕錢謙益《愛琴館評選詩慰序》，《有學集》卷十五，見《錢牧齋全集》
　　　　第5冊，頁713。
〔註86〕錢謙益《瑞芝山房初集序》，《初學集》卷三十三，見《錢牧齋全集》
　　　　第2冊，頁959。

對於學詩的人，馮班在《鈍吟雜錄》卷七中建議：

> 先《毛詩》、《離騷》，則六義風刺曉得根本來歷。朱子注看不得，雖淺薄易入，人一入此門路便不會做詩耳。戒之！戒之！

基於此種認識，馮班也和他的老師錢謙益一樣，非常讚賞杜甫「讀書破萬卷」的精神。他常謙稱自己「不能教人做詩」，卻常「勸人讀書」。因為「有一分學識，便有一分文章，但得古今十分貫穿，自然才力百倍。」（《鈍吟雜錄》卷三）

馮班也舉出他身邊的實際例子來加強這一論點：「相識中多有天性自能詩者，然學問不深，往往使才不盡」。可見他深信學問有助於「才」的發揮。馮班這種將讀書和做詩連成直線因果關係的看法，強調詩人單具才華是不夠的，因為「才」雖能成就一兩首詩，卻不足以成就一位擁有綿延不絕的創作生命力的詩人。因此，詩人必須要有淵博的學識作為後盾，才能使天生的才華得到淋漓盡致的發揮。

馮班也在《鈍吟雜錄》卷三中列舉多讀書有三大好處：

1. 多讀書則胸次自高，出語皆與古人相應；
2. 博學多知文章有根據；
3. 所見既多，自知得失，下筆知取捨。

馮班認為：多讀書不僅能鍛鍊詩人的品德，也能明白前人詩文的來龍去脈，做起詩來自然就知道怎麼取捨。可見，讀書的多少將直接影響詩法的高下。與此同時，他也痛斥時人只注重功名舉業而輕視讀書的劣行：

> 吾見人家教子弟未嘗不長歎也。不讀《詩》、《書》，云妨於舉業也。以余觀之，凡兩牓貴人，粗得名於時者，未有不涉經史。

因此，我們可以肯定：虞山詩派主張學習杜甫「讀書破萬卷」的目的就是為了博學，只有博學之後，「下筆」才會「如有神」。誠如馮班在《鈍吟雜錄》卷四中所言：「焉不學，而亦何常師之有？」所以，

要做偉大的詩人就必須好學，「涉獵既多，才識自信」，詩歌才會言之有物，聲氣才能「與古人相應」。

此外，虞山詩人在提倡「讀書破萬卷」的同時，也強調在博學的基礎上識變，就是說既要多讀書以增加學力才力，也要有創新求變的意念。錢謙益就認為：

> 天地之降才，與吾人之靈心妙智，生生不窮，新新相
> 續。〔註87〕

因為不但時代在變化，詩歌也是不斷的發展，假如光只博學而不識變，那也只是死學問。因此，在博採眾長，轉益多師之餘，還要能取精用宏，力求創新。他的學生馮班就深受他的影響，馮班說：

> 錢翁教人作詩，唯要識變。余得此教，自是讀古人詩，
> 更無所疑，讀破萬卷，則知變矣。〔註88〕

同時，馮班也主張讀書要有方法、要有所選擇，亂讀還不如不讀。他在《鈍吟雜錄》卷一中以自己為例，勸人熟讀儒家經典，避開壞書：

> 余八、九歲讀古聖賢之書，至今六十餘年。所知不少，
> 更歷事故，往往有所悟……

馮班還在《鈍吟雜錄》卷一中引用《中庸》的話來概括讀書的方法就在於「博學之、審問之、慎思之、明辨之」。在他看來：詩人胸中如有淵博的學問，則上可應古人，下可知著筆輕重；這就是「博學」的好處。至於「識變」，他要求詩人遇事不明時不先妄指其非，而是身體力行地小心審察、多方求證，再詳細省思、慎重考慮，最後才辨明是非、做出判斷。

馮班認為：「博學」的目的就是為了「明辨」，他在《鈍吟雜錄》卷一中戲謔地說：「一部論語未讀時是這般，讀了只是這般便是不曾讀」。在《鈍吟雜錄・敘》裏他也說：

〔註87〕錢謙益《題徐季白詩卷後》，見《有學集》卷四十七，見《錢牧齋全集》第 6 冊，頁 1562。

〔註88〕馮班《鈍吟雜錄》卷三，見《借月山房彙鈔》第 15 冊（臺北：義士書局），頁 14。

　　　　讀書須善審時勢，不可一味將正心誠意套語妄斷前人。

　　最重要的是：「凡學問須實見實行，不可虛空揣摩。」

　　由此我們可以總結：虞山詩派的論者們都非常強調博學的重要。因為只有博學，才能有本；因為識變，才能不囿不泥。只有兩者兼具，才能在傳統的基礎上加以創新，開闢詩歌創作的新天地。

三、窮經以汲古，返經以循本

　　虞山詩人不僅要人讀書，也教人怎樣讀書。錢謙益即認為：要博學就一定要學貫古今，他以新舊醫為喻，說明只要能醫好病，新醫舊醫都可以。也就是說，只要是學問，不必管它是古是今，都應該去學：

> 亦知夫舊醫、新醫之說乎？舊醫、新醫之所用者，皆乳藥也。王之初病也，新醫禁舊醫之乳藥，國中有欲服者，當斬其首，而王病癒。及王之復病也，新醫占王病仍應服舊醫之乳藥，而王病亦愈。今夫詩，亦若是而已矣。上下三百餘年，影悟於滄浪，弔詭於須溪，象物於庭禮，捫搎吞剝於獻吉、允寧，舉世暝眩，奉為丹書玉冊，皆舊醫之屬也。今之所擇而取者，舊醫之乳藥歟？新醫之乳藥歟？抑亦新醫所斷之乳藥，即舊醫所服之乳藥？是乳藥者，亦是毒害，亦是甘露，以療病得查為能，而不應以新、舊醫為區別歟！〔註89〕

　　他的這一觀點，主要也是針對當時所盛行的「夫學詩者，以識為主。入門須正，立志須高；以漢、魏、盛唐為師，不作開元、天寶以下人物」〔註90〕的風氣而提出的。因此，在錢謙益所領導的虞山詩派中，眾詩人皆能廣博學習，成為學人兼詩人的知名作家。即使像吳喬這樣一個撰寫《正錢錄》來反對錢謙益詩論主張的人，也曾懷著讚賞

〔註89〕錢謙益《鼓吹新編序》，《有學集》卷十五，見《錢牧齋全集》第 5 冊，頁 712。

〔註90〕嚴羽《滄浪詩話・詩辨》，見郭紹虞《〈滄浪詩話〉校釋》（北京：人民文學出版社，1983 年）。

的口氣說：

> 常熟以牧齋先生故，士人學問都有根本。〔註91〕

如果引用杜甫《戲爲六絕句》的話來說，此正可謂之「不薄今人愛古人」的讀書方法。

錢謙益的學生馮班則更加重視讀書的方法。他認爲：讀書不得法便是不曾讀。他在《鈍吟雜錄》卷二中曾云：

> 儒有好學而不能立功立事者，非是讀書無益，不會看書是也。觀其尙論古人處，皆以意爲是非，不曾實實體驗，如是則讀書無益。

馮班在教人怎麼讀書時，爲了闡明好書與壞書的區別，遂大力推崇儒家的《論語》。他在《鈍吟雜錄》卷一中指出：《論語》是既難讀又易讀的。因爲在《論語》裏，「聖人說話簡略渾融，一時理會不來，是難讀也」；但《論語》也「最易讀，讀一句是一句，理會得一分是一分，是易讀也」。他對《論語》推崇備至，「只一二句便終身受用不盡」。尤其是儒家的教育方法，最能用來鼓勵人們讀書。在《鈍吟雜錄》卷二里他說：

> 儒教說話須徵於文獻，做事須讀書。

《鈍吟雜錄》卷四又說：

> 儒者於六經，如法吏之於三尺，一字動搖不得。儒者論事，必本六經。

至於讀書的態度，他在《鈍吟雜錄》卷四中也提供了循序漸進的方案：

> 讀六籍心有不合，如見父母之過，口不得言也。初讀時多不合，久後學問漸進，便覺自家粗淺。

由此可見，虞山詩人都很清楚地知道：雖然讀書直接關係到詩人的人品和才學的鍛煉，但卻不能操之過急，要找對方法，循序漸進地讀書。因此，虞山詩人不僅勸人讀書，還教人讀書。馮班在面對

〔註91〕吳喬《圍爐詩話》卷六，見《清詩話續編》（上海：古籍出版社，1983年）。

怎麼讀書、讀哪些書的問題時，態度的嚴肅和理念的清晰，每每令人為之側目。

《鈍吟雜錄》卷一開首即云：

> 信而好古，溫故知新是讀書得力處。

《鈍吟雜錄》卷二中，馮班又以自己讀書的切身經歷為例，說明溫故知新的道理：

> 少壯時讀書多記憶，老成後見識進，讀書多解悟，溫故知新，由識進也。

《鈍吟雜錄》卷一又云：

> 儒者有一門戶、一習氣，須洗得盡方為好學之人，方是真儒。

但他並非一成不變地要人一味地死啃死讀，因為在《鈍吟雜錄》卷一里他清楚地表明：「讀書有一法，覺有不合意處且放過去，到他時或有悟入，不可便說他不是」。可見馮班讀書時不輕易否定前人，對於「不合意」的意見他建議先擱一邊，留待日後自己的學問見識長進了才來「溫故」一番。這種不執意、不拘泥的讀書方法，就是一種溫故知新的精神，具有極為進步的意義。

《鈍吟雜錄》卷四里，馮班還整理出一套溫故知新的讀書方案：

1. 讀書當讀全書，節抄者不可讀；
2. 讀書須求古本，近時所刻多不可讀；
3. 不可先讀宋人文字。

按照此法讀書，特別是選讀古籍善本，除了可以避免讀書不全、被近人新刻所誤之外，也可以避免因個人在讀書時的才學歷練不足而錯解古人的原意。惟有把古籍善本讀全，才能在自己的才學歷練與日俱增之後，好好地溫故知新，發掘從前不曾參透的寓意。

掌握了怎麼讀書的方法之後，最重要的還是讀些什麼書。為此，錢謙益曾高度評價唐宋派各家在詩文寫作方面能夠宗經史之古學，他在《列朝詩集小傳》中稱讚他們的特點是「通經史、諳世務，往往為

通儒魁士，以實學有聞」。與此同時，他也設法矯正當時不良的文學風氣，他在《題懷麓堂詩鈔》中指出：近代詩病，凡經三變，即由病弱而狂病，由狂病而鬼病：「救弱病者，必之乎狂；救狂病者，必之乎鬼」〔註92〕。因此他認為：「非有返經之君子，循其本而救之，則終於胥溺而已矣」〔註93〕。而「返經、循本」就是錢氏為了轉變當時的文風而提出的能矯諸家、諸派詩文創作之弊，又集諸家諸派詩文理論之長的主張。

　　在虞山詩人看來，所謂「返經」，就是恢復、還原儒家經典中固有的內容，以它作為指導文學創作的基本原則。所謂「循本」，就是遵循文學的特殊本質和基本規律。虞山詩人之所以不說「宗經」而提出「返經」，是鑒於「近代之文章，河決魚爛，敗壞而不可救者，凡以百年以來，學問之謬種，浸淫於世運，熏結於人心，襲習綸輪，醞釀發作，以至於此極也」〔註94〕。

　　可見明代的經學，在虞山詩人看來只是「學問之謬種」。這主要是因為時人有「解經之謬」、「亂經之謬」、和「侮經之謬」，使經義被歪曲，變成「俗學」和「科舉之文」。錢謙益認為：這種乖謬的經學、腐朽的俗學，不但搞亂人的思想觀念，也危及國家政治的穩定；就連文學創作的內容和批評的態度也大受影響。

　　因此，錢謙益要恢復儒家經典的本來面目，故曰「返經」。他主張「天下窮經學古」，惟其如此，才能「循本」，才能對復古主義文藝思潮進行有力的抨擊並加以揚棄。他的目的顯然是要用「古學」去矯正明代的「偽學」、「謬學」、「俗學」之弊。而「古學」中，他特別推舉六經、史學和子學，認為這些都是學問的根本〔註95〕。

〔註92〕錢謙益《初學集》卷八十三，見《錢牧齋全集》第 3 冊，頁 1758。
〔註93〕錢謙益《婁江十子詩序》，見《有學集》卷二十，見《錢牧齋全集》第 5 冊，頁 845。
〔註94〕錢謙益《賴古堂文選序》，《有學集》卷十七，見《錢牧齋全集》第 5 冊，頁 768。
〔註95〕錢謙益《袁祈年字田祖說》，《初學集》卷二十六，見《錢牧齋全集》

此外，他還要求學詩的人都學古人之學，學古人之識，學古人之志：

> 牢籠古今，極命庶物，沿流溯源，文從字順，古人之學也。無其學而捃拾，扯摭割剝，剿略枝梧，如窮子之博易，如貧女之縫紝，爲陋而已。區明風雅，別裁僞體，標舉興會，萌茁時運，古人之識也。無其識而仿竊，逐響尋聲，拍肩取道，如水母之傭目，如屈蟲之循枝，爲愚而已矣。擺落悠悠，望古遙集，晞髮咸池，濯足東海，古人之志也。無其志而咶噪，夢囈歌哭，狂易叫囂，如豕腹之彭亨，如蠅聲之喧沸，爲妄而已矣。〔註96〕

總之，虞山詩人認爲要做詩就要多讀儒家的經典，而且必須按部就班，絕對沒有速成的捷徑。

四、做詩之前先學詩，讀書不爲譴責古人非

馮班認爲：做詩在於學詩，學詩則在於漸進而不慕高。他曾指導他的門人讀書寫詩應採取的態度，至今仍可讓初學者借鑒。在《鈍吟雜錄》卷八中他說：

> 大凡學文，初要小心，後來學問博、識見高、筆端老則可放膽；能細而後能粗、能簡而後能繁，能純粹而後能豪放。

可見馮班強調循序漸進地學詩，因爲「初學讀之」，最忌「放言高論」，臆斷前人是非，否則就會「壞了初學」。在馮班看來，「初學」比一切都重要。初學路要正，因此須「先看《毛詩》、《離騷》」，由此「則六義風刺曉得根本來歷」。馮班也警告地說：「朱子注看不得，淺薄易入，人一入此門路，便不會做詩耳。」他解釋：「朱子詩注全不是經，只是一部山歌曲子，俗人拙文字耳。」

至於怎麼循序漸進，他也說得相當詳細，甚至還將詩歌分門別類，如要學五言詩，就要學漢魏，特別是曹植（192～232）──因爲

第 2 冊，頁 826～827。

〔註96〕錢謙益《宋子建遙和集序》，《有學集》卷十七，見《錢牧齋全集》第 5 冊，頁 762。

馮班把曹植看成是「千古之師也」。此外，陶淵明、鮑照（約 414～466）、謝靈運（385～433）等他也極爲賞識，把他們奉爲後世詩人之祖。在《鈍吟雜錄》卷七裡他提出：七言詩要學「詩之中興主」杜甫，因爲杜子美「使人見詩騷之義，變前人而前人皆在其中，惟精於學古，所以能變也。」

同時，馮班也規勸後輩「學詩不必慕高，但得體格成就，理不背於詩騷，言之成文便足名字。」在馮班看來，「近代以來，能如此者不過一二十人。」

虞山詩派這種創作指導和入門帶引的論詩方式，系統化和科學化兼而有之，十分難得。

總的來說，虞山詩派主張學詩的人從經、史、子入手，以尋求古人的學問情志，因爲只有在「返經」之後才能得到學問的根本，也就是詩之本。然而，對當時文人錯誤的讀書態度和惡劣的批評風氣，虞山詩人卻感到痛心疾首。馮班在《鈍吟雜錄》卷三中說道：

> 今人讀書自有通病，好以近代議論裁量古人也，以俗本惡書校勘古本也。

他也極力反對讀書是爲了批評古人之非的做法。《鈍吟雜錄》卷四曾云：

> 訐也訕也，稱人之惡，宋人謂之英氣，君子之所惡也。
> 一部《讀史管見》，都是謗毀古人。

在《鈍吟雜錄》卷四裡，他進一步抨擊宋人讀書時總是先抱著懷疑古人的錯誤態度：

> 夫子曰：信而好古。宋人讀書未聞好古，只一肚皮不信。

在《鈍吟雜錄》卷七裡，他再次以自己多年讀書的經驗，用心良苦地勸誡時人：

> 讀古有疑，恐是思之未至，毋憚博訪詳問，慎勿任意詆呵也。

雖然馮班主張讀書不爲譴責古人之非，但是對於那些腐害人心的書，馮班還是加以排斥的。他在《鈍吟雜錄‧敘》中就警告說：

　　　　金聖歎才子書等，當如蛇蠍，以不見爲幸。即歐公老
　泉漁仲疊山諸公，亦須小心聽之。

　　其他宋人的著述，馮班也加以反對。因爲對馮班來說，宋人都不
愛讀書，直接造成所著多謬誤，最好別讀。他在《鈍吟雜錄》卷三中
指出：讀惡書的結果將會「使人笑來，淺學，一爲所誤，秕糠眯目，
天地易位，雖破萬卷，惡識先據於胸中，終不解一字矣。」

　　在他看來，那些不良書籍中的錯誤觀點，將會盤踞胸中而形就一
種成見，使人審事不明或造成偏頗，危害極大。

第六節　別裁僞體的風雅說

　　黃保眞等人編著的《中國文學理論史》，在《明代文學理論的總
結者——錢謙益的詩文理論》這一章節中，把「別裁僞體」看成是錢
氏教人怎麼學和學些什麼的理論。〔註97〕這種說法，似乎將「別裁僞
體」與「轉益多師」等同起來，認爲「別裁僞體」就是辨明學問之
正誤。

　　就我個人的淺見，如果要瞭解「別裁僞體」的意思，就應當從杜
甫論詩的《戲爲六絕句》中去尋找答案。

　　《戲爲》的前三首，我認爲是杜甫對作家的評論，後三首則是他
的詩論和創作方法論。前節論「轉益多師」時，我將虞山詩派的論見
視爲博學觀，其中集合了虞山詩人教人怎麼通過讀書以學詩的兩種意
見，既爲讀書方法論，又是詩歌創作的指南。如果這個意見能成立，
則所謂的「別裁僞體親風雅」，就應當是錢氏借用杜詩，教人怎麼辨
別「僞詩」，並藉此表達自己對詩歌創作的意見。

　　虞山詩人普遍上都贊同杜甫對前人詩歌分別裁定並加以取捨的
看法。對於「僞體」，即那些和《風》、《雅》的正體背道而馳、缺乏
眞實內容的形式主義詩歌，都要在「別」的基礎上有所「裁」；而對

────────────

〔註97〕《中國文學理論史》第 4 冊（北京：新華書局，1987 年），頁 75。

《詩經》中的《國風》與《小雅》，因為是《詩經》的精華所在，眞實地反映了當時殘暴統治下人民的疾苦和憤懣，所以它所體現的現實主義優秀傳統，必須加以發揚光大。

錢謙益在《徐元歎詩序》中批評前後七子的一段文字，正是他對「別裁僞體」的最佳注腳：

> 自古論詩者，莫精於少陵別裁僞體之一言。當少陵之時，其所謂僞體者，吾不得而知之矣。宋之學者，祖述少陵，立魯直為宗子，遂有江西宗派之說。嚴羽卿辭而闢之，而以盛唐為宗，信羽卿之有功於詩也。自羽卿之說行，本朝奉以為律令，談詩者必學杜，必漢、魏、盛唐，而詩道之榛蕪彌甚。羽卿之言，二百年來，遂若塗鼓之毒藥。甚矣！僞體之多，而別裁之不可以易也。嗚呼！詩難言也。不識古學之從來，不知古人之用心，狗人封己，而矜其所知，此所謂以大海內於牛迹者也。……先河後海，窮源溯流，而後僞體始窮，別裁之能事始畢。雖然，此益未易言也。〔註98〕

顯然，錢謙益是為了要排斥七子的擬古主義，所以先攻擊七子的理論源頭──即嚴羽的《滄浪詩話》和高棅（1350～1423）的《唐詩品彙》。而他所謂的僞體，就是指七子將嚴羽、高棅的論見當成律令，片面地標舉漢、魏、盛唐，導致詩道偏離正軌。

《唐詩英華序》即云：

> 世之論唐詩者，必曰初、盛、中、晚。老師豎儒，遞相傳述。揆厥所由，蓋創於宋季之嚴儀，而成於國初之高棅。承僞踵謬，三百年於此矣。夫所謂初、盛、中、晚者，論其世也？論其人也？以人論世，張燕公、曲江，世所稱初唐宗匠也。燕公自岳州之後，詩章悽惋，似得江山之助，則燕公亦初亦盛。曲江自荊州已後，同調諷詠，尤多暮年之作，則曲江亦初亦盛。……一人之身，更歷二時，將詩

〔註98〕錢謙益《初學集》卷三十二，見《錢牧齋全集》第 2 冊，頁 924。

以人次耶？抑人以詩降耶？〔註99〕

《唐詩鼓吹序》更進一步指出：

> 蓋三百年來，詩學之受病深矣。館閣之教習，家塾之
> 程課，咸秉承嚴氏之《詩法》、高氏之《品彙》，耳濡目染，
> 鐫心刻骨。⋯⋯迨其後時，知見日新，學殖日積，迴旋起
> 伏，只足以增長其邪根謬種而已矣。嗟夫！唐人一代之詩，
> 各有神髓，各有氣候。今以初、盛、中、晚釐爲界分，又
> 從而判斷之曰：此爲妙悟，彼爲二乘；此爲正宗，彼爲羽
> 翼。支離割剝，俾唐人之面目，蒙冪於千載之上，而後人
> 之心眼，沈錮於千載之下。甚矣，詩道之窮也！〔註100〕

他認爲，在嚴、高理論的影響下，使得明代詩風常有傲、剽、奴三弊。在他看來，這些都是僞詩僞體，急需加以「別裁」。如李夢陽和李攀龍這兩位前後七子的領袖人物，他們要不就「牽率模擬，剽賊於聲句字之間」，要不就「句摭字捃，行數墨尋」〔註101〕，這些都是虞山詩人所反對的「僞體」。

除此之外，竟陵派和公安派在虞山詩人眼中，也屬「僞體」之流，錢謙益曾云：

> 近代詩病，其證凡三變：沿宋、元之窠臼，排章儷句，
> 支綴蹈襲，此弱病也；剽唐、《選》之餘瀋，生吞活剝，叫
> 號躁突，此狂病也；搜郊、島之旁門，蠅聲蚓竅，晦昧結
> 愲，此鬼病也。〔註102〕

其中弱病是指永樂、成化年間以「臺閣體」和「閩中詩派」爲代表的庸靡詩風；狂病是指前、後七子，而鬼病則指竟陵。

最後，我想引錢謙益的一首論詩絕句作爲虞山詩派風雅說的總結：

〔註99〕錢謙益《有學集》卷十五，見《錢牧齋全集》第 5 冊，頁 707。

〔註100〕錢謙益《有學集》卷十五，見《錢牧齋全集》第 5 冊，頁 709。

〔註101〕錢謙益《列朝詩集小傳》中，上句評李夢陽（頁 311），下句評李攀龍（頁 428）。

〔註102〕錢謙益《題懷麓堂詩鈔》，《初學集》卷八十三，見《錢牧齋全集》第 3 冊，頁 1758。

> 一代詞章孰建鑣，近從萬曆數今朝。
>
> 挽回大雅還誰事，嗤點前賢豈我曹。〔註 103〕

由此可見，虞山詩人「不顧流俗之訾笑」而大膽進行嚴厲的批評，目的就是爲了「衍斯文未絕之一線」〔註 104〕，希望能別裁僞體，撥亂反正，以期「挽回大雅」。然而，虞山詩派立論的取向卻是「破多於立」，因此我們只能從虞山詩人攻擊和「破壞」別人的言論中找尋虞山詩派的立論，這是研究虞山詩派詩論的基本線索和重要根據。

第七節　以鼻讀詩的香觀說

香觀說主要是由錢謙益提出的。他在《香觀說——書徐元歎詩後》云：

> 余老懶，不耐看詩，尤不耐看今人詩。人間詩卷，聊一寓目，狂葦亂眼，濛濛然隱几而臥。有隱者告曰：「吾語子以觀詩之法，用目觀不若用鼻觀。」余驚問曰：「何謂也？」隱者曰：「夫詩也者，疏淪神明，洮汰穢濁，天地間之香氣也。目以色爲食，鼻以香爲食。今子之觀詩以目，青黃赤白，煙雲塵霧之色，雜陳於吾前，目之用有時而窮，而其香與否，目固不得而嗅之也。吾廢目而用鼻，不以視而以嗅。詩之品第，略與香等。或上妙，或下中，或斫鋸而取，或煎筐而就，或熏染而得。以嗅映香，觸鼻即了。而聲色香味四者，鼻根中可以兼舉，此觀詩方便法也。」余異其言而謹識之。〔註 105〕

文中的聲、色、香、味，大概是指聲律、文采、韻致和興味而言。考其旨，就是主張不要被詩歌的美辭麗句所迷惑，而應當從其他方面「嗅」出詩歌作品的韻味。

〔註 103〕錢謙益《姚叔祥過明發堂共論近代詞人戲作絕句十六首》之二，同上，卷十七，見《錢牧齋全集》第 1 冊，頁 601。

〔註 104〕錢謙益《答杜蒼略論文書》，《有學集》卷三十八，見《錢牧齋全集》第 6 冊，頁 1307。

〔註 105〕錢謙益《有學集》卷四十八，見《錢牧齋全集》第 6 冊，頁 1567。

他在《後香觀說──書介立旦公詩卷》中又說：

> 余昔者論詩以目觀，今以鼻觀。余之觀詩者，已非
> 昔人矣。〔註106〕

顯然，這又是針對擬古派模擬文字修辭的言論而出擊的。因為七子談詩，專門喜歡從聲調格律入手；竟陵鍾、譚論詩，則喜歡就字面求古人的精神。這些在錢謙益看來，都是大錯特錯的。他說：

> 今之為詩者，矜聲律，較時代，知見封錮，學術柴塞，
> 片言隻句，側出於元和、永明之間，以為失機落節，引繩
> 而批之，是可與言詩乎？此世界山河大地，皆唯識所變之
> 相分。〔註107〕

在《曾房仲詩集序》中又云：

> 古人之詩，了不察其精神脈理，第抉摘一字一句，曰
> 此為新奇，此為幽異而已。於古人之高文大篇，所謂鋪陳
> 終始，排比聲韻者，一切抹殺，曰：此陳言腐詞而已。斯
> 人也，其夢想入於鼠穴，其聲音發於蚓竅，殫竭其聰明，
> 不足以窺郊、島之一知半解，而況於杜乎？〔註108〕

這是因為錢氏論詩，以內容情志為主，形式上的格調則次之，因此就提出了香觀說，抨擊七子、竟陵捨本逐末地追求形式。其實，徐元歎（徐波）是鍾惺（1574～1624）的忠實信徒，錢氏借題發揮，實則是要指謫鍾惺、譚元春（1586～1637）選《詩歸》只求古人精神於字句之間的謬誤。

「香而觀之」的提出，正是因為明清之際禪風大興，而錢謙益又長於佛學，晚年甚至出家事佛，因此就用上了佛家「六根互相為用」的說法：

> 由是六根互相為用，……無目而見……，無耳而

〔註106〕錢謙益《有學集》卷四十八，見《錢牧齋全集》第 6 冊，頁 1569。
〔註107〕錢謙益《陳古公詩集序》，《有學集》卷十八，見《錢牧齋全集》第
　　　　 5 冊，頁 799。
〔註108〕錢謙益《曾房仲詩集序》，《初學集》卷三十二，見《錢牧齋全集》
　　　　 第 2 冊，頁 929。

聽……，非鼻聞香。〔註109〕

　　用現代辭彙來說，就是一種「通感」的觀詩方法。這種香觀說的觀詩法，除了能夠避免竟陵單以「目」觀詩的缺點之外，還能有助於辨別真詩與偽詩，因此，如果參照本章其他小節所論述的真詩論、別裁偽體、詩以言志、立誠有物等觀點來看，我們更可以看出虞山詩派論詩時結構之嚴謹，其中各個環節首尾相連，互為所用，的確令人佩服。

第八節　講究聲律、提倡樂府

　　虞山詩派對聲律和樂府詩的意見，主要是由馮班提出的。馮班對聲律的重視，可以從他在《鈍吟雜錄》中以大量的篇幅申論聲律看出；而他對樂府詩的看法，則主要集中在《古今樂府論》、《論樂府與錢頤仲》諸篇之中——雖然篇幅不多，但所論甚詳，也可見他對樂府詩、詩與樂的關係的重視。

　　馮班曾指責當時的文人用韻不當，有如衣著光鮮的紈綺子弟，揮霍用事，反而使風雅盡失。所以他在《隱湖唱和詩序》中強調「詩家用韻必得體制」，並指責嚴羽對沈約（441～513）「四聲八病」說的不甚了了卻妄發狂語。在馮班看來，四聲八病是聲律的基礎，不諳四聲八病就是不知聲律。他也反對古詩不押韻的謬論，並舉出實例加以反駁。他指出：古詩如用古音來念則是有韻；今人以今音念古詩，不知古、今音已變，所以有誤。他曾深入分析「字有陰陽、音有浮有切」等聲韻的問題；尤其是他在分析南、北音時，也能就方言發音的不同來解釋用韻之道。他認為：北方人音切而合韻，所以用韻較嚴；南方人音浮而多轉，所以可以借韻。馮班在聲韻音律方面所下的苦功，使他能深切地瞭解——音韻會因時、因地、因人而異，確實是一大進步。因此，他堅決反對以今人的語音追訂古人的聲律。他認

〔註109〕唐天竺・沙門般刺密帝譯《大佛頂首楞嚴經》卷四語，錢謙益曾注此經。

爲：要考查古人之音，就必須借助韻書。不讀韻書就不知古音，也就不能讀古詩了。

除此之外，馮班還依照沈約的四聲八病的原則進行研究、調整，並由此追溯和改造出唐人詩作和詩論中多有涉及、但傳本卻早已散佚的齊梁體（或稱齊梁格）。他對齊梁體詩歌的格式和平仄的處理有他獨到的看法：「首聯先破題，第二字相黏，平側側平爲偏格，側平平側爲正格。見沈存中筆談平側，工商體勢穩協，視齊梁體爲優矣。」

詩論主張深受馮班影響的趙執信（1662～1744）在其《聲調譜》中嘗解釋馮班的齊梁體，歸納起來有兩點：

1. 齊梁體詩歌只有五言而沒有七言。它的平仄與律詩略同，唯句法不似律詩嚴格。如果上下平仄相黏，便成五律。換言之，齊梁體的平仄不用粘連，句中平仄的協調可在疏密之間；

2. 齊梁體的平仄近於律詩，除第三字不拘平仄外，餘皆與律詩同。

趙執信的闡釋大體切合馮班原旨，但他在齊梁體之外又另立一個「兼具古體與齊梁體」、名爲「半格體」的詩格，似乎就有待商榷了。

可惜的是：雖然馮班對齊梁體有過周詳完整的論述，並且努力在虞山親自示範「鈍吟」和講誦，但卻未能引起清初詩壇太大的注意，成了他一生中最大的遺憾。

另一方面，馮班對歷代樂府詩歌的深入研究和積極推動，於有清一代也是獨一無二的。其他一些詩派領袖如王夫之（1619～1692）、王士禎（1634～1711）等人，對此皆隻字不提，甚至一無所知。然而，馮班在這方面的成就卻沒有受到後世論者的注意，這是非常可惜的。如郭紹虞《中國文學批評史》在介紹馮班時，只集中論述其「隱秀」爲溫柔敦厚的表現；朱東潤《中國文學批評史大綱》雖略有提及，卻不及馮班所論的十分之一。

　　詩歌作爲一種文學體制，它和散文、小說、戲劇或其他文體最大的不同，就在於詩歌具有強烈的節奏和音樂性。儘管它的音節聲律是明顯地外露於文字表象之上，但它的節奏在很多時候卻是蘊藏在文字表象之中。讀者必須通過反覆地吟詠，才能體味它的節拍、感受它內藏的音樂性。

　　馮班清楚地認識到詩歌的這一特質，所以他一再強調詩與樂的密切關係。他先從人類生而具有喜怒哀樂之情開始，說明詩歌的產生是因爲詩人遇事感動、發言爲歌，所以詩實際上就是歌之詞。他指出：古代的詩歌都有樂。在孔子整理詩三百、正《雅》、《頌》之前，詩樂本來就是一家。秦皇焚書和頸羽的怒火狂燒之後，造成詩歌的音樂部分亡失，只留下了文字部分，從此樂亡而詩存。馮班非常肯定：詩歌都是可以配樂演唱的。文人所造曰詩，樂工所協曰樂。詩是文字的表達，而樂是調和搭配的音律。可惜的是因爲後世文人多數不解音律，所以寫出來用以表達內心感受的文字，每都不能入樂，加劇了詩與樂的分家。《鈍吟雜錄》卷三即云：

　　　　詩之興也，殆與民生俱矣。民生而有喜怒哀樂之情，
　　情動乎中，形乎言，言之不足而長言之、詠歌之，古猶今
　　也。凡物有聲，皆中宮商。清濁高下，雜而成文，斯協於
　　鐘石，古之有詩久矣。

又說：

　　　　《春秋》、《左氏傳》、《國語》所載歌謠皆詩也，但不
　　協於弦奏。後人撰詩集，乃並取之，然未爲失也。古人之
　　詩皆樂也。文人或不聞音律，所作篇什不協於絲管，故但
　　謂之詩，詩與樂府從此分區。

這些論述，基本符合詩、樂分家的歷史實況。在馮班看來：

　　　　伶人所奏，樂也；詩人所造，詩也。詩乃樂之詞耳，
　　本無定體，唐人律詩，亦樂府也。

他因此感喟：

　　　　今人不解，往往求詩與樂府之別。

對那些無妄之徒如「鍾伯敬至云某詩似樂府，某樂府似詩」，他更是嗤之以鼻，甚至不屑一顧。他也譴責當時一些文人受李于鱗（攀龍，1514～1570）的影響，盲目模仿「鐃歌」那種不可解的樂府詞：「古之樂工采歌謠以配聲，文多不可通鐃，歌聲詞混填不可復解是也。李于鱗之流，便謂樂府當如是作」。但最令他痛心的卻是：明七子東施效顰，貽誤後世，但當時一些文人卻還一窩蜂地盲從，「多造詭異不可通之語，題爲樂府，集中無此輩語，則以爲闕」。〔註110〕

馮班因此一再重申：詩與樂本屬一家、份歸一體，只是遭後人強行分解。對此，他在《古今樂府論》和《鈍吟雜錄》卷三的《正俗篇》中，都有相當詳盡的論述，並按其不同遞減階段的變化衰退進行分析，具有相當科學的論證系統，十分難得。根據馮班的分析，詩樂分家這種局面的產生是因爲文人所造樂府，多「有不協鐘石」的作品，卻又「直自爲詩者」，使到詩與樂的距離越來越大。後人將樂府強行劃出歌行一體，更進一步地逼使詩與樂分道揚鑣。

唐時，由於唐人深得古人之理，所以采詩雖異於古人，但卻仍然保留古人製詩以協樂的作風，因此樂府大盛。在馮班看來，宋詞、金北曲、元南曲、北人小曲、南人吳歌這幾種文體都仍得樂府遺風，偏偏到了明末清初，竟然到了「三十年來亦絕矣，宋人長短句，今亦不能歌」的地步。

這使他不由地感慨：「樂其亡乎，詩之不合於古人，余能正之也。樂之亡，如之何哉？」事實確然如此，儘管馮班在虞山詩人群中不斷地鼓吹，而虞山詩派另一重要詩人錢良擇也在《唐音審體》中積極回應，將律詩的用律比作用兵的紀律，用刑的法律，是嚴不可犯的，但卻始終無法力挽狂瀾。個人認爲：馮班對詩與樂的深刻認識、對歷代樂府歌謠的深入研究，確然凌駕同儕，甚至可列爲明清之冠。

〔註110〕本節所論，原文皆引自《鈍吟雜錄》卷三，頁1～6。

第九節　重視詩歌的藝術技巧

　　虞山詩派的詩歌理論，由於受到客觀環境、學術潮流、詩友交流等多方面的影響，基本上已發展得十分完備；而虞山詩人在詩歌創作技巧上又努力地將他們的理論加以實踐，因此在詩歌藝術技巧的表現方面，也比其他詩派顯得更有成就。

　　特別是詩派的領袖錢謙益，他從史學的觀點入手、有系統地整理了有明一代的文學批評和文學理論，並從批評中選擇性地汲取了詩歌藝術技巧的養分，大大地提高了自身的創作水平。明代的文學理論，實際上是六朝後，中國文學批評史上的第二個鼎盛時期。在明代的二百七十六年間，文學批評的風氣非常鼎盛，而且評論者也多從事創作，在擬古和反擬古的論爭中，促使論者自覺地挖掘並探索歷代優秀詩人的詩心。錢謙益總結了明人的經驗，對詩歌藝術技巧的闡發，更非前人所能及其項背。

一、主張「比物託興」，意在言外

　　一般論者言及虞山詩派的領袖錢謙益，大都把焦點放在《初學》和《有學》二集，較少人注意他用力頗深的《錢注杜詩》上。在我探索著研究的過程中，發現錢謙益在杜詩的箋注裏，隱含了許多獨到的詩見，還有錢謙益對詩歌藝術技巧的重要主張，例如對杜詩中比物託興、意在言外技巧的闡發，錢謙益就表現得十分突出。

　　宋人論詩，以爲杜詩多採用直陳時事的「賦」的手法，甚至過火的讚譽杜甫能以文爲詩，錢謙益則不以爲然。他認爲杜詩中「直紀其事」的部分當然是屬於「賦」的表達方式，但杜詩中還有很多「極意諷諫」的例子。而所謂「極意諷諫」，就是用曲折委婉的諷刺修辭手法以達到勸諫的目的。他的《讀杜小箋》，曾引用盧世㴠評杜甫《冬日洛城北謁玄元皇帝廟》詩的一段文字：

　　　　「配極」四句，言玄元廟用宗廟之禮爲不經也。「碧瓦」
　　四句，譏其宮殿壯麗逾制爲非禮也。「世家遺舊史」，謂開

元中奉敕升《老子》、《莊子》爲列傳之首，序《伯夷》上。
然太史公不列於世家，終不能改易舊史，蓋微辭也。「《道
德》付今王」，謂玄宗親注《道德經》及置崇玄學，然未必
知《道德》之意，亦微辭也。「畫手」以下八句，記吳生畫
圖也。世代之寥廓如彼，畫圖之親切若此。冕旒旌旆，眩
曜耳目，不亦近於兒戲乎？「翠柏」四句，敘冬日之景也。
「身退」以下四句，始略見大意。以謂《老子》五千言，
其要在清淨無爲，理國立身，是故身退則周衰，經傳則漢
盛，即令不死，亦當藏名養拙，豈肯憑人降形，爲妖爲神，
以博人主之崇奉乎？〔註111〕

吳喬後來也從錢氏的這種認識中得到啓發，稱讚杜甫爲「排律之
神」〔註112〕；並強調杜甫之所以爲神，就是因爲其詩情表達的手法
乃「賦」兼「比興」。

錢謙益還特別注重杜詩中的含蓄手法的運用。其《讀杜小箋》評
《曲江對雨》詩即云：

曰「深駐輦」，「漫焚香」，則其深宮寂寞可想見矣。金錢
之會，無復開元之盛，雖對酒感歎，意亦在上皇也。〔註113〕

同卷評《閬州別房太尉墓》一詩之箋則曰：

琯爲宰相，聽董庭蘭彈琴，以招物議。此詩以謝傅圍
棋爲比。圍棋無損於謝傅，則聽琴何損於太尉乎？語出迴
護，而不失大體，可謂委婉矣。〔註114〕

在錢謙益看來，含蓄手法的運用能使詩歌意蘊溫婉，即使「直陳
時事」，也能帶有含蓄動人的韻致，因此使杜詩顯得高渾典厚。宋人
歷來主張杜詩善於直陳其事，但錢氏卻強調杜詩的表現手法不只限於
「賦」的直陳其事，還有意在言外的含蓄蘊藏。自此，杜詩中一向被

〔註111〕錢謙益《初學集》卷一〇六，見《錢牧齋全集》第3冊，頁2155。

〔註112〕吳喬《圍爐詩話》卷一，見《清詩話續編》（上海：古籍出版社，
1983年），頁12～13。

〔註113〕錢謙益《初學集》卷一〇七，見《錢牧齋全集》第3冊，頁2166。

〔註114〕錢謙益《初學集》卷一〇七，見《錢牧齋全集》第3冊，頁2175。

宋人視爲至寶的「賦」的表現手法就逐漸地降低了地位，代之而起的就是「比物託興」觀念的擡頭。就連錢謙益自己的創作，也常常運用這種手法：

> 今人注杜，輒云某句出某書，便是印板死水，不堪把玩矣。袁小修嘗論坡詩云：「他詩來龍甚遠，一章一句，不是他來脈處。」余心師其語，故於聲句之外，頗寓比物託興之旨。庾辭隱語，往往有之。今一一爲足下拈出，便不值半文錢矣！〔註115〕

由此可見，錢謙益的創作和詩論都明顯地趨向詩外求詩，也就是著重詩人「比物託興」之旨的追求。而他所領導的虞山詩派的門人弟子，也紛紛從其說，而且很快就充斥了整個清初詩壇，蔚爲風氣。

須知，錢謙益畢竟身爲變節貳臣，在滿清政府的高壓統治下，自然不敢公然提倡通過文學的形式來表現或反抗民族壓迫，所以他特別喜歡杜詩中含蓄轉折的表達方式。而詩歌作爲文學創作的至極表現方式，更應當以一種隱約含蓄的手法來表現一種精神、生氣。因此，他的創作也都以此作爲寫作實踐的指南。這類的詩句，在他的《有學集》中，比比皆是，多不勝數。例子如：

> 楚奏鍾儀能忘舊，越吟莊舄忍思他。（《見盛集陶次他字韻詩重和五首》之二）〔註116〕

> 夢華樂事滿春城，今日淒涼故國情。（《人日示內二首》）〔註117〕

> 劫末乾坤餘七日，行間兵火巳三生。梅花北戶將春發，菜甲東風與歲更。強欲登高難舉目，草堂吟望淚縱橫。（《庚寅人日小集即事》）〔註118〕

> 曾聞天樂梨園裏，忍聽吳歈不流淚。（《夏日讌詩樂小侯

〔註115〕錢謙益《復遵王書》，《有學集》卷三十九，見《錢牧齋全集》第 6 冊，頁 1360。

〔註116〕錢謙益《有學集》卷一，見《錢牧齋全集》第 4 冊，頁 26。

〔註117〕錢謙益《有學集》卷二，見《錢牧齋全集》第 4 冊，頁 75。

〔註118〕錢謙益《有學集》卷二，見《錢牧齋全集》第 4 冊，頁 73。

於燕譽堂林若撫徐存永陳開仲諸同人並集二首》之一）〔註119〕

　　江南才子杜秋詩，變老人情故國思，金縷歌殘休悵恨，
銅人淚下已多時。（《辛卯春盡，歌者王郎北遊告別，戲題
十四絕句》之十一）〔註120〕

　　諸如此類詩作，多數託寓歷史事實，曲折含蓄，意蘊深長。而且
詩中多隱語，也就是他所謂的「隱謎」〔註121〕。簡而言之，就是詩
歌感情的傳達，不是直接的抒發而是訴諸婉曲，也就是借用形象的隱
喻和委婉含蓄的表達方式，讓讀者的心靈不自覺地與作者發生感情上
的交流與共鳴。形象的隱喻由於不是口號式的叫囂，激情的吶喊，故
能令人覺得「沈鬱」；委婉的表達方式由於情思曲折，所以能令人有
「頓挫」之感．這也就是杜甫詩為人傳誦的「沈鬱頓挫」的風格。

二、強調意象創造

　　意象就是寓「意」之「象」，用來寄託主觀情思的客觀物象。

　　意象理論在中國起源很早，《周易·繫辭》已有「觀物取象」、「立
象以盡意」之說。不過，《周易》的象是卦象，是以陽爻陰爻配合而
成的六十四種符號，屬於哲學範疇。詩學借用並引申之，「立象以盡
意」的原則未變，但詩中的「象」已不是抽象的符號，而是具體可感
的物象。

　　中國傳統詩歌對意象的推重，是因為「言不盡意」──也就是邏
輯語言不能完美地表達詩人心中之意，只好「立象以盡意」，用意象
來作另一種感性的表達。明代王廷相（1474～1544）說得好：「言徵
實則寡餘味也，情直致則難動物也，故示以意象。」可見意象入詩的
目的和所要達成的效果，是以「象」徵「意」，是喻示，是象徵，是

〔註119〕錢謙益《有學集》卷二，見《錢牧齋全集》第4冊，頁81。
〔註120〕錢謙益《有學集》卷四，見《錢牧齋全集》第4冊，頁127。
〔註121〕錢謙益《闈中徐存永、陳開仲亂後過訪，各有詩見贈，次韻奉答四
　　　　首》詩組，其四詩云：「莫訝和詩多隱謎，老來誕謾比虞初。」《有
　　　　學集》卷二，見《錢牧齋全集》第4冊，頁19。

「含不盡之意，見於言外」。

中國詩學一向重視「意」與「象」的關係，亦即「情」與「景」的關係、「心」與「物」的關係、「神」與「形」的關係。這方面的論述很多。如早在魏晉時就有劉勰（約 465～532）《文心雕龍・神思篇》的「窺意象而運斤」的說法。唐司空圖（837～908）《二十四品・縝密》也有「意象欲生，造化已奇」的文字。姜白石（1155～1221）《念奴嬌》詞序也有「意象幽閒」的用語。謝榛（1499～1579）說「景乃詩之媒」；王夫之（1619～1692）說「會景而生心，體物而得神，則自有靈通之句，參化工之妙。」直至王國維（1877～1927）所謂「一切景語皆情語也」。這些移情於景，存心於物，凝神於形，寓意於象的說法，實際上只是中國傳統詩學關於詩的意象手法的不同表述。

對中國古典詩歌推崇備至的美國詩人龐德（Ezra Weston Loomis Pound，1885～1972）就曾感歎道：「用象形構成的中國文字永遠是詩，情不自禁的是詩，因為一大行的英文字是不易成為詩的。」

作為西方詩學「意象派」領袖的龐德，通過閱讀和翻譯中國古典詩歌，發現「中國詩人從不直接談出他的看法，而是通過意象表現一切」，由此才領悟到意象藝術的美學價值。中國詩歌的意象藝術，這才經由龐德的推介，在二十世紀初「舶去」西方。

黑格爾（Georg Wilhelm Friedrich Hegel，1770～1831）關於美與藝術的定義，與詩的意象理論也是相通的：「美是理念的感性表現。」「藝術的內容就是理念，藝術的形式就是訴諸感官的形象，藝術要把這兩個方面調和成為一種自由統一的整體。」

在中國文學理論批評中，意象的價值，就是使文學作品能產生一種含蓄深邃的美感，使讀者能在欣賞的同時，感受作者綿延不絕的情致，同時發揮讀者的想像，使作品的意蘊無窮伸展。

錢謙益是一個非常注重詩歌意象的評論家。他在《湯義仍先生文集序》一文中曾云：

> 義仍晚年之文，意象萌茁，根荄屈蟠，其源汨汨然，

其質熊熊然。〔註122〕

其中「意象萌茁，根荄屈蟠」就是形容湯顯祖（1550～1616）晚年詩文的想像及意蘊之深遠迭出。

虞山詩人們的詩詞創作，這類「意象萌茁」的例子更是不勝枚舉：

> 烽火南州聞轉戰，繭絲東國動咿嚘。鳳凰黃鶴空回首，崔杜吟詩滿地秋。（陸貽典《江樓》）

> 不著根株到處生，飄為飛雪落為萍。江流看取千尋闊，占盡還應剩一泓。（馮舒《柳絮》）

> 高摘白雲供笑傲，倒騎青牸恣顛狂。海鷗自是忘機者，淺蓼深蘆處處鄉。（馮舒《仲夏村居》）

> 乞索生涯寄食身，舟前波浪馬前塵。無成頭白休頻歎，似我白頭能幾人？（馮班《朝歌旅舍》）

> 人去也，人去鳳城西。細雨濕將紅袖意，新蕪深與翠眉低。蝴蝶最迷離。（柳如是《夢江南·懷人·其一》）

> 玉階鸞鏡總春吹，繡影旋迷香影遲。憶得臨風大垂手，銷魂原是管相思。（柳如是《楊柳·其二》）

第十節　反對其他詩人論者的作風

本節所論是虞山詩派詩論中非常重要的環節——因為一個文學團體對其他流派的不同意見，其理論的基礎，大都建構在詩人和評論者所有論見的核心價值觀上；其中當然也概括詩人和評論者的思想規律。

一、反對雕聲繪律、剽竊字句

虞山詩人論詩，首重詩的內質與外緣，而不是著眼於詩的格律聲調。虞山派領袖錢謙益批評七子、竟陵時，就極力反對專從一字一句

〔註122〕錢謙益《初學集》卷三十一，見《錢牧齋全集》第 2 冊，頁 906。

上推敲挑剔以論詩，或者專從格律形式方面論詩的做法。因爲這些都是詩學的末流，是眞正的詩人所唾棄的行爲。《列朝詩集》丙集《李夢陽小傳》即云：

> 牽率摹擬剽賊於聲句字之間，如嬰兒之學語，如童子之洛誦，字則字，句則句，篇則篇，毫不能吐其心之所有，古之人固如是乎？。〔註123〕

可見錢謙益對李夢陽的斥責，正是因爲李夢陽剽竊前人字句，不知創新所致。

在《書李文正公手書〈東祀錄略〉卷後》中，他也嚴厲指斥李夢陽道：

> 試取空同之集，汰去其吞剝撏扯、吽牙齟齒者，而空同之面目，猶有存焉者乎！〔註124〕

在錢謙益看來，剽竊古人字句的作者，根本就沒有自己的個性和面目。李夢陽和擬古派的追隨者只會剽竊古人文辭，生吞活剝前人字句，完全沒有自己獨立自主的思想意念，其實和奴隸沒有什麼差別。

二、反對幽僻鬼趣、標新立異

虞山詩人非常反對竟陵派的詩歌作風，如錢謙益就曾直斥之爲「鬼趣」、「兵象」、「詩妖」，抨擊他們的作品「無字不啞，無句不謎，無一篇章不破碎斷落。一言之內，意義違反，如隔燕吳；數行之中，詞旨蒙晦，莫辨阡陌」。他認爲「其所謂深幽孤峭者，如木客之清吟，如幽獨君之冥語，如夢而入鼠穴，如幻而之鬼國」〔註125〕。

可見，虞山詩人要求詩作應避免晦澀奧僻，否則就如鼠穴般淒聲寒魄，走入死胡同。虞山派領袖錢謙益甚至認爲，幽僻鬼趣的詩作，就像人戴假面，口作胡語，兵家的殺氣充斥行間，使詩意盡失：

〔註123〕錢謙益《列朝詩集》丙集，頁311。
〔註124〕錢謙益《初學集》卷八十三，見《錢牧齋全集》第3冊，頁1759。
〔註125〕此乃錢氏評鍾惺、譚元春語，見《列朝詩集》丁集，頁570～572。

嘗取近代之詩而觀之，以清深奧僻爲致者，如鳴蚓竅，
如入鼠穴，淒聲寒魄，此鬼趣也。以尖新割剝爲能者，如
戴假面，如作胡語，噍音促節，此兵象也。〔註126〕

這類幽獨的呻吟，詰曲的語言，猶如鬼叫，致使哀而變聲，正聲
微弱，眞詩無存，令人擔憂：

自近世之言詩者，以其幽眇峭獨之指，文其單疏僻陋之
學。海內靡然從之，骨天下變爲幽獨之清吟，詰盤之斷句，
鬼趣勝，人趣衰，變聲數，正聲微，識者之所深憂也。〔註127〕

對於詩人在作品中刻意地標新立異，虞山詩人也深感不滿。虞山
派領袖錢謙益認爲標新立異的作品，即使是善於改形換頭、盜竊前人
之作而另立新面，可是連章累讀，還是索然無味的。他在《鼓吹新編
序》中云：

標新獵異，儁耳剝目，改形假面，而自以爲能事，此
抔驢乳而謂醍醐者也。〔註128〕

其《族孫遵王詩序》也說：

今之名能詩者，庀材惟恐其不博，取境惟恐其不變，
引聲度律惟恐其不諧美，駢枝鬥葉惟恐其不妙麗，詩人之
能事，可謂盡矣。而詩道愈遠者，以其詩皆爲人所作，剝
耳傭目，追嗜逐好。標新領異之思，側出於內，譁世炫俗
之習，交攻於外。攤詞拈韻，每怵人之我先；累牘連章，
猶慮己之或後。雖其中寫繁會，鋪陳綺雅，而其中之所存
者，固已薄而不美，索然而無餘味矣。〔註129〕

三、反對擬古不化

虞山詩人知道，要開創一種新的詩歌局面，就必須廓清明末清初

〔註126〕錢謙益《徐司寇花溪詩集序》，《初學集》卷三十，見《錢牧齋全集》
第 2 冊，頁 903。
〔註127〕錢謙益《南遊草敍》，《初學集》卷三十三，見《錢牧齋全集》第 2
冊，頁 960。
〔註128〕錢謙益《有學集》卷十五，見《錢牧齋全集》第 5 冊，頁 711。
〔註129〕錢謙益《有學集》卷十九，見《錢牧齋全集》第 5 冊，頁 627。

詩壇上殘舊的腐朽詩風。因此虞山派領袖錢謙益對明七子大力掃蕩，尖銳的指出明詩有三病，而三病的根源就在「沿宋元之窠臼」、「剽唐選之餘沈」和「搜郊、島之旁門」。

錢謙益明確地指出，明七子所謂學盛唐，不過是經過篡改、摻假、去眞彌遠的盛唐，他借《涅槃經》的比喻作了形象的說明：

> 如牧牛女爲欲賣乳，貪多利故，加二分水，轉賣與餘牧牛女人。彼女得已，復加二分轉復賣與近城女人。三轉而詣市賣，則加水二分，亦三輾轉。賣乳乃至成糜，而乳之初味，其與存者無幾矣！〔註130〕

這就是說，明七子所提倡的盛唐，就像眞牛乳在上市的過程中，因爲輾轉加水，早已眞味全無，只能用來欺騙那些束書高閣而不觀的無識之士而已。

虞山詩派的論詩文字中，有很大的篇幅都是針對擬古主義而發的。在虞山詩人看來，就是因爲擬古派那些妄庸之徒不正確的創作方向與創作態度，才致使古學一再淪落爲俗學，進一步又跌落荒謬之境，形成一種病態的文學。〔註131〕更令人擔憂的還是：當時的文人受到竟陵派的影響，盲目剽竊古人的毛病，有江河日下的傾向：

> 向者剽賊竄竊之病，人皆知訾笑之。而學者之冥趨倒行，則愈變而愈下。譬諸懲塗車芻靈之僞，而遂眞爲魍魎鬼魅也，其又可乎？〔註132〕

其實，虞山詩派反對擬古，並不是無的放矢，因爲學古之弊病確然有三：

1. 古人學問浩博，今人學之，就如貧女縫紝，簡陋而已；
2. 古人能識別裁僞體，今人卻如寄生蟲一樣一味依附；

〔註130〕 錢謙益《鼓吹新編序》，《有學集》卷十五，見《錢牧齋全集》第 5 冊，頁 710～711。

〔註131〕 錢謙益《答唐訓導汝諤論文書》，《初學集》卷七十九，見《錢牧齋全集》第 3 冊，頁 1700～1703。

〔註132〕 錢謙益《嘉定四君子集序》，《初學集》卷三十二，見《錢牧齋全集》第 2 冊，頁 922。

3. 古人之志清雅，今人卻不能有自己的志向，而一味摹仿，造
　成詩學每況愈下。

　　因此，虞山派領袖錢謙益大力抨擊擬古派所主張的「詩必盛唐，
文必魏漢」的論調，因為這種論調會使詩人墮入十里煙霧而不能自
知，使「下劣詩魔，入其肺腑」，最終必迷失方向：

> 近代之學詩者，知空同、元美而已矣。其哆口稱漢、
> 魏，稱盛唐者，知空同、元美之漢、魏，盛唐而已矣。自
> 弘治至於萬曆，百有餘歲，空同霧於前，元美霧於後。學
> 者冥行倒植，不見日月。甚矣兩家之霧之深且久也！以余
> 所見，才人志士，踔屬風發，可以馳騁古人者多矣。惟其
> 聞見習熟，抑沒於兩家之霧中，而不能自出，如昔人所謂
> 有下劣詩魔，入其肺腑者。〔註133〕

　　在虞山詩人看來，剽竊古人，就是古人的奴隸，喪失去了自己的
真面目。最悲哀的還是一些擬古派的妄庸之輩，雖然胸無點墨，卻依
然誇示於人，不知自己只徒具雕繪的聲律形式和前人的軀殼外表，滯
害一生。〔註134〕

　　反之，對於那些不擬古、能創新的詩人，虞山詩人就大表讚揚。
如錢謙益曾稱讚李艤臣的詩本意志而作，不寄人籬下，可說是「真詩」：

> 艤臣之詩，原本志意，鋪張聲韻。渡江南遊，境會欣
> 合，二十四橋之明月，與三百六十之紅闌綠浪，山川風月，
> 笙歌肛舫，出沒吞吐於笑歌筆墨之間。琴書彝鼎，資其古
> 香，時花美女，發其佳麗，此真艤臣之詩也矣。豈肯寄今
> 人籬落下，效蠅聲蚓竅之音，苟然相慕說也哉！〔註135〕

〔註133〕錢謙益《黃子羽詩序》，《初學集》卷三十二，見《錢牧齋全集》第
　　　　 2冊，頁925～926。

〔註134〕錢謙益《黃孝翼檉窠集序》，《初學集》卷三十二，見《錢牧齋全集》
　　　　 第1冊，頁933和《婁江十子詩序》，《有學集》卷二十，見《錢牧
　　　　 齋全集》第4冊，頁844。

〔註135〕錢謙益《南遊草敘》，《初學集》卷三十三，見《錢牧齋全集》第2
　　　　 冊，頁960。

　　然而，虞山詩人卻也不是一味反對學古的，他們認爲詩人要學古，只能學古人宣導情性、陶寫物變的方法；在「有物有則」、有思想有內容的準則下，而詩人本身又能深思熟慮，精求古人的血脈，追溯《國風》、《小雅》的旨要，不以剽竊古人字句爲能事，還是可以寫出優秀的新作。虞山派的領袖錢謙益就不反對學古，並提出了學古的方法：

　　　　世之無眞詩也久矣，以滄葦之才，好學深思，精求古
　　人之血脈，以追溯《國風》、《小雅》之旨要，詩道之中興
　　也，吾有望焉。余觀滄葦就正之雅意，知其不以面諛責我
　　也，爲申言學古之說，以有合焉，且以有進焉。〔註136〕

　　此外，他也贊成學習白居易（772～846）的「我手寫我口」與蘇軾（1036～1101）的豪放風格〔註137〕，因爲這樣才能「爲吏言吏，居鄉言鄉」，自然天成而不僞作〔註138〕。特別是受擬古派所尊崇的杜甫，錢謙益更堅持學杜只能學其「別裁僞體，轉益多師」的內在精神〔註139〕，而不是外在的形式。

四、反對以禪喻詩和妙悟說

　　虞山詩派反對擬古派的明七子，而明七子的許多論見如「詩必盛唐」等，溯本求源，多繼承了宋末嚴羽《滄浪詩話》的觀點，因此虞山詩人自然也將批判的筆鋒掃向明七子的祖師爺嚴羽（1197～1241）

〔註136〕錢謙益《季滄葦詩序》，《有學集》卷十七，見《錢牧齋全集》第 5
　　　　冊，頁 759。

〔註137〕錢謙益《陶仲璞遁園集序》云：「可以祖香山而宗眉山⋯⋯」。《初
　　　　學集》卷三十一，見《錢牧齋全集》第 2 冊，頁 918。

〔註138〕錢謙益《陶不退闇園集序》云：「不退之詩文，緣情而抒詞，據事
　　　　而立論⋯⋯爲吏言吏，居鄉言鄉⋯⋯未嘗駢枝儷葉，致飾於語言文
　　　　字之間也。」《初學集》卷三十一，見《錢牧齋全集》第 2 冊，頁
　　　　918。

〔註139〕錢謙益《曾房仲詩敘》云：「學杜有所以學杜者矣，所謂別裁僞體，
　　　　轉益多師者是也。」見《初學集》卷三十二，見《錢牧齋全集》第
　　　　2 冊，頁 928。

身上：

> 自羽卿之說行，本朝奉爲律令，談詩者必學杜，必
> 漢、魏、盛唐，而詩道榛蕪彌盛。羽卿之言，遂若塗鼓
> 之毒藥。〔註140〕

虞山派領袖錢謙益反對嚴羽，主要是嚴羽的以禪喻詩和妙悟說很不對他的脾味。在《唐詩英華序》中，他直接表達了對以禪喻詩的不滿：

> 嚴氏以禪喻詩，無知妄論，謂漢、魏、盛唐爲第一義，
> 大曆爲小乘禪，晚唐爲聲聞辟支果，不知聲聞辟支果即小
> 乘也。謂學漢、魏、盛唐爲臨濟宗，大曆以下爲曹洞宗，
> 不知臨濟、曹洞初無勝劣也。其似是而非，誤入箴芒者，
> 莫甚於妙悟之一言。〔註141〕

錢謙益老年篤於佛理，此言自是切中要害。他也進一步批評嚴羽詩論的核心主張「妙悟說」：

> 彼所取於盛唐者，何也？不落議論，不涉道理，不事
> 發露指陳，所謂玲瓏透徹之悟也。……今仍其一知半見，
> 指爲妙語，如照螢光，如觀隙日，以爲詩之妙解盡在是，
> 學者沿途覓迹，搐手側目，吹求形影，摘抉字句，曰：此
> 第一、第二義也；曰：此大乘小乘也；曰：是將夷而爲中
> 爲晚，盛唐之牛迹兔徑，伣乎其唯恐折而入也。目翳者別
> 見空華，熱傷者旁指鬼物。嚴氏之論詩，其亦翳熱之病耳。
> 而其症傳染於後世，舉目皆嚴氏之眚也，發言皆嚴氏之譫
> 也，而互相標表，期以藥天下之詩病，豈不傎哉！〔註142〕

錢謙益在《周元亮賴古堂合刻序》中也說：

> 滄浪之論詩，自謂如哪吒太子，拆骨還父，拆肉還母，
> 而未嘗探極於有本。謂詩家玲瓏透徹之悟，獨歸盛唐，則

〔註140〕錢謙益《徐元歎詩序》，《初學集》卷三十二，見《錢牧齋全集》第
2 冊，頁 924。
〔註141〕錢謙益《有學集》卷十五，見《錢牧齋全集》第 5 冊，頁 707。
〔註142〕錢謙益《有學集》卷十五，見《錢牧齋全集》第 5 冊，頁 708。

其所矜詡為妙悟者，亦一知半解而已。〔註143〕

事實上，虞山詩派除了反對高棅、嚴羽將唐詩分成初、盛、中、晚四期並以盛唐為典範，反對嚴羽以禪喻詩和妙悟說之外，最重要的還是嚴羽主張「詩有別才，非關學也；詩有別趣，非關書也」的論調，這和虞山詩人主張才、識、學以及宗經重史的詩觀大相徑庭，所以才被虞山詩人大力攻擊。

錢謙益的學生馮班繼承了老師的學說，對嚴羽也是採取口誅筆伐的強硬態度。《鈍吟雜錄》卷五的《嚴氏糾謬》，通卷幾乎盡是批駁之語。

《嚴氏糾謬》開卷即云：

> 嘉靖之末，王李名盛，詳其詩法，盡本於嚴滄浪，至今未有知其謬者。

而首當其衝的就是嚴羽的以禪喻詩說：

> 以禪喻詩，滄浪自謂親切透徹者，自余論之，但見其漫漶顛倒耳。

因為在馮班看來，嚴羽其實不諳禪理，勉強牽湊，自然錯誤百出。嚴羽所謂的「禪家者流，乘有大小、宗有南北、道有邪正，學者須從最上乘，具正法眼，悟第一義。若小乘禪、聲聞辟支果，皆非正也。論詩如論禪，漢魏晉與盛唐之詩則第一義也。大曆以還之詩則小乘禪也，已落第二義矣。晚唐之詩則聲聞辟支果也。學漢魏盛唐之詩，臨濟下也；學大曆以還之詩，曹洞下也」〔註144〕，都是紕漏百出的。

馮班《嚴氏糾謬》的反對意見，可歸納成三點：

1. 聲聞辟支果是屬於小乘禪，嚴羽在小乘後又另提聲聞辟支果，誤也；

2. 嚴羽說宗有南北，卻不曾將之與詩歌比較，說明詩歌也分南宗北宗，致使「宗有南北」的立論閒置，不提也罷。況且臨

〔註143〕錢謙益《有學集》卷十七，見《錢牧齋全集》第 5 冊，頁 767。

〔註144〕此段引文源於郭紹虞《滄浪詩話校釋》（北京：人民文學出版社，1961 年）。

濟、曹洞並屬南宗，嚴羽錯分南北，有悖事實；

3. 嚴羽說大曆以還之詩是小乘曹洞，但曹洞卻是大乘。

此外，馮班也通過喻體和本體的對比研究反駁嚴羽。他說：

> 凡喻者，以彼喻此也。彼物先了然於胸中，然後此物可得而喻。

馮班認為嚴羽對禪學不甚了然，偏要以禪喻詩，如此這般對喻體不瞭解，自然導致本體漏洞百出。例如嚴羽談「死句活句」，在馮班看來，也只是「剽竊禪語，皆失其宗旨，可笑之極」。〔註145〕

馮班的措辭雖稍嫌苛刻，卻能一針見血地直陳嚴羽的謬誤。所以日本評論家近藤元粹（字純叔，1850～1922）在評介馮班的《嚴氏糾謬》時，就曾稱讚馮班的評語如「當頭一喝，三日耳聾」。清代何焯（1661～1722）在批註此卷時，也給予極高的評價。

五、反對不落言筌的神韻說

郭紹虞《中國文學批評史》在介紹馮班時曾指出：馮班和王漁洋（士禛，1634～1711）的論詩宗旨各不相同。由於馮班出生比王士禛早二十年〔註146〕，時代相接，可說是反對神韻說的第一人。

其實，馮班反對神韻說的意見，也多集中在《嚴氏糾謬》之中：

> 滄浪云：「不落言筌，不涉理路。」按：此二言似是而非，惑人為最。

理由很簡單，因為詩歌是言志緣情之作；而表達思想感情一定要通過言辭，又怎能不落言筌呢？詩歌有美有刺，有興觀群怨的政教功能，豐富的內容都蘊藉在文字背後，有「理」但不浮於文字表象之外，怎麼可能不涉理路呢？所以馮班認為嚴羽論詩，「止是浮光掠影，如有所見，其實腳跟未曾點地」。（《鈍吟雜錄》卷五《嚴氏糾謬》）

個人認為：馮班批評「不落言筌，不涉理路」的神韻說的言辭雖

〔註145〕《鈍吟雜錄》卷三，頁2。

〔註146〕郭紹虞說馮班比王士禛（1634～1172）早生20年，顯然是把馮班的生年定為1614年。其實馮班的生年是1603年，那就是早生31年了。

稍嫌尖銳直接甚至不留餘地，但對嚴羽過份強調「羚羊掛角，無迹可尋」的毛病，確實能起到「糾謬」的作用。

　　縱觀虞山詩人論詩時每常強調溫柔敦厚、比物託興、含蓄委婉等技巧，就知道虞山詩派非常反對直露情感、裸泄胸臆的表達方式，他們所欣賞的是詩歌委婉曲折的含蓄美。這和神韻說強調詩歌的內涵豐美與詩情的餘韻餘味的大前提並不相悖，只是嚴羽過份強調司空圖（837～908）《二十四詩品・含蓄》中所謂的「不著一字，盡得風流」，以及皎然（生卒年不詳）《詩式・重意詩例》中所謂的「但見性情，不覩文字」等要求，以爲詩歌必須去絕文字雕鏤的痕迹，才能追求詩境的幽邈深遠，從而體現詩歌的「興趣」與「神韻」；導致他在《滄浪詩話》中刻意地以「空中之音、相中之色、水中之月、鏡中之象」等形容詞作爲「興趣」一詞的注腳。嚴羽認爲：「透徹玲瓏、不可湊泊」的高妙處是能夠將形象與意境鑄合成一體，從而釀製出一種朦朧美，給讀者一種恍恍然若有所見但又不能確切把握的審美感受。

　　其實，虞山詩派也強調詩歌要做到嚴羽所追求的這種「言有盡而意無窮」的境界，問題是：要達到透徹玲瓏的境界和不可湊泊的興趣，不論「羚羊」的意象怎麼「透徹玲瓏」，詩歌總要通過語言文字來「掛角」才能表達詩人的情志；不論「無迹」的境界怎麼「不可湊泊」，意象的凝鑄和境界的培蘊還是必須依附在文字本身，因爲形象和意境永遠只能超乎文字之外，始終無法脫離文字表象。因此，不落言筌的說法自然就遭到馮班的大力駁斥。馮班能瞭解詩歌中語言文字的奠基作用，所見所思似乎都要比嚴羽高一些，這是值得古典文學理論批評界的學者專家們進一步深入研究的。

第十一節　以詩補史的詩史說

　　杜詩爲「詩史」之說起於唐代孟棨（生卒未詳）的《本事詩・高逸第三》：

> 杜逢祿山之難，流離隴蜀，畢陳於詩，推見至隱，殆
> 無遺事，故當時號爲詩史。〔註147〕

自此以後，杜甫就因爲善於反映時事、詩中史筆深嚴、寓有褒貶
之意、甚至春秋筆法而受崇爲詩史。虞山詩派的領袖錢謙益對此說大
表贊同之餘，還想進一步肯定杜甫「集詩之大成」和「詩史」的地位。

一、肯定杜甫集詩之大成

杜甫集詩之大成的說法，早在宋時已由秦觀（1049～1100）提
出：

> 杜子美之於詩，實積眾家之長，適當其時而已。昔蘇
> 武、李陵之詩，長於高妙；曹植、劉公幹之詩，長於豪逸。
> 陶潛、阮籍之詩，長於沖澹。謝靈運、鮑照之詩，長於峻
> 潔。徐陵、庾信之詩，長於藻麗。於是杜子美者，窮高妙
> 之格，極豪逸之氣，包沖澹之趣，兼峻潔之姿，備藻麗之
> 態，而諸家之作所不及焉。……然不集諸家之長，子美亦
> 不能獨至於斯也，豈非適當其時故耶？《孟子》曰：「伯夷，
> 聖之清者也。伊尹，聖之任者也。柳下惠，聖之和者也。
> 孔子，聖之時者也。孔子之謂集大成。」〔註148〕

秦觀是以「孔子之謂集大成」來稱譽杜甫的「集詩之大成」，評
價至高。

到清初，論杜諸家仍遵循這一說法，主要是因爲杜甫個人崇高的
品德和「讀書破萬卷，下筆如有神」〔註149〕的好學精神所致。同時，
杜詩那種不蹈襲前人語句、而是變前人之語而後以己意行之的詩法，
不但能集前人之長，還觸及前人所未能到達之高妙處等優點，都是清
初詩人論者所尊崇的。此外，杜甫的博學，過人的才思及沈鬱頓挫的
風格等，都是他能集大成的重要條件。黃生（1622～？）《杜工部詩

〔註147〕 孟棨《本事詩》《高逸第三》，見《續歷代詩話》（臺北：藝文印書
館，1974年），頁8。
〔註148〕 秦少游《淮海集》卷二十三《韓愈論》，見《四部叢刊初編》。
〔註149〕 杜詩《奉贈韋左丞丈二十二韻》有詩句：「讀書破萬卷，下筆如有
神。」

說‧杜詩概說》就指出：

> 杜之所以爲大家者，以其能集詩流之成也。是故杜詩
> 中兼有諸子，諸子詩中不能兼有杜。

綜觀有唐一代詩人，如孟浩然（689～740）的清雅、王維（701
～761）的精緻、高適（700～765）和岑參（715～770）的悲壯等風
格，都能在杜詩中找到。但杜詩中的沈鬱頓挫，隨機敏捷等獨特韻致
則非諸子詩中所能見到。

杜甫「集詩之大成」和「詩史」這兩種說法，錢謙益都大加闡
揚，並且認爲自唐以後，詩家之途轍，總萃於杜甫，後人只要學得
杜甫的一枝半葉或其中一種技巧，就能卓然成家。其《曾房仲詩敘》
云：

> 大曆後以詩名家者，靡不緣杜而出。韓之《南山》，白
> 之諷諭，非杜乎？若郊，若島，若二李，若盧仝、馬異之
> 流，盤空排奡，橫從詭譎，非得杜之一技乎？然求其所以
> 爲杜者，無有也。以佛乘譬之，杜則果位也，諸家則分身
> 也。〔註150〕

基於這種認識，錢謙益在虞山詩人群中大力鼓吹學習杜詩的目
的就一目了然了。他除了要肯定自秦少游以來尊杜諸家「杜甫集詩
之大成」的說法，更有意通過學杜和注杜而將杜甫的地位更進一步地
提高。因此他注杜時用心之苦，用力之深，都是常人難以企及的。

二、身體力行學杜甫之詩史

虞山詩派領袖錢謙益的尊杜學杜是眾所周知的。至於馮舒和馮
班，一般論者都以爲他們是效法李義山；但筆者卻深自以爲，二馮更
重要的詩學理論依據，還是在於建構其宗杜的詩學理論體系上。馮班
嘗云：

> 義山自謂杜詩韓文，王荊公言學杜當自義山入。余初
> 得荊公此論，心謂不然，後讀山谷集，粗硬槎牙，殊不耐

〔註150〕錢謙益《初學集》卷三十二，見《錢牧齋全集》第 2 冊，頁 928。

看，始知荊公此言，正以救江西派之病也。若從義山入，
便都無此病。〔註151〕

江西派是宋詩的重要流派之一，但因其宗杜學杜不得法，終於走
向形式主義的末途。爲了避免步江西之後塵，二馮遂選擇了王荊公
（安石，1021～1086）「學杜當自義山入」的路徑。可見李商隱雖是
二馮詩學宗尙之所在，但杜甫才是二馮審美之最高典範。這種學習
路徑似乎也得到朱鶴齡（1606～1683）的認同，朱鶴齡《箋注李義山
詩集序》即云：

> 或曰：「義山之詩，半及閨闥，讀者與《玉臺》、《香奩》
> 例稱，荊公以爲善學老杜，何居？」予曰：「男女之情，通
> 於君臣朋友。《國風》之蝤首蛾眉，雲髮瓠齒，其辭甚褻，
> 聖人顧有取焉。《離騷》託芳草以怨王孫，借美人以喻君子，
> 遂爲漢魏六朝樂府之祖。」古人之不得志於君臣朋友者，
> 往往寄遙情於婉變，結深怨於寒脩，以序其忠憤無聊纏綿
> 宕往之致。唐至太和以後，閹人暴橫，黨禍蔓延。義山厄
> 塞當途，沉淪記室，其身危，則顯言不可而曲言之；其思
> 苦，則莊語不可而謾語之。計莫若瑤臺璚宇歌筵舞榭之間，
> 言之可無罪，而聞之足以動。其《梓州吟》云：楚雨含情
> 俱有託。早已自下箋解矣。吾故曰：義山之詩，乃風人之
> 緒音，屈宋之遺響，蓋得子美之深耳。

二馮中馮班的學杜角度，重在精神內涵，《鈍吟雜錄》卷七《誡
子帖》嘗云：

> 子美中興，使人見《詩》、《騷》之義，一變前人，而
> 前人皆在其中。惟精於學古，所以能變也。此曹王以後一
> 人耳。

杜甫之所以能成爲馮班心目中曹王以後的第一人，主要因爲其詩
能發見《詩》、《騷》之精神內涵。因此，馮班強調學杜在於能變，不
要拘泥於古人之「聲貌」，須以個人獨具的風格，再現古人的精神內

〔註151〕韋縠集、二馮評點《才調集》卷六《李商隱四十首》（臺北：新文
豐出版社，1970年），頁138。

涵，這是他學杜的原則。

馮班在《鈍吟雜錄》卷四中即謂：

> 杜詩不可不學，若要再出一箇老杜，恐不可得。

真是一語道盡學杜之真諦。

《鈍吟雜錄》卷三中，馮班還說：

> 多讀書則胸次自高。

又曰：

> 杜陵云：「讀書破萬卷，下筆如有神。」近日鍾、譚之
> 藥石也。元微之云：「憐渠直道當時語，不著心源傍古人」；
> 王李之藥石也。……子美《解悶》、《戲爲》諸絕句，不知
> 當今學杜甫，何以都不讀？

馮班引用杜甫句是詬病竟陵派的不學，引用元微之（元稹，779
～831）的詩是譏嘲七子雖學而不著古人心源，妄圖聲貌，棄其精神
內涵，終究欠缺性情而毫無個人風格。

馮班《鈍吟雜錄》卷三亦云：

> 詞多風刺，《小雅》、《離騷》之流，老杜創爲新題，直
> 指時事，如掣鯨魚於碧海，一言一句，皆關世教，後有作
> 者皆本此。

可見杜甫在馮班心目中，是儒家詩教的化身，無論諷喻寄託，餘
意深隱，在詩壇上都很難找到與杜甫並肩的人物。

馮班甚至將他們兩兄弟所推崇的六朝詩歌和杜甫統而言之，認爲
杜甫是最懂這體詩法的作者。《鈍吟雜錄》卷四就說：

> 看齊梁詩，看他學問源流、氣力精神，有過唐人處。……
> 千古會看齊梁詩，莫如杜老，曉得他好處，又曉得他短處。

在馮班看來，齊梁詩與杜甫，真如千里馬與伯樂。而在六朝詩人
中，馮班以爲杜甫頗服膺曹植（192～232）：

> 謝康樂云：「天下人才，都得一石，陳思王獨得八斗。」
> 又云：「我亦得一斗。」則康樂不敢當陳王也。至唐有老杜，
> 始云：「詩看子建親。」是千古只一子美也。

馮班又云：

> 千古惟老杜，可配陳思王。

馮班於唐推杜甫，六朝則推曹植。他曾經高呼：

> 五言正盛於建安，陳思爲文士之冠冕，潘、陸以降，迨於唐之中葉，無有踰之者，至杜子美始自言：詩看子建親。蘇子瞻云：詩至子美一變也。自元和、長慶以後，元、白、韓、孟並出，杜詩始大行，自後文亦無能出杜之範圍矣。今之論文者，但可祖述子建，憲章少陵。古今之變，於斯盡矣。

在清初，「祖述子建，憲章少陵」無疑是嶄新的理論。馮班還指出：

> 李玉溪全法杜，文字血脈，卻與齊梁接。

由此更是將齊梁詩、杜詩、李義山詩冶於一爐，形成一獨特的詩學系統。

綜上所說，二馮的宗杜也是可以肯定的。於是，在虞山詩派錢謙益、馮舒和馮班的大力倡導之下，清初詩人都努力學杜，而學杜最重要的一點，就是學習杜甫「詩史」的精神。屈大均（1630～1696）《杜曲謁杜工部祠》中曾讚揚杜甫「一代悲歌成國史」。施閏章（1618～1683）在《江雁草序》中更贊曰：

> 古未有以詩爲史者，有之，自杜工部始。史重褒譏，其言眞而核；詩兼比興，其風婉以長，故詩人連類託物之篇，不及記言記事之備。……其用有大於史者……杜子美轉徙亂離之間，凡天下人物、事變，無一不見於詩。

由此可見，杜甫「詩史」的精神，在清初已深入人心，很多詩人都以此自勉。錢謙益更是「一以少陵爲宗」，而且詩歌風貌深受杜甫影響，對於杜甫的號稱詩史，更是推崇備至。杜甫頻頻以時事入詩，將現實、社會、政治、生活中的事變與詩歌緊密結合的創作方式，錢謙益極爲贊許：「杜甫詩自可爲一代之史」，因爲他「爲時而著」，「爲事而作」，可說是時代的歌手〔註152〕。

〔註152〕浦起龍在《讀杜心解·少陵編年詩目錄附注》中曾徵引錢氏此語。

　　杜詩不但是安史之亂時唐代社會的一面鏡子，也是當時政治鬥爭的照妖寶鑒，讓我們看到玄宗、肅宗和代宗三朝的政治事迹和人民的生活，成爲最忠實、最誠懇的現實記錄。由此，虞山詩派的領袖錢謙益讚他「忠臣孝子後代看，杜陵詩史汗青垂」，並且努力向杜甫學習，以杜詩作爲自己寫作實踐的榜樣，時時「鋪陳老杜詩史中」，在詩中大量反映明清之際的社會大變動。錢謙益的許多七言律詩都學習杜甫的心胸懷抱，運用杜甫暮年多病，天涯漂泊的悲愴音韻，抒發亡國的哀思悲情，恨悔怨責。如：《西湖雜感二十首》、《感歎勺園再作》、《雞人》、《人日示內二首》等，都具有杜詩的神髓。

　　因此，陳寅恪（1890～1969）在《柳如是別傳》中譽錢氏的《投筆集》爲「明清之詩史，較杜少陵尤勝一籌，乃三百年來之絕大著作也」。《初學集》中的《謁高陽少師公於里第感舊述懷八首》等詩也被沈德潛（1673～1763）評爲：「可以證史」和可以「接武少陵」〔註153〕。章太炎（1869～1936）也感歎道：「其悲中夏之沉淪，與犬羊之俶擾，未嘗不有余哀也。」

　　這些都強而有力地說明錢謙益非僅尊崇杜甫爲詩史，更以杜甫詩史爲學習的榜樣，創作實踐的皈依。

三、以詩補史觀念的萌芽

　　詩史的觀念到了虞山詩派領袖錢謙益的手中時，有了更客觀的觀察與檢討。錢氏認爲：要瞭解作者在作品中所隱含的言外之意，便需從「知人論世」開始。而知人論世的方法則應參考史書、傳記和作者生平之間的相互關係，以便與作品中的寓意進行核對。錢氏這種主張，可謂開風氣之先河，其《有學集》卷十八《胡致果詩序》中曾云：

> 　　《春秋》未作以前之詩，皆國史也。人知夫子之刪《詩》，不知其爲定史。人知夫子之作《春秋》，不知其爲

─────────────

〔註153〕沈德潛《清詩別裁集》卷一（上海：古籍出版社，1984年），頁7。

續《詩》。《詩》也，《書》也，《春秋》也，首尾爲一書，
離而三之者也。三代以降，史自史、詩自詩，而詩之義不
能不本於史。曹之《贈白馬》，阮之《詠懷》，劉之《扶風》，
張之《七哀》，千古之興亡陞降，感歎悲憤，皆於詩發之。
馴至於少陵，而詩中之史大備，天下稱之曰詩史。〔註154〕

錢氏這一論點，將《詩經》、《書經》和《春秋》視爲首尾一書，
認爲孔子以前，詩和史的關係密切不可分，因爲從詩中可見千古興亡
陞降。所以他又說：

皋羽之慟西臺，玉泉之悲竺國，水雲之苕歌，《谷音》
之越吟，如窮冬沍寒，風高氣慄，悲噫怒號，萬籟雜作，
古今之詩莫變於此時，亦莫盛於此時。至今新史盛行，空
坑、厓山之故事，與遺民舊老，灰飛煙滅。考諸當日之詩，
則其人猶存，其事猶在，殘篇嚙翰，與金匱石室之書，並
懸日月。謂詩之不足以續史也，不亦誣乎？〔註155〕

可見錢謙益肯定詩可以補史之闕。所以儘管前人舊事在歷史的替
換中灰飛煙滅，但只要存其詩，就能考其事。尤其是錢氏身處明末清
初朝代更換、風雲變幻之際，史事淪於眞空，後人爲了尋求這段沒有
史書記載期間的故實，就必須從明代遺民的詩作中去尋找一些蛛絲馬
迹以作參證。因此「史亡而後詩作」正好說明詩可以補史之闕。錢謙
益的獨到見解，可謂進一步擴大了詩史的含義。究其始，錢謙益可說
是以詩補史觀念的創導者。

錢謙益既提出了詩可以補史之闕，又身體力行地學習杜甫詩史的
精神，在他箋注杜詩時，自然要「以史證詩」，同時也「以詩正史」。
他在《婁江十子詩序》中曾云：

《詩》也者，古人之所以爲學也，非以《詩》爲所有
事而學之也。〔註156〕

〔註154〕錢謙益《有學集》卷十八，見《錢牧齋全集》第5冊，頁800。
〔註155〕錢謙益《胡致果詩序》，《有學集》卷十八，見《錢牧齋全集》第5
　　　　冊，頁800～801。
〔註156〕錢謙益《有學集》卷二十，見《錢牧齋全集》第5冊，頁844。

可見「詩」和「學」有著不可分割的血肉關係。對錢氏來說，「學」又和「史」有著密切的關連，因此，詩與史關係也非常密切。在這種理論基礎的支持下，錢氏注解杜詩，便有多處以實際行動來印證他的主張，從而強調詩可以補史之闕。例子如下：

1. 《錢注杜詩》卷五《越王樓歌》後箋云：

綿州圖經：在綿州城外西北，有臺高百尺。上有樓，下瞰州城。唐顯慶中，太宗子越王貞爲綿州刺史日建。李倨詩：「越王曾牧劍南州，因向城隅建此樓。橫玉遠開千嶠雪，暗雷下聽一江流。」貞刺綿州，本傳不載，蓋史闕也。〔註157〕

2. 《錢注杜詩》卷五載杜甫《三絕句》詩云：

前年渝州殺刺史，今年開州殺刺史。群盜相隨劇虎狼，食人更肯留妻子。

錢注云：「天寶亂後，蜀中山賊塞路。渝、開之亂，史不及書，而杜詩載之。」〔註158〕

3. 《錢注杜詩》卷六《寄裴施州》詩後箋云：

裴冕，寶應元年以右僕射充山陵使。坐附李輔國，貶施州刺史，數月移澧州。大曆中，復徵爲左僕射。元載撰冕碑云：「以值遇坎，牧蠻夷者二。」大曆四年冬，詔復入相，薨於長安。按：冕自施召還，當在大曆二年之間。二年二月，史已載左僕射裴冕置宴於子儀之第。碑但記其入相之年也。史稱自施移澧，碑不詳其後先。以公詩考之，冕蓋久於施州，當是自施移澧也。史於移官先後，如高適彭、蜀。嚴武巴、綿之類，每多錯誤，當據公詩考正之。〔註159〕

4. 《錢注杜詩》卷六《送殿中楊監赴蜀見相公》詩後箋云：

此詩所謂楊監者，豈即崖州耶？炎以元載敗，貶道州

〔註157〕錢謙益《錢注杜詩》上冊，卷五（上海：中華書局，1958年），頁135。
〔註158〕錢謙益《錢注杜詩》卷五，頁160。
〔註159〕錢謙益《錢注杜詩》卷六，頁178。

司馬。詩云:「況子已高位,爲郡得固辭。」則知炎爲判官,
正以道州司馬辟也。炎傳不記其爲殿中監,其爲鴻漸從事,
卻於別傳見之,則史之闕遺多矣。〔註160〕

5. 《錢注杜詩》卷六《贈李十五丈別》詩後箋云:

　　《新書》:大曆十年,拜工部尚書,封汧國公。此詩已
稱汧公,知新書誤也。〔註161〕

6. 《錢注杜詩》卷十《寄岳州賈司馬六丈、巴州嚴八使君兩閣
老五十韻》詩後箋云:

　　賈至以中書舍人出守汝州,在乾元元年。舊書不載,
皆無可考。此詩云:「秉鈞方咫尺,鍛翮再聯翩。」當是與
公及嚴武後先貶官也。按:十五載八月,玄宗幸普安郡,
制置天下之詔。房琯建議,而至當制,琯將貶而至先出守,
其坐琯黨無疑矣。……「每覺昇元輔,深期列大賢。」蓋
琯既用事,則必汲引至武。故其貶也,亦聯翩而去。貝錦
以下,憂讒畏譏,雖移官州郡,相戒不敢忘也。當據此詩,
以補唐史之闕。〔註162〕

7. 《錢注杜詩》卷十二《九日奉寄嚴大夫》詩後箋云:

　　寶應元年四月,代宗即位,召武入朝。是年徐知道反,
武阻兵,九月尚未出巴。《通鑑》載:六月以武爲西川節
度使,徐知道守要害拒武,武不得進。誤也。當以此詩正
之。〔註163〕

以上的例子顯示,錢謙益是如何運用他豐富的史學知識來注杜。
一些論者以錢謙益生平精於史學而譽之爲司馬光（1019～1086）、朱
熹（115～1184）後第一人,觀其引證史料之博,箋解杜詩之精細,
果然名副其實。依我所見,他不僅是補史之闕,還更進一步正史之誤。
因此,在錢氏看來,詩的功能與史的功能是互爲表裏的。

〔註160〕錢謙益《錢注杜詩》卷六,頁185。
〔註161〕錢謙益《錢注杜詩》卷六,頁186。
〔註162〕錢謙益《錢注杜詩》卷十,頁364～365。
〔註163〕錢謙益《錢注杜詩》卷十二,頁416。

　　清初自錢氏倡導以詩補史或正史之後，諸家注杜或論杜都不可避免地受其影響。詩論作家如黃宗羲（1610～1695）〔註164〕，注杜專家如朱鶴齡（1606～1683）等，都從錢氏處得到很大的啓發。

〔註164〕黃宗羲《南雷文定前集》卷一《萬履安先生詩序》就有強調以詩補史的見解。見《四部叢刊初編・集部》（上海：商務印書館），頁 8～9。

第五章　虞山詩派詩論的得失
　　　　 及影響

　　一般研究文學理論批評的學者，多將有清一代視爲集歷代詩論之
大成，筆者卻深自以爲，虞山詩派實乃集明清詩論之大成。虞山詩人
不但承先啓後，而且熔創作和批評於一爐，對後世的影響十分深遠。
本章將先對虞山詩派詩論的優點和缺點進行分析，以實際的例子印證
錢謙益、馮班和其他虞山詩人、論者的詩論內容，再進一步探討虞山
詩派對後世詩學的影響，乃至對整個文學批評理論的影響。

第一節　優　點

　　虞山詩派的詩論主張，主要集中在詩派的領袖錢謙益和詩派的倡
導者馮舒、馮班的詩論著作中。然而，由於馮舒被貪官誣陷而早死獄
中，所留下的評論著作和詩見並不是很多，因此所謂的「海虞二馮」，
實際上是以馮班爲主。馮舒和馮班兄弟雖然是錢謙益的學生，詩論主
張卻和乃師不盡相同。如錢謙益對公安派有所讚賞，二馮卻把公安、
七子和竟陵一道貶責；錢謙益論詩屬唐宋兼取，馮班卻是揚唐抑宋等
等。

　　基於這種認識，當我們討論虞山詩派詩論的優點和缺點時，很多
時候就不能像前邊分析詩派的詩論主張那樣統而言之、合而論析了。

　　特別是談到錢謙益和馮班都十分認可的杜詩時，兩人的差別除了錢謙益是直接學杜、而馮班則是間接從學杜的李商隱那裡學杜之外；錢謙益還花了近 40 年撰寫專門研究杜詩的著作《錢注杜詩》、《讀杜小箋》和《讀杜二箋》。

　　對於錢謙益在《初學》和《有學》二集中的詩論主張和其詩論優點，前章已大抵談過，以下將借引文學理論批評界較少提及的錢謙益杜詩學中的資料，來旁證錢謙益和虞山詩派詩論的優點和缺點。

一、品評前人詩作或詩論，態度認真

　　虞山詩派在品評前人的詩作和詩論方面，一般都採取了十分認真的態度。像詩派領袖錢謙益，花了近四十年的時間讀杜、研杜、注杜和學杜，深諳注杜之難，因此注杜時態度十分謹慎小心，勤勉認真。其《與遵王書》曾云：

> 杜詩注尚有種種欲商，須面盡也。……若箋本既刻，須更加工治定。……杜箋一冊，略為校對，送去。恐中間疏誤處不少，更煩詳細刊定，庶不可遺人口實耳。全本標題，仍云《草堂詩小箋》為妥。下一「小」字，略存箋者之意，不欲如彼以李善自居也，一笑。〔註1〕

　　可見，他箋注杜詩時，一再與錢曾商榷，同時反覆校訂。除了顯示他對錢曾的倚重，也表明他對箋注杜詩態度的嚴謹。他還曾說過：

> 類書學問，盛行於松陵，又與他處迥別，長孺其魁然者也。勿漫視之。〔註2〕

　　又云：

> 《秋興》(八首) 舊本乞付看，即欲改定相商也。〔註3〕

〔註 1〕沈雲龍《牧齋先生尺牘》卷二《與錢曾書》（臺北：文海出版社，1971 年），頁 54；又見《錢牧齋全集》第 7 冊，頁 334。

〔註 2〕沈雲龍《牧齋先生尺牘》卷二《與錢曾書》（臺北：文海出版社，1971 年），頁 50；又見《錢牧齋全集》第 7 冊，頁 330。

〔註 3〕沈雲龍《牧齋先生尺牘》卷二《與錢曾書》（臺北：文海出版社，

《復吳江潘力田書》還說：

> 荒村暇日，復視舊笈，改正錯誤，凡數十條。推廣略
> 例，臚陳近代注杜得失，又二十條。別作一敍，發明本末。
> 里中已殺青繕寫，僕以恥於抗行，止之。今以前序為息壤，
> 而借以監謗，則此序正可作懺悔文，又何能終錮之勿出
> 乎？〔註4〕

　　其中，雖難免有些意氣之爭或不願落於人後的驕恃，但是他注杜
時態度的認真，用力之勤勉卻是顯而易見的。在評述文學流派和詩人
論者時，錢謙益也以他精深的史學知識，以及對朝代盛衰興亡的深刻
理解，提出中肯切要的觀點。如他編選《列朝詩集》，就是要「以詩
繫人，以人繫傳」，使之能保留一代的詩史。他在《書李文正公手書
東祀錄略卷後》也以認真嚴肅的態度，從盛衰交替的觀點來提出他對
明代文學的看法：

> 國初之文，以金華、烏傷為宗；詩以青丘、青田為宗。
> 永樂以還，少衰靡矣，至西涯而一振。西涯之文，有倫有
> 脊，不失臺閣之體。詩則原本少陵、隨州、香山，以迄宋
> 之眉山、元之道園，兼綜而互出之。弘、正之作者，未能
> 或之先也。李空同後起，力排西涯，以劫持當世，而爭黃
> 池之長。中原少俊，交口訾謷。百有餘年，空同之雲霧，
> 漸次解駁，後生乃稍知西涯。……若近代訾謷空同者，魑
> 吟鬼嘯，其雲霧尤甚於空同而不自知也。〔註5〕

　　這裡，他將明代文學的盛衰交替，流派紛爭看成有如歷史洪流般
向前推進的過程。明初為繁盛期，其代表作家，於文則有宋濂（1310
～1381）、王褘（1322～1374）；論詩則以高啓（1336～1374）和劉
基（1311～1375）並列。（因宋濂是金華府浦江人，故人稱宋金華；
而王褘為烏傷縣義烏人，故烏傷即王褘。）《列朝詩集》雖以劉基《覆

　　　　1971年），頁52；又見《錢牧齋全集》第7冊，頁331。
〔註4〕錢謙益《復吳江潘力田書》，《有學集》卷三十九，見《錢牧齋全集》
　　　　第6冊，頁1352。
〔註5〕錢謙益《初學集》卷八十三，見《錢牧齋全集》第3冊，頁1759。

瓿》、《犁眉》冠首，但講到眞正能代表明初詩風和藝術成就的，他卻首推高啓。永樂以還，明代詩人的創作在錢氏看來是出現了第一次衰竭。他在《列朝詩集》甲集《劉崧（1321～1381）小傳》中曾云：

> 國初詩派，西江則劉泰和（崧），閩中則張古田（以寧）。
> 泰和以雅正標宗，古田以雄麗樹幟。江西之派，中降而歸
> 東里（楊士奇），步趨臺閣，其流也，卑冗而不振。〔註6〕

衰竭的原因，就是因爲以楊士奇（1364～1444）爲首的館閣重臣提倡應酬題贈的「臺閣體」。錢謙益的論析，確然能切中明初詩文由盛轉衰的癥結。

說到使明初詩文復興的作者，錢氏認爲是李東陽（1447～1516）。《列朝詩集小傳》說：

> 成、弘之間，長沙李文正公繼金華、廬陵之後，雍容
> 臺閣，執化權、操文柄，弘獎風流，長養善類。昭代之人
> 文爲之再盛。〔註7〕

李東陽（1447～1516）雖是明代詩文創作第二盛世的代表作家，又兼爲門生眾多的文壇領袖，但錢謙益卻不是盲目地肯定他的一切，而是以客觀、公正的態度，批評他也有學古未化之作。〔註8〕這種完全建基於作品本身的優劣爲最後指標的批評態度，的確公正平允。

至於前七子的領袖李夢陽（空同，1472～1529），錢氏則將他評得無一是處〔註9〕。他批評前七子另一領袖何景明（1483～1521）的「古詩之法亡於謝」和「古文之法亡於韓」的謬論時指出：

> 運世遷流，風雅代變，西京不得不變爲建安，太康不
> 得不變爲元嘉。康樂之興會標舉，寓目即書，內無乏思，
> 外無遺物，正所以暢漢魏之飆流，革孫許之風尚。今必欲
> 希風枚、馬，方駕曹、劉，割時代爲鴻溝，畫晉、宋爲鬼

〔註6〕錢謙益《列朝詩集小傳》甲集（北京：中華書局，1959 年），頁 88
　　　～89。
〔註7〕錢謙益《列朝詩集小傳》丙集《王守仁傳》，頁 269。
〔註8〕錢謙益《列朝詩集小傳》丙集《李少師東陽小傳》，頁 245～247。
〔註9〕錢謙益《列朝詩集小傳》丙集《李夢陽傳》，頁 310～312。

國，徒抱刻舟之愚，自違捨筏之論。昌黎佐祐六經，振起
八代，「文亡於韓」，有何援據？〔註10〕

　　其中，錢謙益用了文風與時代變遷的辯證思維來進行檢討、批
判，不但正確的反映了歷史的事實，也說明了他自己所擁有的一整套
體系完備的文學理論架構。

二、以史證詩，注重作品的歷史背景

　　一九七九年，上海古籍出版社據中華書局原版重新校訂，再版《錢
注杜詩》時，在出版說明中云：

> 　　本書是清初錢謙益據吳若本加以論訂箋注的，是杜甫
> 詩集較有影響的注本之一。錢氏著重以史證詩，相當注意
> 歷史背景，通過對歷史事實的鉤稽考核，進一步闡明杜詩
> 的思想內容。而對交遊、地理、職官和典章制度等方面的
> 箋注，也頗有特色，大都資料翔實，論證精當。〔註11〕

　　明末清初徽州學人黃生（1622～1696）也稱讚錢氏「引據該博」，
考據詳實：

> 　　錢牧齋箋注杜詩，引據該博，矯僞鈲僞，即二史之差謬
> 者，亦參互考訂，不遺餘力，誠為本集大開生面矣。〔註12〕

　　以上說明錢謙益以他淵博的史學常識，考證史實的箋注杜詩態
度，深獲學者讚賞。事實上，在《錢注杜詩》中，錢謙益以其豐富的
史學知識，對宋人解杜時不假考證資料的誤失，一一加以仔細辯正的
例子俯拾即是，茲稍列舉數例於下：

1. 《遊龍門奉先寺》一詩，南宋詩人王十朋（1112～1171）的
   《王狀元集百家注編年杜陵詩史》卷一注云：
   > 　　今龍門縣，在府東一百八十里，古耿國有龍山，即禹
   > 所鑿。

   南宋學者蔡夢弼《杜工部草堂詩箋》卷一亦云：「龍門，山名。

〔註10〕錢謙益《列朝詩集小傳》丙集《何副使景明》，頁323。
〔註11〕周采泉《杜集書錄》（上海：古籍出版社，1986年），頁156。
〔註12〕黃生《杜詩說》中《轟耒陽》詩後，見周采泉《杜集書錄》，頁156。

《禹貢》：在河東之西界。」

　　錢謙益《錢注杜詩》卷一則引《太平寰宇記》、《左傳》、《元和郡國志》、《河南總志》及東漢文學家傅毅（？～約 90）的《返都賦》來加以辨正，並謂「舊注妄引《禹貢》河東之龍門，今削之。」〔註13〕

　　2. 《飲中八仙歌》中之「李白一斗詩百篇，長安市上酒家眠。天子呼來不上船，自稱臣是酒中仙」。

　　宋代著名詩僧惠洪（1070～1128）的《冷齋夜話・詩用方言》說「船」是「方俗言也，所謂襟紐是也。」（按：「襟紐」是衣紐的意思）錢謙益認為這是穿鑿附會的說法。《錢注》卷一云：

　　　　玄宗泛白蓮池，命高力士扶白登舟，此詩證據顯然。注家謂關中呼衣襟為船，不上船者，醉後披襟見天子也，穿鑿可笑。趙次公云：「白在翰苑被酒，扶以登舟，則竟上船矣，非不上船也。」此尤似兒童之語。夫天子呼之而不上船，正以扶曳登舟，狀其酒狂也，豈竟不上船也？」〔註14〕

　　錢氏又引唐代文學家范傳正為李白撰寫的《新墓碑》云：「他日泛白蓮池，公不在宴。皇懽既洽，召公作序。時公已被酒於翰苑中，仍命高將軍扶以登舟，優寵如是。」〔註15〕

就錢謙益的考證，可見宋人注杜謬誤之甚。

　　3. 《幽人》詩中「往與惠荀輩，中年滄洲期」二句，錢謙益以為：

　　　　（惠荀）舊注：惠昭、荀珏。固屬偽撰，而以為惠遠、許詢，亦謬。玄度正可與支公並用，杜詩亦屢見之。且自昔多稱遠公，不言惠也。〔註16〕

錢氏又引杜甫的《送惠二過東溪》詩中詩句：「空谷滯斯人」和

〔註13〕錢謙益《錢注杜詩》卷一（北京：中華書局，1958 年），頁 4。
〔註14〕錢謙益《錢注杜詩》卷一（北京：中華書局，1958 年），頁 22。
〔註15〕錢謙益《錢注杜詩》卷一（北京：中華書局，1958 年），頁 22。
〔註16〕錢謙益《錢注杜詩》卷三（北京：中華書局，1958 年），頁 84。

「黃綺未稱臣」〔註17〕的實例，證明與《幽人》詩中的「中年滄洲期」
吻合。依此而論，所謂「惠荀」，其實就是「惠二」之名。因此強而
有力地證明舊注所言屬非。

4.《過郭代公故宅》一詩，《錢注》卷五箋云：

> 吳若本注云：「明皇與劉幽求平章庶人之亂，正在神龍
> 後。元振常有功其間，而史失之。」徵此詩，無以見。不
> 知元振爲宗楚客等所嫉，出之安西，幾爲所陷。楚客等被
> 誅，始得徵還。何從與平章后之亂？此泥詩而不考之過
> 也。〔註18〕

宋人太過注重杜詩爲詩史之說，故往往自陷於附會而不知自拔，
錢氏就直斥舊注之信史太過，反證了杜詩並非字字都有來處。

5.《三絕句》之「前年渝州殺刺史，今年開州殺刺史」。《錢注》
卷五，引宋代蜀中注杜名家師古及黃鶴、黃希父子《補注杜
詩》之說，並駁之云：

> 師古云：「吳璘殺渝州刺史劉卞，杜鴻漸討平之。翟封
> 殺開州刺史蕭崇之，楊子琳討平之。」黃鶴云：「事在大曆
> 元年與三年。」考杜鴻漸傳，無討平吳璘事。大曆三年，
> 楊子琳攻成都，爲崔寧妾任氏所敗，何從討平開州？天寶
> 亂後，蜀中山賊塞路，渝、開之亂，史不及書，而杜詩載
> 之。師古妄人，因杜詩曲爲之說，並吳璘等姓名，皆師古
> 僞撰以欺人也。注杜者之可恨如此。〔註19〕

由此可見，宋人爲了欲達成其無一字無來處的論點，不惜僞造事
實以注杜，的確可恨。

除了以上所舉的例子外，錢注中指斥宋人妄求出處之弊的文字，
俯拾皆是。如《課伐木》詩序中之「虁人屋壁」一句謂：「朱仲晦曰：
『虁人，正謂虁州人耳。』而山谷乃有「黑月虎虁藩」之語。……不

〔註17〕錢謙益《錢注杜詩》卷三（北京：中華書局，1958 年），頁 84。
〔註18〕錢謙益《錢注杜詩》卷五（北京：中華書局，1958 年），頁 140。
〔註19〕錢謙益《錢注杜詩》卷五（北京：中華書局，1958 年），頁 160。

知山谷何所據也。」〔註20〕又如《壯遊》詩注中指斥蔡夢弼、黃鶴注解之愚〔註21〕等等。凡此種種，都能讓人感覺到錢謙益深厚的史學修養及注杜的慧眼，故能對宋人妄引杜詩出處之失大加斧正，爲有清一代之杜詩學注入一股新生命。

誠然，杜詩雖然博大精深，但用典用事之處卻並非全無可考，如若一味妄引而不知詳實考證，對後人將起誤導作用，遺害匪淺。

一九五八年中華書局上海編輯所在《錢注杜詩》的出版說明中說：

> 本書是清初錢謙益據吳若本加以詮訂箋釋的，糾正了舊注的誤解與偏見，特點是能以杜甫所處的時代環境結合詩的內容。對詩中的人名地理、典章文物，亦有獨到的闡解，故援據之富不及仇兆鰲注，而簡明扼要之處則過之。〔註22〕

可見簡明扼要，不作贅語也是虞山詩人論詩的一大特色。

三、具有完整的體系，統一的思想

虞山詩派的詩學理論，大致可分爲「破」和「立」兩大論調。破的方面，如嗤點嚴羽，排擊七子、公安、竟陵等；立的方面則有正本清源，重申言志緣情，主張眞人眞詩，注重詩與世運的關係，標舉「別裁僞體」和「轉益多師」，促使詩歌「還之大雅」等，都發揮了積極的作用。

從文學發展史的角度來看，虞山詩人在總結了元、明文學的流弊後，選擇另闢蹊徑舉幟向前的做法是有積極意義的，他們作出選擇的心態與決心也是應該受到肯定的。

首先，虞山詩派和七子派、竟陵派在審美觀念上的確存在本質性的衝突。虞山論者因爲以「眞」爲審美第一要義，所以立誠言志，抒發眞情是他們審視文學價值的首要標準。虞山詩人強調：有「眞人」

〔註20〕錢謙益《錢注杜詩》卷六（北京：中華書局，1958年），頁188。
〔註21〕錢謙益《錢注杜詩》卷七（北京：中華書局，1958年），頁221。
〔註22〕周采泉《杜集書錄》（上海：古籍出版社，1986年），頁155。

才有「眞情眞性」，有眞性情才有「眞詩」。「眞」對虞山詩派來說，是文學創作的根柢。他們甚至認爲：漢唐氣象之所以歷久彌新，光焰萬丈，其原因就在「眞」。錢謙益自己正是從眞性情中吸取了天地間飽滿淋漓的元氣，才能驅使超軼群倫的博贍雄才，創造昌大閎肆，「千容萬狀，皆用以資爲狀」（錢謙益《書瞿有仲詩卷》）的文學格局。這正與七子派尺寸模擬古人、生吞活剝，轉手販營，愈販愈僞的做法大相徑庭；也與竟陵派的孤峭僻澀、淺狹局促形成對立。鍾、譚在編選《古詩歸》、《唐詩歸》時，「舉古人之高文大篇鋪陳排比者，以爲繁蕪熟爛，胥欲掃而刊之」（錢謙益《列朝詩集小傳》），專選清瘦淡遠一路，錢謙益因爲在審美觀上與之南轅北轍，所以批評他們是「惟其僻見之是師」。

　　其次，虞山詩派與七子派及竟陵派在學風上嚴重對立。虞山詩人十分重視培植深厚醇正的學養，認爲學問與性情互爲表裏，性情是學問的內在精神，學問是性情的外煥之采，詩文創作會「茁長於學問」。錢謙益《陸敕先詩稿序》即云：

　　　　以性情爲精神，以學問爲孚尹。有志於緣情綺麗之詩，
　　而非以儷花鬪葉顛倒相上者也。

　　因此，虞山派一方面提倡多讀書，博覽經史之學，一方面提倡「轉益多師」以通貫古今，即不局限於一代、一派、一門之見，廣泛師從多家，虛心學習前人，從而使自己深涵茂育、茁壯成長。而恰恰在這兩點上與七子派、竟陵派截然不同。七子雖高高豎起以司馬相如（約前179～前127）、杜甫爲宗，唯秦漢、盛唐爲是，不讀唐以後書的旗幟，實質上卻正如錢謙益在《列朝詩集小傳》中批評他們的那般「務華絕根，數典而忘其祖」，學術越治越淺，創作越來越偏。在錢謙益看來，竟陵派之病根正是「不學而已」，這也是竟陵派詩歌創作走向詭異艱奧的原因之一。虞山詩人能在明末清初這一特殊的歷史時期，將學問放到突出而且重要的地位來論詩，並以改變學風爲使命，是有其深沉的歷史情懷和特殊的時代意義的。

其三，錢謙益之所以舊途反撥、中道改轍，也是出於建設新文風和建立新的文壇格局的雄心。在晚明那個特殊的文學轉型期，文學史最終選擇了錢謙益，錢謙益也責無旁貸地撐起大局，排擊俗學，截斷眾流，取得了驚世駭俗、「海內驚噪，以爲稀有」（錢謙益《答山陰徐伯調書》）的效果。事實上，正如日本學者吉川幸次郎（1904～1980）所說，正是錢謙益和他所領導的虞山詩派，才最後爲「僞古典主義文學」判了死刑，使七子派的餘焰熄滅。竟陵派在清初雖然餘緒未寢，但畢竟已在末路。

總的來說，虞山詩派不論是立、是破，他們的詩見都能首尾貫穿，形成完整的結構框架和理論體系。虞山詩人以「詩言志」，「情動於中而形於言」做根據，「別裁僞體」和「轉益多師」爲手段，一以療七子，一以針砭竟陵，結合現實，轉移時風，並在「求變」後最終歸於統一。明末清初的「世運」是啓變的樞紐，虞山派從時代大變動中尋求個人內心的「眞」，再以眞情眞性通變，顯示了虞山詩人貫徹始終的眞情論。更難得的是，他們還給眞情論添加了「眞好色」，「眞怨悱」的個性色彩，充分表現了改朝換代、移風易俗的時代特點。於是乎，虞山詩人論者以「眞」、「變」爲基石、抒情言志爲依據；穿上了「眞好色」，「眞怨悱」是時代裝束；提著「別裁僞體」、「轉益多師」的寫作工具，昂然登上明末清初的文學舞臺，給大家帶來連場精彩創新的詩學演出。

四、具有鮮明的時代意識，強烈的針對性

虞山詩人論者在審視了明代文學流派紛爭消長的流弊之後，決定向最具有影響力的流派，也就是七子派和竟陵派進行抨擊，除了顯示虞山派領袖人物錢謙益、馮舒馮班兄弟的慧眼洞見之外，也顯示虞山詩派的詩論具有相當鮮明的時代意識。

在虞山詩人論者群中，自然又以錢謙益對七子的批評最爲有力。正如錢謙益晚年在《題徐季白詩卷後》中所說：「余之評詩，於當世

牴牾者，莫甚於二李及弇州。」錢謙益之所以將李夢陽、李攀龍和王世貞作爲主要的抨擊對象，正是因爲他們的主張使到明代的文學世界天晦地蒙，劫而不復。因此，爲了要矯正文風，爲了使僵化瀕亡的文學重新恢復生命活力，錢謙益必然要棒喝天門，辟易雄鷙。

從整體來看，七子派在有明一代的詩學地位雖然在竟陵派之上，可七子主盟文壇的時代比較遠，且內爭外攻的結果，使「王、李已成腐朽皮」（鄭禹梅《與袁公弢、王有容論詩》）；而鍾惺和譚元春才是閃亮新星，詩道方興而議論當行，正對文壇產生頗具威脅性的影響。因此，在錢謙益的視野中，要改變文壇風氣，就需要挑戰新的中心，阻抑後來居上的竟陵派。爲此，錢謙益不惜痛下重藥，猛用激論，把矛頭指向鍾、譚二人。虞山詩人能站在時代的前端和批評的高度向最具權威的文學流派挑戰，充分顯示了他們審時度勢的敏銳眼光和明辨是非的能力。

當虞山詩人選定了心目中要批評的對象後，就會從他們自己既有的思想體系中找出最強而有力的理論依據，針對對手的毛病重拳出擊。例如對以李、王爲首的七子派，虞山詩人就以自己所強調的「眞」來重擊對手的「僞」的弊端。詩派領袖錢謙益在《有學集・王貽上詩序》中，認爲「詩道淪胥」，浮僞並作的首要癥結即七子派的「學古而贗」。對這種「仰他人之鼻息而承其餘氣」的擬古作風，竟然能在文學界形成普遍的字模句擬、生吞活剝、東施效顰的不良局面，虞山詩人當然要給予最峻銳苛屬的貶斥。

須知，虞山詩人都認爲詩歌的產生是詩人的情志在天地變化中畜聚蘊釀，再經過困頓生活的磨煉、世運的啓發，與時代風會交擊而來，創作的基本條件是靈心、世運和學問，絕對不能像擬古主義的追隨者那般通過「傲、奴、剽」而輕易得之。正是在這一認識的基礎上，虞山詩人明確地提出以「有詩」和「無詩」作爲評價詩歌創作的根本標準。在他們看來：辨別「有詩」和「無詩」，實際上就是辨別「眞」和「僞」。「眞」是評價詩歌作品的大前提，這也是虞山詩派和與七子

派分營別壘的重要關隘。

五、推陳出新，具有創見

本節的論述，主要是引用虞山詩派領袖錢謙益在杜詩學諸作中的言論。臺灣學者簡恩定先生的《清初杜詩學研究》，對我在杜詩學方面的各種探索都具有重大的啓發，本節所引用的例子，亦多得益於簡先生。

（一）對杜甫「尊君思想」的創見

杜甫出生在一個深受儒家傳統思想薰陶的封建家庭，「忠君」思想對他來說，可謂本於天然。他在《進〈雕賦〉表》中所謂的「自先君恕、預以降，奉儒守官，未墜素業矣」，就是明證。他嘗自比稷與契，志在「致君堯舜上，再使風俗淳」（《奉贈韋左丞丈二十二韻》），對君主願如「葵藿向太陽，物性固難移」（《自京赴奉先縣詠懷五百字》）。其他表示忠君的詩句還有：「至尊尚蒙塵，幾日休練卒？……胡命其能久？皇綱未宜絕！」（《北征》）；「忽聞哀痛詔，又下聖明朝。」（《收京》）；「已喜皇威清海岱，常思仙仗過崆峒」（《洗兵馬》）；「炎風朔雪天王地，只在忠良翊聖朝！」（《諸將》）；「周宣漢武今王是，孝子忠臣後代看」，「始是乾坤王室正，卻教江漢客魂銷」，「興王會靜妖氛氣，聖壽宜過一萬春！」（《承聞河北諸道節度入朝歡喜口號絕句十二首》）等等，比比皆是。

因此，《唐書·本傳》中宋祁（998～1061）稱其「數嘗寇亂，挺節無所污。爲歌詩，傷時橈弱，情不忘君，人憐其忠云。」而杜詩自北宋末期開始流行後，論者更大力標榜其忠君思想而推崇備至，號稱「詩聖」。對杜甫尊君的思想，最爲推崇的當數北宋蘇軾（1037～1101）。蘇氏贊杜氏云：「古今詩人眾矣，而杜子美爲首，豈非以其流落饑寒，終身不用，而一飯未嘗忘君也歟。」〔註23〕

〔註23〕蘇軾《東坡集》卷二十四《王定國詩集序》，見《四部叢刊初編·經進東坡文集事略》（南宋郎曄注本）（上海：商務印書館，1989 年）。

　　自此以後，論者一提起杜詩的尊君思想，就會引用「一飯不忘君」這句話。在宋人情緒化的推贊聲中，「一飯不忘君」也就偏狹地成了杜詩思想的最大特色。而忠君愛國憂民的觀念，甚至被明代論者用來裁定李白與杜甫詩歌優劣的主要根據。

　　到了清初諸家論杜，這種尊君觀念的承襲，更是達到了極點。如盧世㴒（1588～1653）《讀杜私言》即謂：

　　　　子美一生，戀主憂民，血忱耿炯，與日月齊光，有口皆能言之。而忍窮負氣東柯、西枝間，食柏餐霞，棱棱如鐵；又一飯不忘，數椽必憶，低回感謝，足以寬鄙敦薄。〔註24〕

　　基於此種認識，盧世㴒論杜時，遂大都以忠君信友為著眼點。如《讀杜私言》中曾云：

　　　　《赴奉先縣》及《北征》，肝腸如火，涕淚橫流，讀此而不感動者，其人必不忠。〔註25〕

　　在評注《兩當縣吳十侍御江上宅》「余時忝諍臣，丹陛實咫尺。相看受狼狽，至死難塞責」的詩句時，大力讚揚杜甫說：

　　　　服善悔過，吐膽輸心，俱如是胸襟，自然忠君信友易有之修辭。〔註26〕

　　盧世㴒評論杜甫的五言律詩則謂：

　　　　兩次《收京》，一再《觀兵》，及《夕烽》、《警急》，《王命》、《提封》，《征夫》、《送遠》，《東樓》、《西山》，《散愁》、《遣憤》，《有感》、《有歎》，種種關係，竟是奏疏。〔註27〕

　　凡此種種評論，幾乎無一不是標榜杜詩中所飽含的濃厚忠君思想。

〔註24〕盧世㴒《讀杜私言》卷六，見《尊水園集略》（明崇禎七年盧氏刻本）。

〔註25〕盧世㴒《讀杜私言》卷六，見《尊水園集略》（明崇禎七年盧氏刻本）。

〔註26〕盧世㴒《讀杜私言》卷六，見《尊水園集略》（明崇禎七年盧氏刻本）。

〔註27〕盧世㴒《讀杜私言》卷六，見《尊水園集略》（明崇禎七年盧氏刻本）。

　　錢謙益與盧世㴤交情甚篤,《讀杜小箋》即應盧氏之請而著,因此小箋、二箋中評論杜詩,有關杜詩尊君思想的闡揚,大體與盧氏相類。如:《讀杜小箋》卷上評《上韋左相二十韻》一詩即云:

　　　　見素雖不能用公言,然公之謀國,用意深切如此,千載而下,可以感歎也。〔註28〕

　　其實,由宋代至清代,論者承襲杜詩尊君思想的理由十分簡單,因爲封建專制帝王都喜歡屬下忠心不二。因此,論杜諸家遂大加鼓吹杜甫詩中忠君愛民的情操。特別是有清一代,滿族人以少數民族的身份入主中原,懷柔與高壓並施,文人學子不論是爲了自身利益或爲求明哲保身,高調標識忠君思想就益發顯得重要。

　　然而,將杜詩的偉大成就完全歸功於尊君思想,卻十分值得商榷。有鑒於此,清初論杜諸家,也有由於時代潮流的嬗遞,學術風氣的自覺和政治環境的衝擊而幡然覺醒的。他們清楚地意識到:杜甫詩中雖然不乏忠君愛國的作品,但因杜甫身處唐室之弱衰,身歷安史之離亂,眼見玄宗因寵愛楊貴妃而荒廢國事,導致民不聊生;自然而然就產生了不平之音,所以不必一味死抱著尊君思想而曲加諱避。

　　錢謙益就是最具代表性的評論家。對於杜詩中諷喻君主之處,譏諷朝廷時政不善之作,他都坦然指出,而不受宋人言論所囿,一味死抱忠君思想不放,對一位降清「貳臣」來說,更顯難能可貴。

　　錢謙益的這種認識,自然也和他豐富的史學知識及客觀審察的評論態度息息相關。他本著理性和良知,將杜詩中有所指斥之處一一條陳列出,對有宋以來一味推崇杜詩尊君觀念的風氣而言,可視爲一種自覺的反省,也是杜詩尊君思想轉移的開始。

　　在錢氏的《杜詩錢注》中,這類例子很多,茲列舉數例於下:

1. 《後出塞》五首之四云:「主將位益崇,氣驕凌上都。邊人不敢議,議者死路衢。」錢引《安祿山事迹》云:

　　　　(祿山)自歸范陽,逆狀漸露。使者至,稱疾不見。嚴

介士於前後，戒備，而後見之，無復人臣之禮。中使馮神
威，齎璽書召祿山。祿山踞床不起，但云聖人安穩。或言祿
山反者，玄宗縛送祿山。道路相目，無敢言者。奏還者告祿
山反，乃囚於商州。將送之，遇祿山起兵，乃放之。〔註29〕

這裡，錢謙益毫不保留的指出：安祿山之所以始驕終叛，就是由
於玄宗遇事不明、對安祿山恩寵縱溺所致。由此可見，錢謙益並沒有
如一般注者那樣曲意維護杜甫的尊君思想，而是以史實為根據、秉持
公正態度，探求杜詩的真正面目與精神。

2.《冬日洛城北謁玄元皇帝廟》箋云：

「配極」四句，言玄元廟用宗廟之禮，為不經也。「碧
瓦」四句，譏其宮殿逾制也。……「《道德》付今王」，謂
玄宗親注《道德經》及置崇玄學，然未必知《道德》之意，
亦微詞也。「畫手」以下，記吳生畫圖，冕旒旌旆，炫耀耳
目，為近於兒戲也。《老子》五千言，其要在清靜無為。理
國立身，是故身退則周衰，經傳則漢盛。即令不死，亦當
藏名養拙，安肯憑人降形，為妖為神，以博世主之崇奉也？
「身退」以下四句，一篇諷諭之意，總見於此。〔註30〕

這裡錢氏更直接指出：杜甫這首詩處處都在諷刺玄宗——雖然大
多數是「微詞」，但諷刺之意卻隱含字裏行間，並無宋人所謂尊君之
意。這又是錢氏大膽闖入宋人論杜詩忠君思想禁區的另一明證。

3.《哀王孫》箋云：

當時降賊之臣，必有為賊耳目，搜捕皇孫妃子以獻奉
者，不獨如孝哲輩為賊寵任者也。故曰：「王孫善保千金軀」。
又曰：「哀哉王孫慎勿疏」，危之也，亦戒之也。〔註31〕

錢謙益認為：《哀王孫》一詩主要是在替流落民間的王孫感到擔
心，並未如宋人般說杜甫「愛惜宗室子孫」、「心存社稷」〔註32〕。由此

〔註29〕錢謙益《錢注杜詩》卷三，（北京：中華書局，1958年），頁96。
〔註30〕錢謙益《錢注杜詩》卷九（北京：中華書局，1958年），頁278。
〔註31〕錢謙益《錢注杜詩》卷一（北京：中華書局，1958年），頁44。
〔註32〕張戒《歲寒堂詩話》卷下，見丁福保輯《歷代詩話續編》（中華書局：

可見，錢氏評杜並沒有像宋人那般將尊君思想放在第一要項的位置。

4.《憶昔》二首箋注曰：

　　憶昔之首章，刺代宗也。〔註33〕

5.《至德二載，甫自京金光門出，間道歸鳳翔。乾元初，從左拾遺移華州掾‧與親故別，因出此門，有悲往事》箋云：

　　蓋深歎肅宗之少恩也。〔註34〕

以上二例顯示錢氏對於杜詩中的隱意，對皇室的或刺或歎，率皆直陳指出，並無忌諱。

6.《寄張十二山人彪三十韻》箋云：

　　肅宗賞功，獨厚於靈武從臣，故曰：「文公賞從臣」。

　　引介子推之事以譏之也。〔註35〕

這段箋注，也直接點出杜詩中對皇帝的微言指責，而非一味標榜其尊君思想。

由以上六個例子可明顯看出，錢謙益論杜已能擺脫宋人推崇杜詩尊君觀念的窠臼。這除了因為他精通史學，運用起史料史實來得心應手之外，也因為他每每能坦然指出杜詩中某首某句為刺玄宗，毫不避諱地點出某首某句是譏肅宗。雖然其中也難免有申論過當，難以令人信服之處，但卻大體能擺脫宋人一意曲諱，奢談尊君的毛病，使杜詩的藝術精神，得以重見天日，貢獻十分重大。

錢謙益這種以「史實求事實」的做法，在文學批評理論史上更顯得意義非凡。在他首開風氣之先河以後，以事實求證和援史論詩進行理性批評的方式，繼續引領杜詩的研究走向另一條嶄新的道路。

1983 年）。

〔註33〕錢謙益《錢注杜詩》上冊，卷五（北京：中華書局，1958 年），頁155。

〔註34〕錢謙益《錢注杜詩》上冊，卷十（北京：中華書局，1958 年），頁338。

〔註35〕錢謙益《錢注杜詩》上冊，卷十（北京：中華書局，1958 年），頁366。

（二）對杜甫「無一字無來處」的創見

在尊杜的風氣被客觀的批評態度抑止之後，接下來的就是對杜詩「無一字無來處」的質疑。作爲虞山詩派的領袖，錢謙益對於前人所強調的杜甫忠君的思想和無一字無來處的說法，並沒有盲目地接受。因此，他談杜詩的忠君思想，有繼承也有創新；對「無一字無來處」的主張，更是大力反對。他大膽提出的「注杜不必皆有來處」的論見，更可謂創舉。

須知，唐代非常重視詩人、文士的即興急才，因此對於杜甫這樣一位想要「語不驚人死不休」而務求字斟句酌、千錘百煉的詩人，並不怎麼重視。後來雖有元稹（779～831）的大力鼓吹，謂爲「盡得古今體勢而兼人人之所獨專」，但是究竟言微力薄，無法激起多大的回響。

至北宋蘇軾宣揚杜甫的忠君思想，和黃庭堅（1045～1105）鼓吹杜詩「無一字無來處」後，杜詩才漸漸引起人們的注意。黃山谷在《答洪駒父書》中說：

> 自作語最難，老杜作詩，退之作文，無一字無來處。

蓋後人讀書少，故謂韓、杜自作此語耳。〔註36〕

自此以後，說解杜詩者，皆津津樂道於這種無一字無來處的論調，甚至穿鑿附會，無所不用其極。如《望嶽》詩云：

> 會當凌絕頂，一覽眾山小。〔註37〕

這本是登高所見之景，不須強求出處。然而，南宋詩人王十朋（1112～1171）的《王狀元集百家注編年杜陵詩史》卻引北宋藏書家、目錄學家王洙（997～1057）之言謂：

> 孟子曰：「孔子登東山而小魯，登太山而小天下。」楊
> 子升東嶽而知眾山之迤邐也。〔註38〕

〔註36〕《答秦觀書》。此處引自《中國古代文學理論辭典》（吉林：文史出版社，1985 年），頁 526。

〔註37〕朱鶴齡《杜工部集》（康熙九年刊本，中文出版社縮印），頁 5。

〔註38〕王十朋《王狀元集百家注編年杜陵詩史三十二卷》卷一（蘇州：江蘇省立圖書館縮印清宣統三年影宋本）。

宋代蜀中注杜名家師尹更進一步引申成「當安史之亂，僭稱尊號，天子蒙塵，其朝宗之意為如何？甫望嶽之作末章云：『一覽眾山小』，固知安史之徒，乃培塿之細者，又何足以上抗巖巖之大也哉。」〔註39〕

這種先替杜詩強尋出處，而後再加以引申附會的例子，在宋人注杜中，可謂屢見不鮮。再如《奉贈韋左丞丈二十二韻》中「儒冠多誤身」一句，王洙云：

> 前漢酈食其傳：「沛公不喜儒，諸客冠儒來者，沛公輒解其冠溺其中。與人言，常漫罵。」又引趙次公言曰：「以孔子有絕糧削迹事」，則儒冠多誤身可知也。〔註40〕

在《注杜詩略例》中，錢謙益就毫不客氣地指責宋人注杜之失有八：

1. 偽託古人
2. 偽造故事
3. 傅會前史
4. 偽撰人名
5. 改竄古書
6. 顛倒事實
7. 強釋文義
8. 錯亂地理

這些都是針對宋人解杜必強尋其來處和杜詩皆有比託的毛病而提出的。他在箋注杜詩時，屢次加以痛斥。宋人深信黃山谷（1045～1105）杜詩無一字無來處之失，不但造成注杜必有出處的劣習，論杜詩還往往流於穿鑿附會，扭曲了詩歌作者的本意。因為文學創作到底是屬於一種感性的活動，很多時候只是為了表達作者瞬息間的感受，是一種直覺的觀照。用典用事則須理性的思考，一般上很難與瞬

〔註39〕王十朋《王狀元集百家注編年杜陵詩史三十二卷》卷一（蘇州：江蘇省立圖書館縮印清宣統三年影宋本）。

〔註40〕王十朋《王狀元集百家注編年杜陵詩史三十二卷》卷三。

息的感受迅速結合。宋人拘泥於杜詩無一字無來處，反而失去感受作者心靈深處美感經驗重現的機會。錢謙益深切瞭解這點，因此大力批評宋人注杜必求出處的習性。例子如：

1. 《錢注杜詩》卷六《蠶谷行》詩後云：

無有一城無甲兵，言天下皆是兵也。鶴必欲舉某年某事以實之，可謂固失！〔註41〕

詳閱杜甫此詩，「天下郡國向萬城，無有一城無甲兵」之意，的確只是一種泛論，亦即錢氏所言的「天下皆兵」或哀鴻遍地，戰火處處之意，何必舉某年某事加以牽繫？

2. 《錢注杜詩》卷九《贈李白》詩後云：

按：太白性倜儻，好縱橫術。魏顥稱其眸子炯然，哆如餓虎。少任俠，手刃數人。故公以飛揚跋扈目之，猶云：「平生飛動意」也。舊注俱太謬。〔註42〕

錢氏此言主要是針對宋人王十朋《王狀元集百家注編年杜陵詩史》中的言論而發。王洙曰：「跋扈，強梁也。質帝以梁冀橫當朝，群臣目冀曰：『此跋扈公史。齊高祖謂世子曰：侯景專制河南十四年，常有跋扈飛揚之心。」師尹更就此引申成「甫與李白有就丹砂之志，今相顧飄蓬，故於葛洪有所愧也。飛揚跋扈，指祿山必為亂也。」

細考杜詩「秋來相顧尚飄蓬，未就丹砂愧葛洪。痛飲狂歌空度日，飛揚跋扈為誰雄？」這四句，正是李白形象的最佳寫照。錢謙益「太白性倜儻，好縱橫術」的評語，實乃最貼近原詩意思的注腳，根本不必像王、師二人那般牽強附會，為力求杜詩出處而硬把強梁叛將拉進來。

再如他箋注《洗兵馬》一詩時，就以其精熟的唐史作為考據的基礎，引據詳明，筆陳縱橫，秉承史實，點出杜甫直刺肅宗，真正做到了他自己說的「鑿開鴻蒙，手洗日月」。而浦起龍（1679～1762）卻

〔註41〕錢謙益《錢注杜詩》卷六（北京：中華書局，1958 年），頁 173。
〔註42〕錢謙益《錢注杜詩》卷九（北京：中華書局，1958 年），頁 290。

說他是「輕薄人」，認為這是錢氏「私智結習，揣量周內」之詞，這顯然是浦起龍死抱著杜甫「一飯不忘君」和「溫柔敦厚，詩之教也」的陳腐觀念，以為忠君愛國的儒家詩聖對於帝王是不會有所諷刺的。

由上論可知，杜甫雖然有時喜用繁俗僻典，但如宋人般一味力求杜詩字句出處和強調老杜的每飯必思君，必將淪為附會穿鑿，落人譏諷。前曾指出，詩歌的創作，原本就是詩人心靈對外物的感應而產生的微妙變化，其中感性多於理性，有時雖偶然與前人事迹相符，卻未必盡是承襲前人而作。錢謙益注杜態度嚴謹，慧眼獨具，首倡注杜不必皆有出處，可謂清初對「無一字無來處」提出質疑的第一人。而他的理論基礎，就是以其豐富的史學知識，輔以嚴謹詳實的考證態度。這種站在前人既有的研究成果上加以探討，不盲從而作出毫無根據的臆測的批評方式，不但能更精確的推論事實真相，也更能完整地進入杜甫的詩心，恢復杜詩的本來面貌。同時，這種務實論學的作風，也具有承先啟後的作用。

錢謙益杜詩學的創見，除了不力主杜甫忠君、注杜不需皆有來處外，還包括「以詩補史」的觀念，注重杜詩「比物託興，意在言外」技巧的闡述等等。

六、保留前人著作善本，功不可沒

明末清初常熟虞山藏書家的收藏愛好，極其深遠地影響了中國藏書界嗜藏宋元舊版書籍和偏愛明清精鈔本書籍的風氣。而虞山的藏書家之中，有好些都是虞山詩派的詩人或論者，所以所藏之書，有相當大的部分是前人的詩集和詩論著作。

清代藏書家葉德輝（1864～1927）說：「國朝藏書尚宋元版之風，始於虞山錢謙益絳雲樓、毛晉汲古閣」。他在《書林清話》卷十中還說：「自錢牧齋、毛子晉先後提倡宋元舊制，季滄葦、錢述古、徐傳是繼之，流於乾、嘉，古刻愈稀，嗜書者眾。零篇斷葉，寶如球琳，蓋已成為一種漢石柴窯，雖殘碑破器，有不惜重貲以購者矣。」

　　文中所提及的五人，無一不是虞山詩人或論者。同時，在明清以來「最爲藏書家所秘寶」的十三家鈔本中，虞山詩人的藏書家就佔了五家，包括：毛晉汲古閣鈔本；馮舒、馮班、馮知十鈔本；錢謙益絳雲樓鈔本；錢曾述古堂鈔本和錢謙貞（1593～1646）竹深堂鈔本。〔註43〕

　　因此，蘇州藏書家潘祖蔭（字伯寅，號鄭庵，1830～1890）在輯刊《滂喜齋叢書》時，序所刊常熟藏書家陳揆（字子準，1780～1825）《稽瑞樓書目》云：「吾鄉藏書家以常熟爲最。常熟有兩派：一專收宋槧，始於錢氏絳雲樓、毛氏汲古閣，而席氏玉照殿之；一專收精鈔，亦始於錢氏遵王、陸孟鳧，而曹彬侯殿之。」

　　毛晉（字子晉，1599～1659）從壯年即遊於錢謙益，在藏書、刻書活動方面也得益於錢謙益。毛氏曾高懸賞格求購宋本和舊鈔：

　　　　有以宋槧本至者，門內主人計葉酬錢，每葉出二百；

　　　　有以舊鈔本至者，每葉出四十；

　　　　有以時下善本至者，別家出一千，主人出一千二百。

　　汲古閣藏書84000餘冊，其中許多宋元之本，都是毛晉高價收購所得。

　　錢謙益的絳雲樓，藏書也非常豐富，他箋注杜詩時，本來是依蔡本，後來又得吳若本善本，因此錢注多據吳若本。而其注杜之特點，就是廣收吳若本題注、詩注、異文，包括「吳作某」及「某作某」等，同時將「吳若本後記」載之附錄。這對於保留杜詩善本，特別是使到最爲近古之宋本杜集的部分面目，得以流傳至今。

　　總之，虞山詩人的讀書風氣、愛書嗜好和藏書習慣，使得許多前人著作的宋元舊版和明清精鈔本的善本得以大量保留，貢獻至大。

第二節　缺　點

　　虞山詩派的詩論雖然有許多優點，但由於詩派主腦人物錢謙益個

〔註43〕葉德輝《書林清話》卷九、卷十（北京：中華書局，1957年），頁291、254～276。

人主觀心太強，自信太過，加上以文壇領袖的身份與後輩朱長孺（鶴齡，1606～1683）的一場「意氣之爭」，使到他對朱注常有指斥過當之處，致使其杜詩學的內容出現白璧微瑕的小疵，也使虞山詩派的詩論蒙上了陰影。

　　本節在探討虞山詩派詩論的缺點時，將以錢謙益杜詩學的一些疏忽遺漏之處，與「朱注」的某些實例稍作比較，希望能廓清「錢朱之爭」的本來面目。

一、言辭過激，偶失平允

　　浦起龍（1679～1762）《讀杜心解・凡例》中云：

> 老杜天資淳厚，倫理最篤。虞山輕薄人，每及明皇晚節，肅宗內蔽，廣平居儲諸事迹，率以私智結習，揣量周內，因之編次失倫，指斥過當。〔註44〕

　　這段評語雖然顯示了浦起龍死抱著杜甫一飯不忘君的落後思想，卻也指出錢謙益因為主觀意識太強，以致犯上指斥過當的毛病。此外，若就錢謙益與朱鶴齡（1606～1683）反目而致各自刻書的整個事件來看，也可看出錢謙益的主觀與固執。錢謙益對朱鶴齡的不滿，主要是朱鶴齡的注文中，有許多地方不合錢謙益的意思，偏又不肯隨錢謙益的意見加以更正。平心而論，錢謙益雖然學貫古今，博學多才；但是對詩句引事釋文，很多時候還是要靠注者的想像，以意逆志，回頭揣測作者原來的意思。這中間就牽涉到欣賞與評論角度的不同，個人心靈內涵的高下而領會有所不同等問題。否則以杜甫在宋代那種如日方中的受寵程度，就不會有歐陽修「不甚喜杜詩」和楊億說杜老是「村夫子」（二語皆見於北宋劉攽《中山詩話》）的評語了。因此，錢謙益要求朱鶴齡依自己的主觀意見更改注文，殊不知朱鶴齡也有自己的主觀意見啊。難怪清初學者潘耒（1646～1708）要在《書杜詩錢箋後》說他「自矜獨得」〔註45〕了！

〔註44〕浦起龍《讀杜心解・凡例》（北京：中華書局，1961年），頁6。
〔註45〕周采泉《杜集書錄》（上海：古籍出版社，1986年），頁161。

就以《諸將》五首之三（韓公本意築三城）來說，錢注云：

> 往予沿襲舊聞，謂責諸將不應借助於回紇。當盜發幽陵，天子西走，汾陽提朔方孤軍，轉戰逐北。香積之竄伏，西嶺之卻回，非回紇協力奮擊，或出其背，或出其後，勝負未決，兩都之收復，未可知也。當此之時，能預料其怙恩肆略，逆而拒之乎？魏勃曰：「失火之家，當先白大人，後救火乎？」此切喻也。故吾謂豈謂盡煩云云，乃俯仰感歎之詞。非以是謀國不臧而有所彈刺也。有言末章二句，屬勸勉汾陽之詞。汾陽自相州罷歸，部曲離散。承詔日，麾下才數十騎。僅免於朝恩、元振交口謷醢。少陵於此時，惜之可也，訟之可也，又何庸執三寸之管，把其短長乎？《新書》亦謂太宗能用突厥，而肅宗不能用回紇。兔園書生，不識世務，鈔略論斷，妄談兵事。如此類者，皆可以一笑也。〔註46〕

朱鶴齡《杜工部詩集輯注二十卷》（下皆簡稱《朱注》）曰：「此諸將之借助於回紇也。自回紇助順，肅宗之復兩京，雍王之討朝義，皆用回紇兵力，卒之恃功侵擾，反合吐蕃入寇。公故追感晉陽起義之盛而歎諸將之不能為天子分憂也。」又引《杜詩博議》謂：「⋯⋯然太宗龍興晉陽，亦嘗請兵突厥，內平隋亂。其後突厥恃功直犯渭橋，卒能以計摧滅之。此不獨太宗之神武，亦由英衛二公專征之力也。故繼之曰：獨使至尊憂社稷，諸公何以答升平。所以勉子儀者至矣！」〔註47〕

以上兩段注文，錢謙益雖然在理，可是他遣詞用句的尖酸刻薄，譏嘲朱鶴齡是「兔園書生，不識世務，鈔略論斷，妄談兵事」等，不但火藥味衝天，而且指斥責難，聲色俱厲，恐怕有失長輩身份。

此外，錢謙益雖然學問淵博，考據詳實，但有時也犯上創作人

〔註46〕錢謙益《錢注杜詩》卷十五（北京：中華書局，1958 年），頁 515～516。

〔註47〕朱鶴齡《杜工部詩集》卷十三（臺北：中文出版社，1957 年），頁1155～1156。

感性太重，主觀心太強的毛病，自然難免有誤解杜詩本意之處，例子如：

1. 《月夜》（今夜鄜州月）一詩，錢謙益主觀地認為詩中「未解憶長安」的「小兒女」是指肅宗和張后，引起許多論者的非議，如清蔡澄《雞窗叢話》就批評他：

   古來文人而失節者，往往以修史為辭，如危素、錢謙益輩是也。錢之才學固大，只可觀其詩文，若議論古今是非得失，則大有謬亂處。所注杜詩《今夜鄜州月》一首，以小兒女謂指肅宗，悖謬極矣。〔註48〕（按：危素，1295～1372，元、明換代時期歷史學家、文學家）

   趙翼（1727～1814）《甌北詩話》亦云：

   余讀錢箋杜詩，而知錢之為小人也。少陵「鄜州月」一詩所云「兒女」者，自己之兒女也。錢以為指肅宗與張后而言，則不特心術不端，而且與下文「雙照淚痕乾」之句，亦不連貫。善乎黃山谷之言曰：「少陵之詩，所以獨絕千古者，為其即景言情，存人忠厚故也。」若寸寸節節，皆以為有所刺，則少陵之詩掃地矣！〔註49〕

   雖然蔡澄和趙翼在言語間都對錢謙益極盡諷刺挖苦之能事，但對錢注謬誤處的批評卻一針見血、切中要害。

2. 《兵車行》詩後錢注云：「是時國忠方貴盛，未敢斥言之，雜舉河隴之事，錯牙其詞。若不為南詔而發者，此作者之深意也。」〔註50〕

   《朱注》卷一引《杜詩博義》曰：

   按：玄宗季年，窮兵吐蕃，征戍驛騷，內郡幾遍。當時點行愁怨者，不獨征南一役。故公託為征夫自訴之詞，以諷切之。若云懼楊國忠貴盛而詭其詞於關西，則尤不然。太白《古風》云：「渡瀘及五月，將赴雲南征。怯卒非戰士，

〔註48〕蔡澄《雞窗叢話》（廣文本），頁69～70。
〔註49〕周采泉《杜集書錄》（上海：古籍出版社，1986年），頁157。
〔註50〕錢謙益《錢注杜詩》卷一（北京：中華書局，1958年），頁9。

炎方難遠行。長號別嚴親，日月慘光晶。泣盡繼以血，心
摧兩無聲。」已明刺之矣！太白胡獨不畏國忠耶？〔註51〕

　　平心而論，唐代詩人作詩，常常直賦其事而不諱言。如杜甫《贈
花卿》詩中的「錦城絲管日紛紛，半入江風半入雲。此曲只應天上有，
人間能得幾回聞？」〔註52〕即諷刺居功自傲，驕恣不法的將領花敬
定在蜀生活的奢淫無度，其中並無避諱，也無錯牙其詞。由此可見，
錢謙益若不是誤解了杜詩的本意，就很可能是因為自己身為降臣而
對權貴有所顧忌，以致在箋注杜詩時「言辭閃爍」，甚至「委曲求
全」。

　　3. 《乾元中寓居同谷縣作歌七首》之六（南有龍兮在山湫），錢
　　　謙益於詩後注云：

　　　　吳若本注云：此篇為明皇作也。明皇以至德二載至蜀，
　　　居興慶宮，謂之南內。明年改元乾元，時持盈公主往來
　　　宮中。李輔國常陰候其隙而間之，故上元二年，帝遷西內。」
　　〔註53〕

《朱注》則引《杜詩博議》云：

　　　　前後六章皆自序流離之感，不應此章獨譏時事。此蓋
　　　詠同穀萬丈潭之龍也。龍蟄而蝮蛇來遊，或自傷龍蛇之混，
　　　初無指切。古人詩文取喻於龍者不一，未嘗專指九五之
　　　象。〔註54〕

　　如果我們順著杜甫感情思路的發展，慢慢探索杜甫寓居同谷縣
的蒼涼心境，我們就會發現：朱鶴齡的注文是比較能貼近杜詩本意
的。錢謙益以皇家事故視之，給人一種突兀之感，與杜詩的感情脈
絡格格不入。

　　由於錢謙益個人聲望極高，加上他又是一個重視交遊、善於臨

〔註51〕朱鶴齡《杜工部詩集》卷一（臺北：中文出版社，1957年），頁166
　　　～167。
〔註52〕錢謙益《錢注杜詩》卷十一（北京：中華書局，1958年），頁389。
〔註53〕錢謙益《錢注杜詩》卷三（北京：中華書局，1958年），頁107。
〔註54〕朱鶴齡《杜工部詩集》卷七（臺北：中文出版社，1957年），頁635。

文潤情，樂於援翰提攜的文壇前輩；所以在他所撰寫的《列朝詩集小傳》和其他的序、跋、贊、論中，對一般影響不太大的作家及文學後進都相當寬厚，片善不掩，充分發掘其長，激賞之餘還助其競騁，這就難免流出溢美之辭。相反地，對那些有負面影響、能左右風氣的他派盟主、輔臣或敵對陣營的新進，錢謙益則相當峻厲，斥責駁難而不留情面，摧陷抨擊而不遺餘力。這顯然是錢謙益胸中有情緒，筆下負意氣，所以格量人物每多寬嚴之別，時見親疏之分。在褒揚貶棄之間未必完全適度，導致他的某些評論文字可讀性高但可信度低。例如針對竟陵派不留餘地的「昌言排擊」，就顯得有點意氣用事。

近代詩人陳衍（1856～1937）在《石遺室詩話》卷六中，曾列舉鍾惺詩文集《隱秀軒集》中許多賞心悅目的詩句，並意味深長地說：「亦不過中晚唐之詩而已，何至大驚小怪？」至於竟陵派的詩論，《石遺室詩話》卷二十三也有「鍾、譚於詩學，雖不甚淺，他學問實未有得，故說詩既不能觸處洞然，自不能拋磚落地」的批評，但他一方面舉出若干「以艱深文固陋」的反面例子，同時又舉出一些「鍾、譚評詩亦有甚當者」的正面例子，與錢謙益之論相比，似乎平允許多。

二、求新太甚，求博太過

潘耒（1646～1708）《書杜詩錢箋後》云：

> 牧齋學問閎博，考據精詳……但求新太過，亦時有此失。如以「黃河十月冰」為檻蓋之冰（按：《故武衛將軍輓歌》第二首），箋引《左傳》；《塞蘆子》非壅塞之塞，以「煎膠續弦」為美饌愈疾（按：《病後過王倚飲贈歌》），以范叔歸秦為欲去國忠，以關張耿鄧為自喻，以「前後三持節」（按：《諸將·其五》）為杜鴻漸，種種曲解，皆迂僻難通，所謂目覷秋毫不能自見其睫也。〔註55〕

〔註55〕周采泉《杜集書錄》（上海：古籍出版社，1986年），頁161。

可見錢謙益爲了要標立創見，結果反而犯了求新太過的毛病，遭人非議。此外，他也有爲顯耀淵博學識而失之過分求博的地方。如《送賈閣老出汝州》「人生五馬貴」〔註56〕這一句的注解，就被朱氏駁斥云：

> 五馬雖無明證，然《古樂府》：「使君從南來，五馬立踟躕」，可證太守五馬，漢時已有之。今卻引宋人《五色線集》北齊柳元伯事，此何異流俗類書所收，王羲之爲永嘉太守，庭列五馬乎？〔註57〕

這是由於錢謙益箋注漢制「以五馬爲太守美稱」之餘，又引北宋陳正敏（生卒年不詳）《遯齋閒覽》及宋人王觀國（約1140年前後在世）《學林》的資料，內涉宋人《五色線集》，及《北齊書・柳元伯傳》所載柳家五子同時領郡，五馬參差於庭，故時人呼太守爲「五馬」的長篇大論來詳細說明，犯了賣弄學問、過分求博的毛病。

具有豐富史學知識的錢謙益，有時卻因爲過於自信，加上好勝心又強，無可避免的與人發生意氣之爭，結果錯下結論。例子如：

1. 《奉贈太常張卿二十韻》一詩《錢注》曰：「《舊書・均傳》云：均、垍皆能文。說在中書，兄弟已掌綸翰之任。九載，遷刑部尙書，自以才名當爲宰輔。楊國忠用事，罷陳希烈知政事，引韋見素代之，仍以均爲大理卿，均大失望。《垍傳》云：天寶十三載，盡逐張垍兄弟，出均爲建安太守，垍爲盧溪郡司馬。歲中召還，再遷爲太常卿。據此，則均於歲中召還之後，自大理卿遷太常卿，故云再遷也。《新書》云：均還授大理卿，垍授太常卿。《通鑑》亦仍其誤，又書太常卿垍爲翰林貢奉，在盧溪未貶之前，則失之遠矣。黃鶴欲改此詩爲贈垍，則又仍《新書》、《通鑑》之誤也。」〔註58〕

朱注云：「按《舊書・均傳》云：九載遷刑部尙書，自以才名當爲宰輔。楊國忠用事，罷陳希烈，引韋見素代之，仍以均爲大理卿，

〔註56〕錢謙益《錢注杜詩》卷十（北京：中華書局，1958年），頁332。
〔註57〕朱鶴齡《杜工部詩集》卷四（臺北：中文出版社，1957年），頁420。
〔註58〕錢謙益《錢注杜詩》卷九（北京：中華書局，1958年），頁283。

均大失望。《珀傳》云：十三載，盡逐張珀兄弟，出均爲建安太守，珀爲盧溪司馬。歲中召還，再遷爲太常卿。《新書》：均還授大理卿，珀授太常卿，與《舊書》合。《通鑑》亦云：至德元載五月，太常卿張珀薦虢王巨有勇略。此詩是贈珀甚明。舊本都作贈均，乃刀筆之訛耳。」〔註59〕

《錢注》與《朱注》的不同，在於錢謙益認爲這首詩是杜甫贈張均之作，而朱鶴齡則認爲是贈張珀之作。臺灣大學彭毅教授在《錢牧齋箋注杜詩補》中云：「按《舊書》卷九十張均傳：均歷官戶部侍郎、饒州刺史，復以太子左庶子徵爲戶部侍郎，遷刑部尚書，卒爲大理卿。而史不言其嘗爲太常卿也。考同書同卷張珀傳，天寶十三載盡逐張珀兄弟，出均爲建安太守，珀爲盧溪郡司馬。歲中召還，再遷爲太常卿。同書卷九玄宗紀天寶十三載三月丁酉，太常卿張珀貶盧溪郡司馬。《新書》卷一二五張珀傳亦云：歲中還，珀爲太常卿。紀與傳之太常卿，雖於貶司馬之前後不同，然太常卿爲珀則甚明，故此詩必爲贈均者。」〔註60〕

由此可見，朱鶴齡的說法是正確的，反而是錢謙益錯引了史書，論點難以成立。

2.《去矣行》一詩，《錢注》云：「鮑欽止曰：天寶十四載，公在率府，數上賦頌，不蒙採錄。欲辭職，遂作去矣行。」〔註61〕

《朱注》則曰：「按此作與《貧交行》、《白絲行》，皆不知因何而作，舊法穿鑿，今悉削之。」〔註62〕

如果我們仔細考究此詩內容，會發現朱鶴齡的說法較公允，而錢氏雖極力強調注杜「不必皆有出處」，卻錯將此詩繫之以時事，難怪朱鶴齡會說他穿鑿附會了。

〔註59〕朱鶴齡《杜工部詩集》卷二（臺北：中文出版社，1957年），頁251～252。

〔註60〕彭毅《錢牧齋箋注杜詩補》（臺北：臺大文史叢刊，1964年）。

〔註61〕《錢注杜詩》卷一（北京：中華書局，1958年），頁34。

〔註62〕朱鶴齡《杜工部詩集》卷二（臺北：中文出版社，1957年），頁286。

3.《解悶》十二首之三：「何人爲覓鄭瓜州」一句，錢本的「瓜」一作「袁」，故將「袁州」當「瓜州」。所以《錢注》云：「鄭審，大曆中爲袁州刺史。瓜州，必袁州之僞也。」〔註63〕

《朱注》則云：「瓜州見張禮《遊城南記》。今云：鄭審，大曆中爲袁州刺史。審刺袁州，安知不在子美沒後乎？」〔註64〕

據杜甫《秋日夔府詠懷奉寄鄭監李賓客一百韻》和《赤甲》中所寫的「荊州鄭薛寄詩近」〔註65〕詩句來看，都應是大曆時詩，而當時鄭審並非袁州刺史。可見錢氏因爲試圖自圓其說而犯上了時間和地理上的謬誤，才會有此把柄，爲朱鶴齡所垢病。

4.《登高》（風急天高猿嘯哀）一詩，《錢注》：「在成都及錦江梓州作。」〔註66〕

《朱注》：「舊編成都詩內，按：詩有猿嘯哀之句，定在夔州作。」〔註67〕

5.《寄李十四員外布十二韻》一詩，《錢注》：「居閬州及再至成都作。」〔註68〕

《朱注》：「詩云：巫峽將之郡，荊門好附書。又云：黃牛平駕浪，畫鷁上淩虛。明是溯流而上，以至萬州。舊編廣德二年成都作，乃是順流下峽，不當曰：上淩虛。且荊門在萬州之下，無由至此附書也……草堂本次大曆四年湘江詩內，今從之。」〔註69〕

〔註63〕錢謙益《錢注杜詩》卷十五（北京：中華書局，1958年），頁528。

〔註64〕朱鶴齡《杜工部詩集》卷十七（臺北：中文出版社，1957年），頁1437。

〔註65〕《秋日》一詩，見《錢注杜詩》卷十五，頁518；《赤甲》則於卷十四，頁485。「荊州」一句，來自後者，詩云：「荊州鄭薛寄書近，蜀客都岑非我鄰。」錢氏注云：「鄭、薛，即鄭審、薛據也。」

〔註66〕錢謙益《錢注杜詩》卷十二（北京：中華書局，1958年），頁433。

〔註67〕朱鶴齡《杜工部詩集》卷十七（臺北：中文出版社，1957年），頁1473。

〔註68〕錢謙益《錢注杜詩》卷十三（北京：中華書局，1958年），頁458。

〔註69〕朱鶴齡《杜工部詩集》卷二十（臺北：中文出版社，1957年），頁1699。

6. 在《幽人》詩中，《錢注》：「寓泰州及同谷縣行赴蜀中作。」〔註70〕

《朱注》：「詩末有五湖浩蕩語，必居湖南時作也。草堂本編潭州詩內，今從之。」〔註71〕

以上從《登高》至《幽人》的三首詩裏，錢謙益和朱鶴齡對編年和地理的看法不盡相同。錢謙益的歷史知識儘管淵博紮實，朱鶴齡卻能在「詩中求實」，從杜甫詩句中找出證據，似乎也比錢謙益稍勝一籌。

三、主觀太強、穿鑿附會

清陳僅（1787～1869）《竹林答問》中載：

陳詩香問：「虞山詩箋何如？」陳僅答：「杜詩注自當以錢箋爲第一，其附會穿鑿不可從者，前人已論之矣。」〔註72〕

陳僅的評論十分公允，錢謙益的確可稱得上是杜詩箋注第一人。但他之所以穿鑿附會，其中一個原因就是主觀太強，以致加入太多揣度猜測的成份所致。今人洪業博士（1893～1980）於《杜詩引得・序》中即云：

錢氏求於言外之意，以靈悟自賞，其失也鑿……，可謂一針見血。因爲錢謙益過度重視詩中比興之法的探討，嘗以靈心悟性，追求杜詩的言外之意，詩外之詩，因此每多揣測之詞。他雖曾抨擊宋人析解杜詩時，一字一句皆有比託之法，但又身不由己的重蹈前人覆轍，反而被後人攻擊。〔註73〕

徐世溥（1608～1658）《復牧齋書》即云：

〔註70〕錢謙益《錢注杜詩》卷三（北京：中華書局，1958 年），頁 84。
〔註71〕朱鶴齡《杜工部詩集》卷二十（臺北：中文出版社，1957 年），頁 1730。
〔註72〕周采泉《杜集書錄》（上海：古籍出版社，1986 年），頁 156。
〔註73〕洪業《杜詩引得・序》（臺北：中文資料研究服務中心，1966 年），頁 lvi。

夫繹《國風》者，常失之淺；解《雅》、《頌》者，常
失其深。杜子美忠君愛國，顛沛不忘，感時諷事，援引極
博；後世多不能究其出處，是以不能明其旨意所在，至牧齋
而始發之。然竊謂考據確核之中，勿涉穿鑿附會之態，則作
者之意，更不患求明而反晦，此又溥所效於先生耳。〔註74〕

錢謙益雖然提倡「注杜不必皆有出處」，可是自己卻也犯上爲杜
詩字句強作解人的毛病，其牽強附會、硬套事典的例子有：

1. 《麗人行》詩中「炙手可熱勢絕倫」一句，《錢注》：「《唐語
林》云：進士舉人，各樹名甲。開成、會昌中，語曰：鄭、楊、段、
薛，炙手可熱。蓋唐時長安市語如此。」〔註75〕

《朱注》：「《兩京新記》：安樂公主，上之季妹也。附會韋氏，熱
可炙手，道路懼焉。崔顥（704？～754）詩：莫言炙手手可熱，須臾
火盡灰亦滅。」〔註76〕

朱鶴齡認爲錢氏所引的北宋箋註小說家王讜《唐語林》之說時
代太晚，開成、會昌都在杜甫之後，因此不採納錢謙益之說而以《兩
京新記》另加注解。

2. 《崔駙馬山亭宴集》詩中「詩成得繡袍」句，《錢注》：「《唐
會要》：天授二年，內出繡袍，賜新除都督刺史。其袍皆刺繡作山形，
繞山勒迴文。又延載元年，內出繡袍，賜文武官三品以上。其袍文，
宰相飾之以鳳池，尙書飾之以對雁，舒襟皆各爲迴文。」〔註77〕

《朱注》：「《舊唐書》：則天幸洛陽龍門，令從官賦詩，先成者以
錦袍賜之。」〔註78〕

仔細考察就不難發現，錢謙益所引雖細，但卻不甚切合詩題原

〔註74〕 徐世溥《復牧齋書》，《江變紀略》卷一，見《豫章叢書》第二集（江
　　　　西：教育出版社，2002年）。
〔註75〕 錢謙益《錢注杜詩》卷一（北京：中華書局，1958年），頁24。
〔註76〕 朱鶴齡《杜工部詩集》卷二（北京：中華書局，1958年），頁217。
〔註77〕 錢謙益《錢注杜詩》卷九（北京：中華書局，1958年），頁305。
〔註78〕 朱鶴齡《杜工部詩集》卷二（北京：中華書局，1958年），頁232～
　　　　333。

旨。

3.《魏將軍歌》:「臨江節士安足數」。《錢注》:「宋陸厥有《臨江王節士歌》。」〔註79〕

《朱注》:「按《漢書》:景帝廢太子爲臨江王,後來侵廟埄爲官,徵入,自殺。時人悲之,故爲作歌。愁思節士無考,本是二人,累言之,故及也。陸韓卿所作,乃合爲《臨江王節士》,其誤與中山孺子妾歌同。哀江南賦:臨江王有愁思之歌,又因此而誤。太白擬作,亦相沿未改。」〔註80〕

以上兩段注文,錢朱二人雖同指南朝宋、齊間文學家陸厥(472~499)有《臨江王節士歌》,然而朱鶴齡卻考出節士本是二人。他又引《漢書・藝文志》有《臨江王》及《愁思節士歌》四篇詩爲證,論證比錢箋細緻一些。

總的來說,雖然虞山詩派的詩論得失皆有,但仍不失爲研究明末清初詩歌流派和文學思想的重要參考資料。最重要的是,詩派領袖錢謙益以降清貳臣身份箋注杜詩,卻能在清朝高壓政策底下,矢言杜甫未盡尊君,力倡杜甫也有諷刺皇帝的詩作,的確讓人佩服。再者,他的箋注雖有些缺點,但卻僅屬小疵,不足以掩蓋其偉大成就之光華。因此,雖然在乾隆三十四年己丑(1769)時大興文字獄,以錢謙益所著的《初學集》和《有學集》內語涉誹謗,詔令銷毀他的一切著作,連帶《錢注杜詩》也不能倖免;而且還惟恐剷除不盡,又於乾隆四十一年中(1776)再來一次「盡毀錢謙益一切著作」!可是錢氏的精銳言論,還是有收藏家將之改頭換面地加以保存,由此更證明其言論之價值。這是虞山詩派之幸,也是中國文學理論批評史之幸。

本節所論,有多處是把錢謙益的杜詩學著作與朱鶴齡的著作《杜工部詩集輯注二十卷》相互比較而得。然而現下回想起來,朱鶴齡自順治十二年(1655)獲得錢謙益絳雲樓藏書《箋注元稿》,直至康熙

〔註79〕錢謙益《錢注杜詩》卷八(北京:中華書局,1958年),頁247。
〔註80〕朱鶴齡《杜工部詩集》卷二(北京:中華書局,1958年),頁276。

元年（1662）寫成《朱氏元稿》，這歷時八年的研究揣摩中，其實從錢謙益處觀摩獲益匪淺，雖然後來兩人意見相左、不歡而散，但朱鶴齡在書中竟無隻字謝忱，其爲人心胸之狹窄，亦由此可見一斑。

第三節　虞山詩派詩論的影響

　　虞山詩人在詩歌理論上的許多創見，有繼承前人的部份，也有些是因爲對當時文學思潮的不滿而創發的。虞山詩人在繼承前人的論見時，並不是生吞活剝地照單全收，而是批判性的接受；他們在抨擊同時代的詩論作者時，雖然有時指斥過當，但大都十分切要、中允。因此，虞山詩派的詩論在有清一代，一直被學者奉爲圭臬，影響十分深遠。除了虞山詩派的傳人、錢謙益的族人、二馮的親人之外，還有賀裳（約 1681 前後在世）、吳喬（1611～1695）、趙執信（1662～1744）、王夫之（1619～1692）、金聖歎（1608～1661）和黃宗羲（1610～1695）等等，或多或少都從虞山詩人的論見中得到啓發。

一、開啓清代新詩風

　　中國詩歌發展到明末清初，千餘年的詩騷大樹已經老了。有明一代以盛唐爲宗的詩學傾向，雖然有些矯枉過正，但主導者的本意是企圖力挽狂瀾，使詩歌獲得重生、甚至茁壯起來，出發點不可不謂用心良苦。雖然努力的結果是使詩歌老得更快，但卻絕非他們的初衷。詩歌作爲一種主要的抒情文體，如果還要生存下去並繼續發揮功能的話，人們就必須接受葉燮（1627～1703）在《原詩》中所倡導的「惟正有漸衰，故變能啓盛」的邏輯思路，通過自省後的調整和深思後的改變來維護並復興詩歌。對於清初的詩人論者來說，在唐詩、宋詩建立了兩大詩學格局，囊括了幾乎所有的詩學範疇和詩法家數以後，要想完全擺脫前人影子、另闢蹊徑是很困難的，因此這時的所謂「變」，似乎只能是對既有的兩大格局加以深刻體認、重新選擇和融通採納了。由於清初的詩人論者大都意識到明人的弊病是法唐而贋以

致自狹詩道,因此他們都把目光傾注於宋詩,希望藉此拓寬詩學路途。清初詩人邵長蘅(1637～1704)《研堂詩稿序》曾指出:「詩之不得不趨於宋,勢也」,這是一個非常清醒的認識。當然這一形勢的造就,除了是詩壇風會循環往復的內在規律性,也是清代詩人論者審美心理結構外放後的能動支配。對於唐、宋詩的不同特點,邵長蘅指出:「唐人尚蘊藉,宋人喜徑露;唐人情與景涵,才為法斂;宋人無不可狀之景,無不可暢之情」。就其體格而論,如果以人為喻,則「天下有兩種人,斯分兩種詩……高明者近唐,沉潛者近宋」(錢鍾書《談藝錄》)。

虞山詩人面對「詩必盛唐」這個在明代傳播得如火如荼的詩學觀念,眼見這股流風所帶來的各種消極影響,錢謙益於是率先接納宋詩的招喚,並選擇「唐宋兼宗」作為新的詩學理論基礎。錢謙益的具體做法就是崇尚杜甫,因為杜詩是由唐詩轉向宋詩的起點。錢謙益以他文壇領袖的身份,在詩壇大力倡導宋詩,進而融鑄異質、求變創新。他以沉潛深厚改變浮薄膚淺,以性情為本取代唯物格調,從而形成恢弘壯闊的氣局,使詩歌創作具有多元組合的新生命。錢謙益的這一詩學改革,開啓了有清一代的新詩風,帶來了新的創作生命力。

錢謙益自己的詩歌創作,其實正是虞山詩派詩歌理論的具體實踐。他在理論上自成體系、在創作上身體力行,廣泛借鑒唐代和宋代大家如杜甫、韓愈,蘇軾、陸游,同時兼及金代元好問(1190～1257),既融為一爐,又能深刻反映社會現實,抒寫真情實感,自成一家;在抒發個人情志和表現獨自的審美感受等方面,都為開創清代的新詩風作出了貢獻。

二、對託物比興技巧的闡發和形式批評的崛起

虞山詩派的領袖錢謙益非常推崇杜甫託物比興的技巧,在注杜時常常提起杜甫取譬連喻的種種優點。影響所及,虞山派詩人也每多言比興,他的學生馮班就深得乃師真傳。馮班甚至認為「比興為詩中第

一要事」,「文無比興,非詩之體也」〔註81〕。馮班的好友吳喬也在虞山詩人的影響下,非常重視比興的技巧。《圍爐詩話》卷一云:

> 唐詩有意,而託比興以雜出之,其詞婉而微,如人而衣冠。宋詩亦有意,惟賦而少比興,其辭徑以直,如人而赤體。明之瞎盛唐詩,字面煥然,無意無法,直是木偶被文繡耳。此病二高萌之,弘、嘉大盛,識者斥其措詞之不倫,而不言其無意之爲病。是以弘、嘉習氣,至今流注人心,隱伏不覺。

吳喬對比興的重視,已明顯超越明人。他還認爲「比興」是虛句、活句,詩中有比興,詩就會有活力。因此他強調杜甫的古詩,「只可一人爲之」〔註82〕。他批評其他人的詩歌,也多從這點出發,注重詩中比興的手法。

錢謙益和朱鶴齡之爭,有很多時候也是因爲杜甫運用了比興手法後使到詩境擴大,意蘊更豐富多變,造成讀者的理解不一致而引起的。所以錢謙益在比興的想像之外,還提出了以史注杜,希望從考證方面入手,廓清杜詩眞貌。誠然,注詩時過份地濫用比興就難免失之臆度揣測,引起其他人的不滿,使人誤會詩的功能只在抒情,以及追求一種意在言外的朦朧美。錢謙益「託物比興、意在言外」觀念的提出,對後世論者不重視作品的外在條件如生平、時代背景、文學思潮等對作品的影響,而只專注在作品本身所蘊含的韻味的批評方向有很大的啓發。這也就是形式批評的開端,其代表人物就是金聖歎。金聖歎批評作品的重點,往往放在語調、意象、格律和文字的排列等方面,希望由此尋找作品的眞正藝術價值,甚至提出將詩歌分爲「前解」和「後解」的「律詩分解說」。他在選批杜詩時,就大量的使用這種分解說。如《金聖歎選批杜詩》卷二《野人送朱櫻》下

〔註81〕馮班《鈍吟雜錄》卷四,見《借月山房彙鈔》第 15 冊(臺北:義士書局),頁 20。

〔註82〕吳喬《圍爐詩話》卷一,見《清詩話續編》(上海:古籍出版社,1983年),頁 427。

即批曰：

> 唐人極有好起好結，此詩起句奇妙，出自意外，遂宕
> 成一篇之勢。〔註83〕

前四句「西蜀櫻桃也自紅，野人相贈滿筠籠。數回細寫愁仍破，萬顆勻圓訝許同。」下則評曰：

> 妙在「也自紅」三字，全篇用意，不出三字，乃創見
> 驚心之辭。言櫻桃之色之紅，我豈不知？然不過知之於宮
> 中宣賜耳！摩詰所云：「歸鞍競帶，中使頻傾」是也。若西
> 蜀櫻桃之紅，我乃今日始見，則豈非因野人之贈哉？「數
> 回細寫」「萬顆勻圓」，不但寫「滿筠籠」「滿」字，亦見珍
> 重所贈之物，不以其野人而忽之也。〔註84〕

後四句「憶昨賜霑門下省，早朝擎出大明宮。金盤玉筯無消息，此日嘗新任轉蓬。」下則批云：

> 後解推開題而自寫悲憤，說出起句「也自紅」一段驚
> 創緣故來。看他五六對仗，非杜詩不有。〔註85〕

這種論詩方式，不重視典故的注釋和史實的引證，而注重文本的分析，尤其注重從藝術形象的感受入手，對文本進行細心的體會和理性的解說。一般也就是由形式、結構及文字切入，分析詩歌的格律法度、起承轉合以及章法、句法、字法；再加上作者適度的聯想與引申而成。在具體的實踐中，先對詩歌進行題解，然後在詩中夾註和夾批，最後則分解並總評。雖然這種評論方法影響深遠，也為詩歌的評論開闢了一條新的道路，打開一個新的局面，但卻未必是一件好事，也未必是一種健康的做法。

三、「情景交融」理論的擡頭

虞山詩派的領袖錢謙益以考證史實出發，加之以比興的浪漫聯

〔註83〕金聖歎《金聖歎選批杜詩》（成都：古籍書店，1983年），頁120。
〔註84〕金聖歎《金聖歎選批杜詩》（成都：古籍書店，1983年），頁120。
〔註85〕金聖歎《金聖歎選批杜詩》（成都：古籍書店，1983年），頁120。

想，從而明發杜甫詩心的論詩方法，雖說是受到孟子「以意逆志說」的影響和啟發，但如果沒有他以東南文壇領袖的身份大力鼓吹與提倡，仍不至於在明清之際廣為流行。

虞山詩派主張詩人的情志要和外在境遇相結合，基本上可看成是一種情、境交融理論的雛形。以後的清人論詩，就不單從情景兩方面論析，而是從融情入景、情景交融來談詩了。王夫之就是其中一位受到很大啟發的評論家。他的《明詩評選》就是以錢謙益《列朝詩集》為藍本而編訂的。他在闡析詩歌的藝術技巧時，就每常從「情景」出發。其《薑齋詩話·詩譯》即云：

> 興在有意無意之間，比亦不容雕刻。關情者景，自與情相為珀芥也。情景雖有在心在物之分，而景生情，情生景，哀樂之觸，榮悴之迎，互藏其宅。天情物理，可哀而可樂，用之無窮，流而不滯，窮且滯者不知爾。「吳楚東南坼，乾坤日月浮。」乍讀之，若雄豪，然而適與「親朋無一字，老病有孤舟」相為融浹。〔註86〕

文中所舉之例，即杜甫《登岳陽樓》一詩，全詩為「昔聞洞庭水，今上岳陽樓。吳楚東南坼，乾坤日月浮。親朋無一字，老病有孤舟。戎馬關山北，憑軒涕泗流。」〔註87〕

詩中「吳楚東南坼，乾坤日月浮。」二句，正是登樓即目所見之景。王夫之所謂的「乍讀之，若豪雄」，即因杜甫寫景筆力壯闊。蓋吳在東、楚在南，而洞庭之水流經其間，因覺乾坤日月浮於水面。這種闊大寫景的筆力一轉而成「親朋無一字，老病有孤舟」的極度淒涼，使得詩境呈現強烈的對比，而凸顯出老杜身世潦倒胸中落寞之情。換句話說，「吳楚東南坼，乾坤日月浮」的刻意壯大，就是用來興起「親朋無一字，老病有孤舟」的淒涼，所以王夫之才會有「相為融浹」之說。此種相為融浹的效果，全賴情景交融手法的運用。

〔註86〕王夫之《詩譯》，見《船山遺書》（北京：中華書局，1976年）。
〔註87〕錢謙益《錢注杜詩》卷十八，頁613。

　　此外，王夫之更在《薑齋詩話・夕堂永日緒論・內編》中舉出老
杜的《自京竄至鳳翔喜達行在所》三首之三，及《和賈至舍人早朝大
明宮》來細分老杜情景交融的寫作技巧：

> 情、景名爲二，而實不可離。神於詩者，妙合無垠。
> 巧者則有情中景、景中情。景中情者，如「長安一片月」，
> 自然是孤棲憶遠之情。「影靜千宮裏」，自然是喜達行在之
> 情。情中景尤難曲寫，如「詩成珠玉在揮毫」，寫出才人翰
> 墨淋漓、自心欣賞之景。凡此類，知者遇之；非然，亦鶻
> 突看過，作等閒語耳。〔註88〕

　　這段話即指出杜甫不但能在詩中展現情景交融的境界，而且還有
景中情及情中景兩種表達技巧。

　　王夫之之外，吳喬也深受虞山詩派的影響。他與錢謙益的學生
馮舒、馮班兄弟交往密切，詩論中接受二馮意見的例子很多。他論
詩亦如虞山詩人，非常注重情景交融手法的闡析。《圍爐詩話》卷一
即云：

> 夫詩以情爲主，景爲賓。景物無自生，惟情所化；情
> 哀則景哀，情樂則景樂。唐詩能融景入情，寄情於景，如
> 子美之「近淚無乾土，低空有斷雲。」寄情於景，……哀
> 樂之意宛然，斯盡善矣。〔註89〕

　　所謂「融情入景，寄情於景」也就是情景交融的境界。「近淚無
乾土，低空有斷雲」爲杜甫《別房太尉墓》詩中的句子，全詩云：

> 他鄉復行役，駐馬別孤墳。近淚無乾土，低空有斷雲。
> 對棋陪謝傅，把劍覓徐君。唯見林花落，鶯啼送客聞。

　　吳喬既然主張「情哀則景哀，情樂則景樂」，因此對此詩之評語
自然爲「景中哀樂之情宛然」。事實上，這種說法就是王夫之所謂的
情中景的寫作技巧，也就是一種用言情來寫景的手法。因此，以情景

〔註88〕王夫之《夕堂永日緒論》，見《清詩話》（北京：中華書局）。

〔註89〕吳喬《圍爐詩話》，見《清詩話續編》（上海：古籍出版社，1983 年），
　　　　頁 478。

交融理論評詩，雖然是由王夫之發揚光大的，但究其始，虞山詩人還是有些承先啓後之功。

四、對「以意爲主，意藏篇中」理論的啓發

虞山詩派領袖錢謙益對杜甫《秋興八首》的箋注，可謂對「以意爲主，意藏篇中」手法加以評說之伊始。之後王夫之就將這一理論發揚光大，其《唐詩評選》卷四《秋興八首》之四「故國平居有所思」句下評云：「末句連下四首，爲作提綱，章法奇絕。」又在《薑齋詩話・夕堂永日緒論・內編》中云：

> 起承轉收，一法也。試取初盛唐律驗之，誰必株守此法者？……至若「故國平居有所思」，「有所」二字，虛籠喝起，以下曲江、蓬萊、昆明、紫閣，皆所思者。〔註90〕

也就是說杜甫《秋興八首》中，以第四首之「故國平居有所思」一句詩意貯蓄最深，故能起下四句而情感綿綿不絕。王夫之此一引論，即認爲第四首之末句「故國平居有所思」意藏篇中，貫穿上下七首，因爲八首應是一組連章詩而非各自起結。

此外，王夫之在《唐詩評選》中，有關杜詩的評語，亦多著重在詩中「意」的表現。如卷四《曲江對酒》詩後云：「首句即末句，只是一意，如春雲縈回，人漫疑其首尾。」又同卷《九日藍田宴崔氏莊》後評曰：「寬於用意則尺幅萬里矣！」同卷《小寒食舟中作》後評曰：「意興交到。」

他也在《薑齋詩話・夕堂永日緒論・內編》頁一謂：「無論詩歌與長行文字，俱以意爲主。意猶帥也，無帥之兵，謂之烏合。李、杜之所以成大家者，無意之詩十不得一二也。」

由此可見，王夫之對李白和杜甫詩中以意爲主，意藏篇中的技巧是多麼推崇了。王夫之之外，吳喬對於詩歌的善於用「意」，也是極爲推崇的，其《圍爐詩話》卷一云：

〔註90〕王夫之《夕堂永日緒論》，見《清詩話》（北京：中華書局）。

　　　問曰：唐人命意如何？答曰：心不孤起，仗境方生。
熟讀新、舊《唐書》、《通鑑》、稗史、集，乃能於作者知其
時事，知其境遇，而後知其詩命意之所在。如子美《麗人
行》，豈可不知二楊事乎？試看《本事詩》，則知篇篇有意，
非漫然爲之也。〔註91〕

吳喬也在《圍爐詩話》卷六中說道：

　　　句中虛字多則薄弱，實字多則窒塞，猶是皮毛之論。
子美之「數回細寫愁仍破，萬顆勻圓訝許同。」不見薄弱；
「落花遊絲白日靜，鳴鳩乳燕青春深。」不見窒塞；有
意故也。〔註92〕

　　第一首是杜甫的《野人送朱櫻》，第二首是《題省中院壁》。吳喬
舉此二例，並謂其詩中有意，故不見薄弱、不見窒塞，藉此強調杜甫
善於立意，且讓意藏篇中，所以贏得吳喬的讚賞。

　　吳喬《圍爐詩話》在闡述「以意爲主」的創作原則及「比興」的
創作方法時還說：「唐詩有意，而託比興以雜出之，其詞婉而微，如
人而衣冠。宋詩亦有意，惟賦而少比興，其詞徑以直，如人而赤體。
明之瞎盛唐詩，字面煥然，無意無法，直是木偶被文繡耳。」這裡，
吳喬運用比喻來揚唐抑宋斥明，表達了主「意」和主張用「比興」的
思想，告誡人們作詩須有意有法、章法爲中心服務的見解。他在闡述
兩者關係時還用了「意米」，「文飯」，「詩酒」的妙喻：「意喻之米，
飯與酒所同出。文喻之炊而爲飯，詩喻之釀而爲酒。文之措詞必副乎
意，猶飯之不變米形，啖之則飽也。詩之措詞不必副乎意，猶酒之
變盡米形，飲之則醉也。」這一比喻貼切新穎，形象生動的說出了文
之措詞與詩之措詞的特點，道出了詩區別於文的藝術特質，爲人稱道
沿用。

〔註91〕吳喬《圍爐詩話》卷一，見《清詩話續編》（上海：古籍出版社，1983
　　　年），頁495。
〔註92〕吳喬《圍爐詩話》卷一，見《清詩話續編》（上海：古籍出版社，1983
　　　年），頁674。

後世論者，皆謂王夫之能用「以意爲主，意藏篇中」的理論論詩爲眼光獨到之舉〔註93〕，卻不知這一理論的眞正捷足先登者，實乃虞山詩人。

五、對王士禎和趙執信的啓發

從明末到清初，受虞山詩派領袖錢謙益直接影響的詩人論者，主要是馮舒、馮班和虞山詩人群。然而，虞山詩派對整個清初詩壇的影響，卻完全擺脫了地域的局限，遠遠不止於此。像雖非錢謙益門人而承傳其學說的黃宗羲（1610～1695），以及深受黃宗羲影響的浙派詩人，也都因爲黃宗羲間接地貫注虞山詩派的詩學理論而被潛移默化。還有由錢謙益一手提攜的南施（閏章，1618～1683）北宋（琬，1614～1674），以及一些在《吾炙集》中經由錢謙益撰寫集序題辭、積極獎掖表揚而不大爲人所知的詩人，都可以算得上是虞山詩派的受惠者。如此廣泛而又深入的滲透力，使虞山詩派的影響在清初的百十年間，深入到文壇各個方面。從乾、嘉詩壇鼎足三立的袁枚（1716～1798）、沈德潛（1673～1769）和翁方綱（1733～1818）的理論和創作上，似乎也可找到虞山詩派影響的痕跡。從清詩的學古路向，進而到崇唐宗宋和融通唐宋，以至學人之詩與詩人之詩的合爲一體，都可以追溯到錢謙益和他所領導的虞山詩派。由此可見，虞山詩派的影響，從明末清初乃至有清一代，一直綿延不斷，遠遠超出同時期的著名詩人吳偉業（1609～1671）和龔鼎孳（1615～1673），甚至到清末還有綺麗餘波。

錢謙益之後，接替他成爲詩壇盟主的王士禎（1634～1711），其實也從錢謙益處獲益良多。王漁洋曾拜錢謙益爲師，故其所提出的「典、遠、諧、則」的四字創作綱領，即強調詩歌的典雅性，包括向經典著作吸取養料；遵循既定的音律，強調抒情而不離乎正統準則等，都是繼承了虞山詩派的觀點。比如錢謙益就曾痛詆公安派：「狂

〔註93〕朱鶴齡《杜工部詩集》卷一（臺北：中文出版社，1957 年），頁 193。

瞽交扇，鄙俚公行，雅故滅裂，風華掃地」(《列朝詩集小傳‧袁宏道》)；
錢謙益、馮舒和馮班都主張以學問來充實創作：「夫詩之爲道，性情
參會者也。性情者，學問之精神也，學問者，性情之孚尹也。」(《尊
拙齋詩集序》) 其中一脈相承的線索，顯而易見。因此，王士禎的四
字綱領受到了錢謙益的大力稱賞：「其談藝四言，曰典、曰遠、曰諧、
曰則，沿波討源，平原之遺則也；截斷眾流，杼山之微言也；別裁僞
體，轉益多師，草堂之金丹大藥也；平心易氣，耽思旁訊，深知古學
之由來。……微斯人，其誰與歸！」(《王貽上詩集序》) 難怪王士禎
要稱錢謙益爲自己的「生平第一知己」了。

　　然而，由於王士禎最爲推崇的是宋代嚴羽的「妙悟」說和「以禪
喻詩」，所以對虞山詩派輔臣級的人物馮班所作的《鈍吟雜錄》極爲
反感。這從他的《分甘餘話》卷二中的一段話可見一斑：

> 嚴滄浪論詩，特拈「妙悟」二字，即所云「不涉理路，
> 不落言詮」，又「鏡中之象，水中之月，羚羊掛角，無迹可
> 尋」云云，皆發前人未發之秘，而常熟馮班詆諆之不遺餘
> 力，如周興、來俊臣之流，文致士大夫，鍛煉周內，無所
> 不至，不謂風雅中乃有此《羅織經》也。昔胡元瑞作《正
> 楊》，識者非之。近吳殳修齡作《正錢》，余在京師亦嘗面
> 規之。若馮君雌黃之口，又甚於胡、吳輩矣。此等謬論，
> 爲害詩教非小，明眼人自當辨之。至敢詈滄浪爲「一竅不
> 通，一字不識」，則尤似醉人罵坐，聞之者唯掩耳走避而已。

　　王士禎對馮班的這一批駁是非常嚴厲的，他把馮班列爲詩教罪
人，將其比爲歷史上武則天時的周興、來俊臣等亂臣賊子，足見王士
禎對馮班的厭惡。

　　與王士禎完全相反的是王士禎的甥婿趙執信（1662～1744）。趙
執信可說是極爲服膺馮班的詩學主張。康熙十八年（1679），馮班的
長子馮行賢（？～1679 後）因參加科考去北京，他進京時帶去了馮
班的《鈍吟雜錄》，在京師友人之間傳閱。趙執信得到這部書後，對
馮班詩學主張大爲歎服，自此棄家學而宗奉虞山馮班。此時馮班已

去世達八年之久，趙執信卻自稱爲馮班的私淑弟子。他在晚年的著述《碧雲仙師筆法錄》中將馮班稱作「碧雲仙師」，奉若神靈。因爲文學宗尙的異趣，導致了王士禛與趙執信的詩學之爭，趙執信著《談龍錄》攻訐王士禛的「神韻說」，遂使二人之爭演爲清初詩學的一大公案，對整個清代詩學產生了深遠的影響。由此不難看出馮班《鈍吟雜錄》在清代詩學研究的重要性，當然也折射出虞山詩派的影響力。

六、以詩補史觀念的確立

　　錢謙益身處明清風雲變幻之際，一方面受到社會時代的衝擊，一方面又對明末以來學風抱有極大的不滿，尤其厭倦擬古主義者的只蹈空言而不重實踐的治學態度和批評方法，因此提出史實訓詁的方法，以史注詩，深入探求詩歌的主題思想，因此爲清初杜詩學的研究另闢蹊徑，別開生面，也爲文學批評帶來新的意義。雖然，以詩補史和以詩正史的首倡者是錢謙益，但眞正將這一理論確立的人，卻是黃宗羲。其《南雷文定前集》卷一《萬履安先生詩序》云：

> 今之稱杜詩者以爲詩史，亦信然矣。然注杜者但見以史證詩，未聞以詩補史之闕。雖曰詩史，史固無藉乎詩也。逮夫流極之運，東觀蘭臺，但記事功；而天地之所以不毀，名教之所以僅存者，多在亡國之人物，血心流注，朝露同晞，史於是而亡矣。尤幸野制遙傳，苦語難銷，此耿耿者，明滅於爛紙昏艷之餘，九原可作，地起泥香，庸詎知史亡而後詩作乎？

　　黃宗羲此論重點有二，一是提出以詩補史之闕的觀念，二是提出史亡後而詩作的說法。此後，諸家注杜都不可避免的受到影響。其中朱鶴齡因爲曾受教於錢謙益，受其影響尤鉅，其書中引杜詩以補史闕失的例子比比皆是。如《朱注》卷九《嚴中丞枉駕見過》詩中「川合東西瞻使節，地分南北任流萍」後云：

> 按《方鎮表》：廣德二年，劍南節度復領東川。觀此詩，

實應元年作，已有川合東西之句，蓋史略也。〔註94〕

卷十一《太子張舍人遺織成褥段》詩中「李鼎死歧陽，實以驕貴盈」後云：

按：李鼎之死，史鑒俱不載。此云死歧陽，蓋未至隴右也。

這裡，朱鶴齡先引《舊唐書》謂：「上元元年十二月，以羽林大將軍李鼎為鳳翔尹興鳳隴等州節度使。二年二月，黨項平，羌寇寶雞，入大散關，陷鳳州，鼎邀擊之。六月，以鼎為鄜州刺史、隴右節度使。」〔註95〕即是引杜詩「李鼎死歧陽」一語來補史之闕，兼證李鼎未至隴右，根本不可能像《舊唐書》所說的「為隴右節度使」。

卷十九《秋日荊南送石首薛明府辭滿告別奉寄薛尚書頌德敍懷斐然之作三十韻》後云：

按：新、舊《唐書》皆不立薛景仙傳。《逆臣傳》載：代宗討史朝義，右金吾大將軍薛景仙請以勇士二萬椎鋒死賊。觀此詩滏口數語，則收東京時，景仙嘗會師滏陽，立功河北矣。舊書至德元載十二月，秦州都督郭英代景仙為鳳翔太守，而不言景仙遷轉何官。此詩云：「殊恩再直盧」，豈景仙自鳳翔入，即歷金吾羽林之職耶！史家闕失甚多，可據此補之。〔註96〕

非僅朱氏如此，我們甚至可以說，從明末到清初，整個學術界對以詩補史的觀念的開始重視，正是在錢謙益的影響下而產生的。

七、大啓後人研究杜詩的風氣

尊杜是清代詩學普遍的風潮，《清詩話》卷一葉燮（1627～1730）《原詩》內篇上即云：

杜甫之詩，包源流，綜正變。自甫以前，如漢、魏之渾樸古雅，六朝之藻麗穠纖、澹遠韶秀，甫詩無一不備。

〔註94〕朱鶴齡《杜工部詩集》（臺北：中文出版社，1957年），頁783。
〔註95〕朱鶴齡《杜工部詩集》（臺北：中文出版社，1957年），頁995。
〔註96〕朱鶴齡《杜工部詩集》（臺北：中文出版社，1957年），頁1625。

> 然出於甫，皆甫之詩，無一字句爲前人之詩也。自甫以後，
> 在唐如韓愈、李賀之奇昊，劉禹錫、杜牧之雄傑，劉長卿
> 之流利，溫庭筠、李商隱之輕豔；以至宋、金、元、明之
> 詩家，稱巨擘者無慮數十百人；各自炫奇翻異，而甫無一
> 不爲之開先。此其巧無不到，力無不舉，長盛於千古，不
> 能衰，不可衰者也。今之人固羣然宗杜矣，亦知杜之爲杜，
> 乃合漢、魏、六朝，並後代千百年之詩人而陶鑄之者乎？

　　葉燮的文章不僅尊奉集百家之長的杜甫爲古今詩壇第一人，而
且認爲其精神長盛不衰。

　　朱彝尊（1629～1709）《曝書亭集》卷三十一《與高念祖論詩書》
亦云：

> 惟杜子美之詩，其出之也有本，無一不關乎綱常倫紀
> 之目，而寫時狀景之妙，自有不期工而工者。然則善學詩
> 者，捨子美其誰師也歟？（見《四部叢刊》本，臺北：臺
> 灣商務印書館，1970 年）

　　虞山詩派和錢謙益之前的詩論作家，在談到杜甫的詩歌時，雖然
沒有如宋人般不理智地給予情緒化的贊詞，但仍多附和杜詩的尊君思
想，無一字無來處等舊說，其中紕謬甚多，引起了錢謙益和錢曾（1629
～1701）極大的不滿。於是他們就大刀闊斧地進行清理工作，使元、
明風行一時的杜詩批點，從此再無立足之地。錢謙益以他豐富的史學
知識注杜，無論是箋釋典故，考證史實或對杜甫藝術技巧的探求，
皆非元明評點所能企及，因此在有清一代，影響了絕大多數的注杜
論杜者。

　　在錢謙益的時代，雖然元明漫批式注杜的惡習仍未根絕，但論者
卻往往設法在繼承中求新，創發己見，免得遭人所譏。這種局面的產
生，正是因爲錢謙益和錢曾大力整肅的結果。因此，就文學批評史而
言，錢謙益的杜詩學，實際上是元明批點杜詩的總結。因此，論者皆
以杜甫「集詩之大成」，筆者卻深自以爲，錢謙益實乃「集杜詩學之
大成」。

　　洪業先生（1893～1980）《杜詩引得・序》在比較錢、朱二家注杜時云：

　　　　錢氏求於言外之意，以靈悟自賞。……朱氏長於字句
　　　　之辨，以勤勞自任。……後來作者大略周旋於二家之間，
　　　　故清代杜詩之學當以二書爲首，而錢氏實開其端，功不可
　　　　沒也。〔註97〕

　　顯然，錢謙益是清初杜詩學的開路先鋒。事實上，自錢、朱二書出現之後，研究杜詩的著作就大批大批的湧現。僅康熙一朝，就有吳見思的《杜詩論文》、張溍（1621～1678）的《讀書堂杜工部詩集》、盧元昌的《杜詩闡》、張遠的《杜詩會萃》、黃生的《杜詩說》、仇兆鼇（1638～1717）的《杜詩評注》和浦起龍（1679～1762）的《讀杜心解》等書〔註98〕，可說是有清一代研究杜詩的全盛時期，其中許多名著亦成於此時。

　　吳見思《杜詩論文》前有龔鼎孳（1615～1673）序云：

　　　　虞山論其事，吳子論其文。〔註99〕

　　顯見吳見思的作品，是繼承錢謙益的道路。

　　張溍的《讀書堂杜工部詩集》書中自記亦謂得力於錢、朱之處甚多，從「庚戌閏二月二十七日薄暮，照錢牧齋注又閱杜一匝，疑者解十之九，不特知其用意佳處，即率箋晦筆，具得其故」〔註100〕這句話中，可見他從錢注中得到很多的啓示。

　　盧元昌《杜詩闡》一書，以批註爲主，亦多創見。如對《鳳凰臺》中之「安得萬丈梯，爲君上上頭。恐有無母雛，饑寒日啾啾」〔註101〕

〔註97〕洪業《杜詩引得・序》，見《哈佛大學學社引得特刊第十四種》（臺北：中文資料與研究工具服務中心，1966年），頁 Ivi。

〔註98〕詳見洪業《杜詩引得・序》，頁 Ixix。本節所得資料，亦多獲自洪先生書中所載，以下不再詳注。

〔註99〕洪業《杜詩引得・序》，見《哈佛大學學社引得特刊第十四種》，頁 Ixix。

〔註100〕洪業《杜詩引得・序》，見《哈佛大學學社引得特刊第十四種》，頁 Ixix。

〔註101〕洪業《杜詩引得・序》，見《哈佛大學學社引得特刊第十四種》，頁

謂老杜以鳳雛比太子俶，本身則欲效園綺之功，使太子俶免於受張良娣之害。這種從文字表象中尋找史證以探求詩心的批評手法，顯然是受到錢謙益的影響。

張遠《杜詩會萃・凡例》云：

> 少陵詩注不下百家，……錢虞山箋注以唐史證唐事，當日情事畢見，然多牽強附會，取其確切者著於篇。」〔註102〕

王掞（1644～1728）序其書則云：

> 蕭山張遹可，潛心學杜，……猶以虞山、松陵滲軼上多，段落未剖，更爲採補，條分縷析。〔註103〕

可見，其成書也採用錢、朱之說，雖然語氣中很自負地指責錢氏附會處很多，然考其注，亦不過多拾錢、朱之牙慧而已。

仇兆鼇《杜詩詳注》亦採錢、朱之說，但勝在繁徵博引，幾乎盡收當代有關杜詩的訓解注文。他曾贊錢氏曰：

> 錢於唐書年月、釋典道藏，參考精詳。〔註104〕

可見他也是錢謙益的受惠者。

浦起龍《讀杜心解》較著重文學上的欣賞，書中雖亦多採錢說，但卻又「攝吾之心，印杜之心」，因此也每多創見。然其所謂探究杜甫詩心的方法，說穿了也就是虞山詩派所強調的比興和以意逆志的技巧而已。

乾隆中葉後，錢氏的著作被清廷銷毀嚴禁，注杜之風亦幾近衰微。論者縱有所稱述，也多轉作詩話筆記之類的文字。如趙翼（1727～1814）《甌北詩話》中若有徵引錢說之處，就以「常熟本」名之。其中，他大力反對宋人附會的許多意見，和錢謙益極力攻擊宋人解杜

　　　　Ixx。
〔註102〕洪業《杜詩引得・序》，見《哈佛大學學社引得特刊第十四種》，頁Ixix。
〔註103〕洪業《杜詩引得・序》，見《哈佛大學學社引得特刊第十四種》，頁Ixxi。
〔註104〕洪業《杜詩引得・序》，見《哈佛大學學社引得特刊第十四種》，頁Ixxi～Ixxiii。

一字一句皆有比託的意見，意旨皆相合。

當然，一些反對錢謙益的著作如翁方綱（1733～1818）的《石洲詩話》、王士禎（1634～1711）的《漁洋評杜摘記》等也應時而生。雖然對錢說每多議論，但在杜詩研究的風氣而言，未始不是因錢注而起。因此，錢謙益杜詩學大啓清人研究杜詩風氣的論點，由此可證。

除此之外，虞山詩派注重杜詩中「比興」手法的言論，也擴大了清人對杜詩藝術技巧的闡發，如王漁洋所謂的「神韻」，吳喬因為重比興而力倡李商隱詩，毛奇齡（1623～1716）注重詩中比興的微旨之情，沈德潛（1673～1769）的重比興而主寄託，袁枚（1716～1797）的才情性靈和言外之意等，都可說是直接或間接地受錢謙益和他所領導的虞山詩派的影響。

第六章　結　語
──兼論虞山詩派的分化與沒落

虞山詩派的形成，初期主要是以強大有力的詩壇巨匠兼文壇領袖錢謙益作爲核心，用他個人詩學理論的傳播與輻射的方式，形成一個地域性的創作群體。由於核心（宗師錢謙益）與周圍層次（詩派成員如馮舒、馮班、陸貽典、錢曾等）的才情、聲望、地位和影響等條件頗爲懸殊，因而核心層的作用顯得過於巨大，加之錢謙益的個性比較固執且自視甚高；這樣的組合必然導致一個結果──缺少了文學流派所應該具有的縱向交流與橫向切磋的環境。

然而，隨著時間的推進和人事的變化，當周圍層次逐漸擴大、進而使到核心影響轉移或甚至削弱之後，就會形成詩學理論多元化的傾向，促使群體的創作宗尚發生一定程度的分途和變化。虞山詩派的發展過程正是如此。

晚清詩人、詩評家單學傅《海虞詩話》所謂的「虞山詩派錢東澗主才，馮定遠主法，後學各有所宗」，從宏觀的角度概括了虞山詩派的內部構成，其承傳發展的脈絡亦可據此辨識和把握。據此，我們可以大致將虞山詩派的分途定爲「宗錢」和「宗馮」兩路。

臺灣學者胡幼峰在《清初虞山派詩論》一書中，以王應奎《海虞詩苑》爲據，參考沈德潛《國朝詩別裁集》和王豫《江蘇詩徵》，列

舉了近四十人爲虞山詩派成員。其中將馮舒（己蒼）、馮班（定遠）、錢曾（遵王）、錢陸燦（湘靈，1612～1698）、嚴熊（武伯，1626～1691）、錢良擇（玉友）、王譽昌（露湑）、王應奎（柳南，1683～1759）稱爲虞山派重要詩人。又列「宗錢」、「宗馮」、「出入錢馮」三派和「後期弟子」數人。

宗錢派有：孫永祚（子長，1597～？）、顧琨（孝柔）、陳式（金如）、何雲（士龍）、鄧林梓（肯堂）、錢天保（羽生）、邵陵（湘南）、淩竹（南樓）、陳晨（赤城）、蔣拱辰（星來）、趙廷珂、孫淇（寶洲）。

宗馮派有：陳玉齊（士衡）、孫江（岷自）、戴淙（介眉）、瞿崋（鄰嵒）、陳協（彥和）、馬行初（小山）、龔庸（士依）、馮行賢（補之）、馮武（寶伯）。

出入錢馮者如陸貽典（敕先）、錢龍惕（夕公）；而所謂後期弟子則爲陸輅（次公）、徐蘭（芬若）、陳祖範（亦韓）、侯輇（秉衡）等。

我個人比較傾向於蘇州大學羅時進教授的說法，認同羅教授將錢龍惕歸入「宗錢」一派；但我卻覺得陸貽典應當歸入「宗馮」系。如此則虞山詩派的內部分途實際上就只有「宗錢」和「宗馮」兩路。

錢謙益和馮舒、馮班兄弟的詩論主張雖然有許多共通之處，但也有一些是不盡相同的。以下將分兩點進行論述。

一、對公安派的態度

據《初學集·賀中冷淨香稿序》所載：錢謙益應會試赴京時曾與袁中道（字小修，1575～1630）、賀中冷同寓城西極樂寺。錢謙益追憶此事時說：「課讀少閒，余與小修尊酒相對，談諧間作，而中冷覃思自如。」

在《初學集·陶不退閟園集序》及《有學集·復遵王書》中，錢謙益都不止一次提到自己極爲欣賞「賢者小修」，可見袁、錢尊酒相

對談詩論文時，袁中道給錢謙益留下了極好的印象。自此錢謙益與袁中道一直有書信往來，保持著深厚的友誼。萬曆四十五年（1617），鍾惺、譚元春《詩歸》印行後，袁中道又向錢謙益提出了共同攻擊竟陵派的倡議，可見兩人都視彼此爲文學上的同道與知己。

如果說與公安派袁氏相識的際遇對錢謙益來說有著重要的啓蒙作用的話，在促使其思考創作方向和方法問題，改變既有的文學觀方面，湯顯祖（1550～1616）則有更爲強烈的影響。其實，錢謙益平生並未與湯顯祖謀面，湯顯祖對錢氏的勸勉也是通過他人轉達的。

因爲袁中道和湯顯祖的這層關係，錢謙益在評論公安三袁（袁宗道，1560～1600；袁宏道，1568～1610；袁中道，1575～1630）、湯顯祖和公安派時，不僅在言辭上有所保留，而且還有所讚賞。

馮舒就不一樣了，他把公安與七子、竟陵一道斥罵。他在《對酒偶然作》中說：「旗鼓戰邪僻，雷霆震聾愚。李何與王李，鍾譚與袁徐，妖氛既蕩滌，壇坫皆污瀦。始覺天地間，日月常皎如。」馮舒在《放歌》中又說：「李何王李文章伯，子視一錢亦不值。袁湯鍾譚天下師，子獨唾罵共笑癡。」顯然，馮舒是把三袁、湯顯祖、徐渭（1521～1593）等公安派與七子、竟陵同題並論，視爲邪僻、妖氛，必須同蕩滌之。

馮舒的弟弟馮班也是反對公安派的，其言論的例子前已言及，此處不贅。由此可見，虞山詩派中「宗錢」和「宗馮」兩系的分野了。

二、對宋元詩的態度

如果說明代在肯定宋詩方面，曾有過能夠震蕩詩壇的聲音的話，那就是晚明的公安派出現以後的事了。袁宏道在《敘小修詩》中明確地將「文則必欲準於秦漢，詩則必欲準於盛唐」作爲謬論加以辯駁，並在《與馮琢庵詩》中極稱元稹、白居易、歐陽修、蘇軾四家詩文足以與李白、杜甫、班固、司馬遷並駕齊驅；尤其是蘇軾，

更被譽爲「前無作者」的「詩神」。他也質疑「學語之士乃以『詩不唐、文不漢』病之」，認爲這「何異責南威以脂粉，而唾西施之不能效顰乎？」

對虞山詩人來說，唐詩是他們詩歌創作重要的源頭，錢謙益就常常表示對唐代詩歌成就的景慕和讚歎，更明確地申說過「詩莫盛於唐」。他的詩學歷程是由李商隱而上溯杜甫，兼涉韓愈和白居易，「宗唐」的路徑是十分清晰的。那錢謙益宗宋的取向緣何而來？這就得從錢謙益的交遊對他的影響說起了。

錢謙益在自己的詩文著作中時常言及的「嘉定四先生」，就是一批具有唐宋派文學精神的作家，他們是李流芳（1575～1629）、程嘉燧（1565～1643）、唐時升（1551～1636）和婁士堅。四子之中，錢謙益與李流芳結識最早，在《答山陰徐伯調書》中，錢謙益曾追憶萬曆三十四年（1606）在南京參加鄉試時與李流芳相識且得聞其論之事。從瞭解唐宋派到接受其文學觀，錢謙益顯然是受到嘉定四子和歸有光（1506～1571）之孫歸昌世（字文休，1573～1644）這批典型的唐、宋派的傳人的影響。

當然，從六朝起手，後轉效白居易、蘇軾的湯顯祖；以性靈爲主、亦具唐宋派傾向的公安三袁，對錢謙益崇唐宗宋的取向也有一定的影響。這一取向與處於文學界中心地位的七子派完全不同：其文由唐宋派上溯先秦兩漢；詩歌以杜甫、韓愈爲宗，融攝白居易、蘇東坡，兼取陸游（1125～1210）和元好問（1190～1257）。

既然選擇了既崇唐又宗宋，就應該對唐詩和宋詩之間的關係作一番理性的梳理。錢謙益非常有系統地將二者放到詩歌發展和演進的過程中去考察和比較，他在《雪堂選集題辭》中說：

> 古今之詩，總萃於唐，而暢遂於宋。

這個立論非常巧妙，因爲唐之「總萃」屬於「高」的境界，而宋之「暢遂」是一種大的格局；那「崇唐宗宋」就是境界既高、格局亦大的最佳選擇了。

　　話雖如此，但在明末清初這一特定的歷史階段，要將宋詩和唐詩相提並論還是有些難度的。因爲文學史家根深蒂固的一偏之見是「宋無詩」，要使宋詩回復到詩歌史上應有的地位，與唐詩眞正對等地銜接起來，錢謙益就必須大力強調宋詩的美學成就，才能使文學界充分重視宋詩的典範意義。

　　與錢謙益相反的是：二馮對宋詩大加詆斥。馮舒在《跋石林詩稿後》中說：「詩也者，志之所之而韻之成章者也，首必貫尾，言必達志，以求古人，無不合也。所不合者，宋之山谷、滄浪，今之李、何、王、李耳。」

　　馮舒把宋代的黃庭堅，嚴羽與明七子等量齊觀，認爲他們的作品都不合古人的情志，所以無法韻之成章。

　　馮班在《陳鄴仙曠谷集序》中也對「虞山之談詩者，喜言宋元」表示不滿。《同人擬西崑體詩序》中說：「嗚呼，自江西派盛，斯文之廢久矣。」可見馮班對宋元詩，尤其是江西詩派黃庭堅的作品是不屑一顧的。

　　馮舒與宋詩更是不共戴天，他在《瀛奎律髓》的批語裏說得非常決絕，甚至不惜罷筆退出文壇：「江西之體，大略如農夫之指掌，驢夫之腳跟，本臭硬可憎也，而曰強健；老僧嫠女之床席，奇臭惱人，而曰孤高；守節老嫗之絮新婦，塾師之訓弟子，語言面目，無不可厭，而曰我正經也。山谷再起，我必遠避，否則別尋生活，永不作有韻語耳！」

　　雖然二馮大力反對江西詩派，在對待宋詩的態度上也與錢謙益大相逕庭，但馮班卻跟老師錢謙益一樣，尊崇李商隱（約812～858）。他把李義山與溫庭筠（812～870）相提並尊，並由此上溯齊梁，遠祖南朝陳朝的徐陵（507～583）和北周的庾信（513～581）。馮班在《同人擬西崑體詩序》中曾描述自己少年以來作詩的氛圍：「余自束髮受書，逮及壯歲，經業之暇，留心聯絕。於時好事多綺紈子弟，會集之間，必有絲竹管弦，紅妝夾坐，刻燭擘片箋，尚於綺麗，以溫、李爲

範式。」這就是虞山詩人的生活情況和創作環境。

這種燈紅酒綠的紈絝笙歌，自然也決定了「宗馮系」的詩歌最基本的特徵是「尚於綺麗，以溫、李為範式」的西崑體。馮班《陳鄴仙曠谷集序》中說：

> 溫、李之於晚唐，猶梁末之有徐、庚；而西崑諸君子，則似唐之有王、楊、盧、駱，杜子美論詩有江河萬古流之言；歐陽永叔論詩，不言楊劉之失，而服其工。古之論文者，其必有道也。蓋徐、庚、溫、李，其文繁縟而整麗，使去其傾仄，加以淳厚，則變而為盛世之作。

馮班非常肯定西崑體在詩歌史上的地位，在他的大力推動之下，虞山詩派裏的「宗馮系」於是成為一個受李商隱及西崑體影響極大的創作群體，這一創作路向的確立，其實也跟明清改朝易代的大變動息息相關。須知，馮舒馮班和虞山派的許多詩人論者，都沒有走上錢謙益降清投滿、低頭為官的仕途；但面對家國民族的深仇痛恨，他們在慷慨悲歌之餘，遂以鶯歌燕舞、放浪形骸來發泄心中的憤懣。其中一些作者，選擇把這類頹靡生活的內容入詩，當然引人側目。

從馮班的《玄要齋稿序》中，我們知道當時有人譏刺陸敕先的詩「專為豔詞」，可見綺麗之作在《覯庵詩鈔》中數量相當可觀。馮班對於時人的譏刺，竟然用「光焰萬丈，李太白豈以酒色為諱」來反唇相譏，也算「震撼人心」之舉了。可惜的是：這類「活色生香」的詩在今存的詩稿中已經十無一二了，我們只能從馮班《贈妓次陸敕先韻》「芳草王孫有暗期，藏鳥門巷莫頻移」這樣的唱和中去感受陸貽典和虞山派「宗馮系」詩人們當年的風流神采了。

三、虞山詩派的沒落

以錢謙益為代表的虞山詩派，儘管對清初的詩壇產生了巨大的影響，但世間事物，盛極必衰，虞山詩派走向式微也是必然的。

王應奎（1683～1760）《柳南隨筆》曾云：「吾邑詩人，自某宗伯以下，推錢湘靈（錢陸燦）、馮定遠（馮班）兩公。湘靈生平多客金

陵、毗陵間，且時文、古文兼工，不專以詩名也。故邑中學詩者，宗定遠爲多。定遠之詩，以漢魏六朝爲根柢，而出入於義山（李商隱）、飛卿（溫庭筠）之間。其教人作詩，則以《才調集》、《玉臺新詠》二書。湘靈詩宗少陵（杜甫），有高曠之思，有沉雄之調，而其教人也，亦必以少陵。兩家門戶各別，故議論亦多相左。湘靈序王露湑（王譽昌）詩云：「徐陵、韋縠，守一先生之言，虞山之詩季世矣。」又序錢玉友（錢良擇）詩云：「學於宗伯之門者，以妖冶爲溫柔，以堆砌爲敦厚。」蓋皆指定遠一派也。」

由此可見，在錢謙益死後，主持虞山詩派的錢陸燦對「宗馮系」妖冶堆砌的詩風是相當不滿的，這當然也加劇了虞山詩派的分歧。有學者認爲：虞山詩派「形成於明末，壯大於清初，歷明天啓、崇禎、清順治、康熙四朝，前後時間近一百年。」「到乾隆年代，屬鶚（1692～1752）、袁枚（1716～1798）之詩轉變了詩壇風尚之後，以錢、馮爲宗的虞山派已成了強弩之末，虞山詩人大都向屬、袁兩宗去討生活了。」

將虞山詩派的沒落界定於乾隆時期是有一定識見的，因爲隨著康、乾盛世的到來，詩壇風氣的確發生了變化，文學界也形成了諸多流派。虞山詩派的詩人因爲理念的不盡相同而不斷分化，有的融入了以王士禛爲代表的「神韻派」，這方面的詩人有徐蘭、陸輅等；有的成爲沈德潛標榜的「格調派」詩人，如王應奎、陳祖範、宋樂、侯銓等；有的則成爲袁枚爲代表的「性靈派」的中堅，如孫原湘、席佩蘭夫婦以及吳蔚光、趙同鈺、趙允懷等。

但虞山詩派沒落的原因，倒不僅僅是因爲乾隆之後詩壇風尚發生了變化，還因爲乾隆帝深惡錢謙益，將其打入了逆臣另冊，並兩次禁燬其著作，全國爲之震動，虞山地區更成爲文學災區。在這種高壓政策下，詩派的分化、乃至逐漸走向沒落是在所難免的。

可當我們回顧這段歷史的時候，我們不得不承認：錢謙益不但開創了虞山之學，也成爲清代詩歌史上的開山宗師。虞山詩派詩論的

出現，確實有其特定的歷史背景和文學思潮的因素。在那個風雲際會
的時期，錢謙益能力矯明七子獨尊盛唐之偏，並大力掊擊竟陵，一洗
當代窠臼，還高舉「宋詩」大旗，將幾近三百年的以唐詩爲宗的詩壇
風會導向唐宋並爭的過程，把學術上的創新精神與文化上的沉實品質
引入詩歌創作中等等舉措，都是卓有成效的。隨著虞山詩派文學批評
理論的傳播和詩歌創作實踐的展開，清代詩歌創作的路徑爲之豁然拓
寬，詩學空間也得以擴大。在明清換代和「詩派中衰之際」，錢謙益
和他所領導的虞山詩派確實開迪了一代清詩的新風氣。

參考書目

一、專 著

1. 王力《漢語詩律學》（北京：中華書局，1973 年）。

2. 王夫之《清詩話》上、下冊（上海：古籍出版社，1978 年）。

3. 王文濡《中國學術名著》第二集，見《清文彙》第 2 冊（世界書局，1965 年）。

4. 歸莊《歸莊集》（上海：中華書局，1962 年）。

5. 馮班《鈍吟雜錄》，見《借月山房彙鈔》第 15 冊（臺北：義士書局，1975 年）。

6. 馮班《鈍吟老人遺稿》，明末毛氏汲古閣及清康熙戊申（七年）陸貽典分刊合印（臺北：國立中央圖書館善本藏書集部影印本）。

7. 弘道《詩話叢刊》（臺北：弘道文化事業有限公司，1971 年）。

8. 永瑢《四庫全書總目提要》，見《萬有文庫》第一集一千種第三十九冊（上海：商務印書館，1981 年）。

9. 鄧之誠《清詩紀事初編》上冊（上海：古籍出版社，1984 年）。

10. 葉慶炳、吳宏一《中國文學批評資料彙編》卷八，《清代部份》上集（臺北：成文出版社，1978 年）。

11. 葉嘉瑩《中國古典詩歌評論集》（北京：中華書局，1977 年）。

12. 東方學研究日本委員會《三十三種清代傳記綜合引得》第九號（日本：東方學研究日本委員會，1960 年）。

13. 劉若愚著、杜國清譯《中國詩學》（臺北：幼獅期刊叢書，1977 年）。

14. 朱東潤《中國文學批評史大綱》（上海古籍出版社，1983 年）。

15. 朱鶴齡《杜工部詩集》（影康熙九年刊本，中文出版社縮印）。

16. 吳喬《圍爐詩話》，見《清詩話續編》（上海：古籍出版社，1983 年）。

17. 李棪《東林黨籍考》（北京：人民出版社，1957 年）。

18. 沈雲龍《中國近代史料叢刊》第四卷《國朝先正事略》（臺北：文海出版社）。

19. 沈雲龍《錢牧齋先生尺牘》，見《近代中國史料叢刊》第四十輯三九一號（臺北：文海出版社）。

20. 沈德潛《清詩別裁集》（上海：古籍出版社，1984 年）。

21. 谷應泰《明史紀事本末》（臺北：三民書局，1969 年）。

22. 吳宏一《清代詩學初探》（臺北：學生書局，1986 年）。

23. 何振球《常熟文史論稿》（南京：大學出版社，1989 年）。

24. 杜仲陵《讀杜卮言》（四川：巴蜀書社，1986 年）。

25. 李汝倫《杜詩論稿》（廣東：人民出版社，1983 年）。

26. 楊文略《清詩紀事初編》上卷（臺北：鼎文書局，1971 年）。

27. 楊松年《中國古典文學批評論集》（香港：三聯書局，1987 年）。

28. 楊松年《中國文學批評史編寫問題論析》（臺北：文史哲出版社，1988 年）。

29. 張廷玉《明史》（北京：中華書局，1974 年）。

30. 張舜徽《清人文集別錄》上冊（臺北：中華書局，1980 年）。

31. 金聖歎《金聖歎選批杜詩》（成都：古籍出版社，1983 年）。

32. 金聖歎《唐詩一千首》（香港：東南書局，1957 年）。

33. 金啓華《杜甫詩論叢》（上海：古籍出版社，1985 年）。

34. 金啓華、金小平《杜甫詩史》（上海：教育出版社，1989 年）。

35. 周采泉《杜集書錄》（上海：古籍出版社，1986 年）。

36. 周益忠《論詩絕句》（臺北：金楓出版社，1987 年）。

37. 陳國球《胡應麟詩論研究》（香港：華風書局，1986 年）。

38. 陳貽焮《杜甫評傳》（上海：古籍出版社，1988 年）。

39. 陳寅恪《柳如是別傳》（上海：古籍出版社，1980 年）。

40. 〔日〕青木正兒著、孟慶文譯《中國文學思想史》（遼寧：春風文藝出版社，1985 年）。

41. 〔日〕青木正兒著、楊鐵嬰譯《清代文學評論史》（北京：社會科學出版社，1988 年）。

42. 國立中央圖書館《國立中央圖書館善本書目》增訂本第三冊（臺北：國立中央圖書館）。

43. 鄭文《杜詩檠詁》（四川：巴蜀書社，1992 年）。

44. 趙翼《甌北詩話》，見《清詩話續編》（上海：古籍出版社，1983 年）。

45. 胡文楷《清錢夫人柳如是年譜》（臺灣：商務印書館，1981 年）。

46. 趙永紀《清初詩歌》（北京：光明日報出版社，1993 年）。

47. 姜亮夫著、黃秋英校《歷代人物年里碑傳綜表》（香港：中華書局，1976 年）。

48. 施鴻保著、張慧劍校《讀杜詩說》（上海：古籍出版社，1983 年）。

49. 談遷《國榷》（北京：古籍出版社，1958 年）。

50. 夏燮《明通鑑》（北京：中華書局，1980 年）。

51. 徐世昌《清詩彙》，見《歷代詩文總集》第 15 冊（臺北：世界書局）。

52. 梁啓超《中國近三百年學術史》（臺北：華正書局，1984 年）。

53. 顧炎武《亭林詩文集》，見《四部叢刊初編‧集部》（上海：商務印書館縮印初刻本）。

54. 浦起龍《讀杜心解》（北京：中華書局，1961 年）。

55. 黃公渚《錢謙益文》（上海：商務印書館）。

56. 黃宗羲《南雷詩歷》，見《四部叢刊初編‧集部》（上海：商務印書館縮印無錫孫氏藏初刻本）。

57. 黃保眞、蔡鍾翔、成復旺《中國文學理論史》第 4 冊（北京：新華書店，1987 年）。

58. 黃維樑《中國詩學縱橫談》（臺北：洪範書店，1967 年）。

59. 郭紹虞《中國文學批評史》（香港：新文藝出版社，1961 年）。

60. 曹樹銘《杜集叢校》（香港：中華書局，1978 年）。

61. 曹慕樊《杜詩雜說續編》（四川：巴蜀書社，1989 年）。

62. 錢仲聯《明清詩文研究資料集》第一輯（上海：古籍出版社，1986 年）。

63. 錢仲聯《錢牧齋全集》（上海：古籍出版社，2003 年）。

64. 錢謙益《牧齋初學集》，見《四部叢刊初編‧集部》（上海：商務印

書館，縮印明崇禎癸未刻本）。

65. 錢謙益《牧齋有學集》，見《四部叢刊‧集部》（上海：商務印書館縮印康熙甲辰初刻本）。

66. 錢謙益《鈔本有學外集補遺》（臺灣：商務印書館，1973 年）。

67. 錢謙益《列朝詩集小傳》上、下冊（北京：中華書局，1959 年）。

68. 錢謙益《錢注杜詩》上、下冊（北京：中華書局，1958 年）。

69. 葛萬里《清錢牧齋先生謙益年譜》（臺灣：商務印書館，1981 年）。

70. 傅庚生《杜甫詩論》（上海：古籍出版社，1985 年）。

71. 簡恩定《清初杜詩學研究》（臺北：文史哲出版社，1986 年）。

72. 譚承耕《船山詩論及創作研究》（湖南：湖南出版社，1992 年）。

73. 裴世俊《錢謙益詩歌研究》（寧夏人民出版社，1991 年）。

74. 孫之梅《錢謙益與明末清初文學》（齊魯書社，1996 年）。

75. 郝潤華《錢注杜詩與詩史互證方法》（黃山書社，2000 年）。

76. 《常熟文化研究錢謙益專輯》（古吳軒出版社，2000 年）。

77. 丁功誼《錢謙益文學思想研究》（上海：古籍出版社，2006 年）。

二、單篇論文

1. 馬茂元《論〈戲為六絕句〉》，見《晚照樓論文集》（上海：古籍出版社，1981 年）。

2. 馬茂元《思飄雲物動，律中鬼神驚——論杜甫和唐代的七言律詩》，同上。

3. 馬茂元《談杜甫七言絕句的特色》，同上。

4. 馬茂元《略談明七子的文學思想和李、何爭論》，同上。

5. 方孝岳《別裁偽體的杜甫》，見《中國文學批評》（北京：三聯書店，1986 年）。

6. 方孝岳《錢謙益宗奉杜甫的「排比鋪陳」》，同上。

7. 王達津《關於杜甫世界觀和創作方法問題》，見《唐詩叢考》（上海古籍出版社，1986 年）。

8. 王達津《杜甫創作思想試論》，同上。

9. 王達津《杜甫的世界觀和創作方法》，見《古典文學論叢》第二輯（山東：齊魯書社，1981 年）。

10. 馮峨《也評〈秋興八首〉》，見《文學評論叢刊》第三十一輯（北京：文化藝術出版社，1989 年）。

11. 馮建國《杜甫研究》，見《唐代文學研究年鑒》1989、1990 年合輯（廣西：師範大學出版社，1991 年）。

12. 丘良任《杜甫之死及生卒年考辨》，同上。

13. 朱東潤《述錢謙益之文學批評》，見《中國文學批評論集》（臺北：開明書店，1947 年）。

14. 〔日〕吉川幸次郎著、張連第譯《錢謙益的文學批評》，見《古典文學論叢》第三輯（山東：齊魯書社，1982 年）。

15. 吳晗《「社會賢達」錢謙益》，見《讀史劄記》（北京：三聯書局，1961 年）。

16. 吳奔星《略談杜甫抒情詩的特色》，見《古典文學論叢》第二輯（山東：齊魯書社，1981 年）。

17. 吳調公《轉益多師是汝師──讀杜甫〈戲爲六絕句〉箚記》，見《古典文論與審美鑒賞》（山東：齊魯書社，1985 年）。

18. 張長青《〈滄浪詩話‧詩辨〉美學思想論析》，見《嚴羽學術研究論文選》（福建：鷺江出版社，1987 年）。

19. 張金漢《趙翼貴創主新的詩觀──〈甌北詩話〉研究》（新加坡南洋大學榮譽學士論文，1975～1976 年）。

20. 張連第《〈滄浪詩話‧詩辨〉辨析》，見《嚴羽學術研究論文選》（福建：鷺江出版社，1987 年）。

21. 杜維運《錢謙益其人及其史學》，見《清代史學與史家》（北京：中華書局，1988 年）。

22. 林繼中《趙次公杜詩先後解輯校前言》，見《中國首批文學博士學位論文選集》（山東：大學出版社，1987 年）。

23. 楊松年《宋人稱杜詩爲詩史說析評》（新加坡國立大學中文系學術論文第十一種，1983 年）。

24. 楊松年《明清論者以杜詩爲詩史說析評》（同上，第二十三種，1984 年）。

25. 李前南《錢謙益的詩論──〈初學集〉、〈有學集〉初探》（新加坡南洋大學榮譽學士論文，1977～1978 年）。

26. 陸堅《杜甫詩愛國思想三議》，見《古典文學論叢》第三輯。

27. 陳月慧《沈德潛〈唐詩別裁集〉析論》（新加坡國立大學榮譽學士論文，1983～1984 年）。

28. 羅根澤《杜甫之思想及其對詩之見解》，見《羅根澤古典文學論文集》（上海：古籍出版社，1985 年）。

29. 周策縱《論詩小箚——與吉川幸次郎教授論錢謙益〈梅村詩序〉及情景論書》，見《大陸雜誌》第四十三卷第三期（臺北：1971 年 9 月 15 日）。

30. 周黎庵《兩截詩人錢謙益》，見《清詩的春夏》（香港：中華書局，1990 年）。

31. 洪業《杜詩引得·序》，見《哈佛燕京學社引得特刊》第十四種（臺北：中文資料與研究工具服務中心，1966 年）。

32. 趙永紀《清初詩歌研究》，見《中國首批文學博士學位論文選集》（山東：大學出版社，1987 年）。

33. 柳作梅《王士禛與錢謙益之詩論》，見《書目季刊》第二卷第三期春季號（臺北：1968 年 3 月 16 日）。

34. 袁行霈《李杜詩歌的風格與意象》，見《中國詩歌藝術研究》（北京：大學出版社，1987 年）。

35. 袁行霈《杜甫的人格與風格》，同上。

36. 鍾美姜《吳喬〈圍爐詩話〉研究》（新加坡南洋大學榮譽學士論文，1973～1974 年）。

37. 夏曉虹《清初詩壇尊宋風氣形成的原因》，見《文學評論叢刊》第三十一輯（北京：文化藝術出版社，1989 年）。

38. 敏澤《錢謙益》，見《中國歷代著名文學家評傳》第五卷（山東：教育出版社，1985 年）。

39. 錢仲聯《三百年來江蘇的古典詩歌》，見《夢苕庵清代文學論集》（山東：齊魯書社，1983 年）。

40. 錢仲聯《清人詩文論十評》，同上。

41. 黃海章《杜甫對文學遺產繼承的態度》，見《中國文學批評論文集》（湖南：嶽麓書社，1983 年）。

42. 黃海章《讀杜甫〈同元使君春陵行〉》，同上。

43. 黃海章《杜詩對心理的描寫》，同上。

44. 蔣凡《嚴羽論杜甫》，見《嚴羽學術研究論文選》（福建：鷺江出版社，1987 年）。

45. 傅光《評杜甫前期詩歌創作》，見《文學評論叢刊》第三十一輯（北京：文化藝術出版社，1989 年）。

46. 程千帆、張宏生《七言律詩中的政治內涵——從杜甫到李商隱、韓偓》，見《唐代文學研究年鑑》1989、1990 年合輯（廣西：師範大學出版社，1991 年）。

47. 裴斐《個性論》，見《詩緣情辨》（四川：文藝出版社，1986 年）。

48. 裴斐《李杜分期論》，同上。

49. 裴斐《杜律舉隅》，同上。

50. 裴斐《貧病老醜話杜甫》，同上。

51. 裴世俊《錢謙益詩歌的特色》，見《中國首批文學博士學位論文選集》（山東：大學出版社，1987 年）。